> > 新时代散文

白帝·赤帝

张雄文 ● 著

北京日报出版社

图书在版编目（CIP）数据

白帝，赤帝 / 张雄文著. -- 北京 ：北京日报出版社，2023.4
（新时代散文）
ISBN 978-7-5477-4414-7

Ⅰ．①白… Ⅱ．①张… Ⅲ．①散文集－中国－当代
Ⅳ．①I267

中国版本图书馆CIP数据核字（2022）第194158号

白帝，赤帝

出版发行： 北京日报出版社
地　　址： 北京市东城区东单三条8-16号东方广场东配楼四层
邮政编码： 100005
电　　话： 发行部：（010）65255876
　　　　　　 总编室：（010）65252135
印　　刷： 成都市兴雅致印务有限责任公司
经　　销： 各地新华书店
版　　次： 2023年4月第1版
　　　　　　 2023年4月第1次印刷
开　　本： 880毫米×1230毫米　　1/32
印　　张： 8
字　　数： 190千字
定　　价： 78.00元

序言：行走通神

我是在阅读写粟裕将军的书籍时认识雄文的。

国内目前已公认张雄文是研究粟裕非常客观准确的专家。研究即治学，治学是需要严谨的科学态度，是力戒虚构与假想的。而文学在某种意义上与治学恰恰相反，如果是一位小说作家，虚构是必然的，想象则是其艺术功力的根本特征。即便是散文作家，在真实生活的基础上，也必然具备丰富的想象力。可以说，没有想象就没有文学。雄文是二者兼具的优秀才俊。在文学的各种体裁中，除未见其创作诗歌外，其他的类别几乎无不涉猎，而每每涉猎，都有傲人的成果，故谓之通才，不为过也。

我与雄文，有两种情分。一是其父曾供职涟邵矿务局金竹山煤矿，而我也于那一时期曾在涟邵谋得一职，算是其父辈同僚。二是雄文曾就读毛泽东文学院作家班，而我也为作家班学员传道授业一二，算得上"广义师生"，由此我们有了较多的交往，对他的了解，便不是"纸上得来终觉浅"了。

谷雨过后，春光式微，麓山夜雨之时，雄文寄来了他的散文集《白帝，赤帝》，因作品大部分是其近几年游历山河之作，故谓之行走文学，嘱我为其言说一二，作为同道，我愿意用文字酿一杯薄酒，为其壮行。

　　我读雄文散文，尽管阅读中几度老眼昏花，但仍不忍释卷，几乎是一气将其读完，除了我上述的情缘之外，更在于其作品的文质俱美，读之如饮醇酒。非常凑巧的是，作品描述的许多行走之地，我大多去过，读雄文的文章，恰似故地重游，尤其是他作品中描写的独到发现，又给了我一个拾遗补阙的机会。近几年来，我和雄文有了更多交集，常常在一些笔会相遇，而笔会之后，他往往能以厚实之作，给文友许多惊喜，我自然要不吝掌声，给这位青年才俊击节叫好！

　　东坡有言："退笔成山未足珍，读书万卷始通神。"读万卷书，是足可通神，而行万里路，我以为也是另一种通神。

　　我读雄文的散文，感觉其不少作品有一个显著的特点，即在现实的生活中，历史的钩沉中，艺术的路途探寻中，有三条行走的路径。

　　一是在生活的路径上坚实地行走。一个作家，丰富的游历是其见识必不可少的积累，即所谓生活的阅历，不可或缺，"挥毫当得江山助，不到潇湘岂有诗"。屈子湘楚放逐，李白仗剑远游，子厚谪居漂流，东坡贬谪浪迹……不管是自我的远足，还是贬谪的迁徙，都是行万里路啊。雄文的行走，多为名不见经传的地方，而这些地方在他的笔下，总可以现出别样的风景，人事的独特。在白帝城，在阳雀坡，在穿岩山，在株洲云龙，在长沙雨花区圭塘河，他总能在这些风景中寻觅到不一样的感受。

　　二是在历史的路径中探微发幽，烛见历史的深处。历史往往是现实生活的最好参照，知古鉴今，拨云见日。但纵观今日不少散文，对历史多有眷顾，然不少作品，只是史料堆砌，缺乏己见和新意，而史料陈旧观念的再现，往往引不起读者兴趣，反而有食古不化、泥古不新之嫌，雄文的这类散文，善于在对历史的精雕细刻中,翻出新意。如《白帝,赤帝》一文,最能代表这类文章的特点。文章从少昊、太昊写起,继而周王朝,继而汉高祖刘邦,继而王莽篡权,继而公孙述,继而蜀主刘备,王朝更迭,烟云四起,围绕白帝和赤帝,将正史与野史杂糅搅拌,风云际会,纵横捭阖,然而作者笔出新意,在城头变幻大王旗中,铁骑突出,引出一拨又一拨文人墨客,这场由李白领衔的盛大诗会,阵容豪华,陈子昂、杜甫、白居易、刘禹锡、苏轼、黄庭坚、陆游、范成大、王士祯等,列队步入,作者写到"他们吟诵的声音托起了白帝城头的云霞,将高峡上悬浮的这座城迷离在诗歌的平仄与韵律里"。意犹未尽,作者最终笔锋满含情感,更翻出一片崭新的意蕴。

"多年后,当我立在白帝城头,用目光一遍遍摩挲李白、杜甫、白居易们遗落在云端里的背影,似乎终于明白,他们早已超越了白帝、赤帝,是这座城真正的王者。他们用文字构筑在白帝城上下的诗歌帝国,让他们与眼前的苍穹、白云和滔滔江水一样,成为炫目的永恒……"这就在历史的迷雾中拨霭见晴,展示作者的真知灼见。尽管作者笔下倾情描写的人物,都立于历史的潮头,对改变历史是举足轻重的人物,但在唐宋诗人构筑的诗歌帝国的面前,都黯然失色。这就让那些改变历史进程的人物,都成为那些诗歌巨擘的陪衬。

三是在艺术探索的路径中坚持自己的风格。散文的过度抒情,缺乏坚实的叙事能力,是当下散文界较为普遍的一个现象,所谓空洞,往往便是由此而生。

雄文是传记作家高手。我是从写粟裕将军的《多是横戈马上行》一书中,见识他的叙事能力的。在叙事的过程中,他力求叙事的精准,在此基础上,注意句式的变化,音律的起伏,语意的创新,在平实中见奇巧，在变化中见生动，使叙事不再呆板、涩滞，这类例子在书中俯拾皆是，读者在阅读的海滩漫步，可以一路拾贝。

他写鲁院的学习生活，撷取的是梅园的景象，以表现鲁院的氛围，而由此展示鲁院深厚的文学底蕴。写自己北漂的经历，从食宿这些最基本的生活状态写起，表现底层文学作者的艰难追求与跋涉，作者辛酸的笔调仍不失幽默与温暖，使基本的色调是暖色的。这些平凡的日常生活，也一变而有滋有味。翻检他许多这一类型的作品，雄文在貌似漫不经心的叙事中，有一种摄人心魄的力量，这便是他不动声色、徐缓有致的表达，这无论是在宽度还是厚度上，都远远超越那些大呼小叫的声音，这才是真正的艺术感染力，沉着而隽永。

从雄文创作的基本状态中，我得到一种启示，行走，往往是一个作家必不可少的功课。但最关键的是，我们应该拓宽行走的范畴，不仅仅是大地的丈量，还应包括对生活的分解、抽象与提炼，这才可能打通历史与今天、现在与未来、生活与艺术、表现与升华互通的隧道，把作品写得厚实而沉稳，充沛而丰赡。让行走成为写作者的一种常态，从根本上摒弃闭门造车、凌空蹈虚的写作方式。

感于他这些年行走产生的这些作品的启示，我为这部散文作品言说一二，以就教于各位方家。

梁瑞郴

2022年5月4日于白马湖

注：作者系湖南省作家协会名誉主席、湖南散文学会会长、毛泽东文学院管理处原主任。

目录

梅园的早晨

天空蓝得像一张二八佳人的脸，清纯而水嫩，似乎吹弹可破，将北京的秋渲染成江南的温婉和柔媚。传说中恐怖的雾霾不见一丝痕迹，犹如此刻我所有人生阴影消散或者蛰伏的心情。漏过池边垂柳扶疏枝叶的阳光，将我的衣衫勾出清风里摇曳的斑斑点点，像一只只婉约多情而黏上身的粉蝶。

我抚摸一茎柔婉的柳枝，深深吸了口气，清新而馥郁，浸透着这个清秋早晨甘露的湿润，也裹挟着满院草木的芬芳。无须再掐耳朵或者拧手臂，我知道自己不是在做梦，却又真切步入了一个悠远的梦境：站在了鲁院的土地上，置身于庭前幽深的梅园里。

冠以现代文学巨擘鲁迅大名的鲁院，是中国最高的文学殿堂，也是璀璨的文学星空。单是曾用名"中央文学研究所"的"中央"，便足见其在中国文坛独一无二的位置。

我有一个文学梦，也有一个鲁院梦。前者起于孩童时代阅读的《古文观止》与《千家诗》，后者则是加入中国作协后。多年前，与文友们相聚，他们寒暄之际总询问一句：你是毛院几期的？对上了期数，言语间便分外亲热，仿佛铆合了暗语的潜伏者，或者失散多年重逢的亲兄弟。我歆慕之余才知省作协有个毛泽东文学院。

他们之所以不问鲁院，是由于首善之区中国作协主持的鲁院犹如光照万里的天际星辰，遥不可及。他们慨叹说，全省每年一两个上鲁院的名额，等候被推荐的人数在两百名以上。这似乎比加入中国作协还难，每年省里至少还能有五六人能够加入。他们多是文坛前辈，犹只能望洋兴叹，我是一个多年单打独斗的游击队员，毛院尚不曾去过，鲁院则更不敢有太多的念想了。

不过，每每浏览有关鲁院的书中文字或者网络页面，在一些知名作家的简介上读到鲁院的字眼，胸中总有一种莫名的怅然，像一个深沉暗恋却自思匹配不上的绝色女子，总将一抹袅娜的倩影投于焦渴的眼眸。一个接近她的梦想如同田埂上羸弱的野草，在寂寞的风雨里渐渐生长，伸向高而远的天空的叶片也渐渐茂密而有力。我犹如勤勉于一封封情书的少年，日夜耕作，笔下的书籍一部部问世，中国作协与毛泽东文学院先后敞开大门接纳了我。

又过了两年，经多位文学前辈的提携，一页粉红的录取通知书终于将我召唤到了眼前朴实而瑰丽的鲁院。立在梅园石板小径上的这个清晨，我用深情的目光一遍遍摩挲楼宇、庭院、池塘、垂柳和曲径通幽的梅林，像爱抚久慕而终于得以亲近的女神，心内弥漫着云霞一般深深感恩的情愫。

"切切""喳喳""切喳喳""切切切切""喳喳喳喳"，我是被一串接一串的喜鹊叫声唤醒的。七个小时的高铁长驱两千余里，我揣着班主任网上传过来的录取通知书，以强渡大渡河的速度赶到鲁院时，已是灯火阑珊的深夜。疲惫与喜悦令我在北京的第一晚睡得无比香甜，像刚入洞房那个温馨夜晚。喜鹊是千年相传的报喜鸟，在我居住的遥远南方，仅见于孩童时代老屋前的香椿或者苦楝树上，后来渐渐没了踪影。不想北国不只有，而且众多，尤其惊异于它们活跃于钢筋水泥林立的京都深处。

我徘徊于梅园的小径，将鞋底轻扣朴拙而平滑的青石板，三三两两的喜鹊也一直在边角的白杨、白皮松，或者挂满圆润白果的银杏树上跳跃、腾挪、嬉闹，黑白相间的羽毛令人蓦然想起了稠人广坐中绅士们的正装。它们灵动的叫声，像一股山间藤蔓下奔涌跌宕的清泉，与头顶浅蓝的晴空一道捧给初到异乡的我一片温情。

　　梅园里还有成群的雀鸟，灰褐色羽毛，长尾、尖嘴、细爪，在白皮松或者梅树的枝叶间敏捷穿梭、翔集。一只个头尤其小的雀鸟，还蹲伏在梅园深处一株挂满红色细微果粒的树叶间，兀自啄食，偶尔抬头仰脖吞咽，如品仙果，怡然自得。是山雀还是麻雀？对鸟类毫无研究的我分辨不出，却也深知，能让这些雀鸟乐如家园，不像我那喜鹊绝迹的远方老家，必定由于此处的静雅与安全。

　　梅园和整个鲁院的楼宇、庭院一样，的确幽静而雅致。面积不算很大，却深得江南园林构筑布局的精髓。池塘小巧，边岸嶙峋曲折，铺陈大小高低不一的怪石，水清如新磨而出的镜片。水面摇曳几茎莲叶，尚未进入深秋，叶脉历历，翠色逼眼，微风里绰约多姿，犹如身着短裙翩翩而舞的婀娜女子。几尾金色鲤鱼徜徉在倒映的天光云影间，扁窄的嘴唇一张一翕，像品味某种难得的珍馐，与此时的我一样悠然、自由、惬意。

　　园中多植梅树，枝条敧散，椭圆如卵的叶片滴翠，每一株的隐秘处都挂着一枚小铁牌，冠以令人无限遐想的芳名：白蝴蝶、燕杏、丰厚、美人、人面桃花……我与它们久久默然对视，心想，自己将在鲁院度过大半个隆冬，它们绚烂如俏脸的花瓣会迎雪而开吗？一株白皮松耸然挺出梅林，似乎想窥望近旁那栋教学楼里的秘密。浓密的松针不带一滴露珠，却也在湿漉漉的晨风里筋骨

3

毕露，怡然不动，像蹲着马步闭目晨练的老者。枝干上间或突起一层层枯干的白皮，犹如黑蚱羽化后的蜕壳，或者洁白肌肤上的牛皮癣。

园中也有矮松、柏树、槐树、翠竹和白玉兰，因地制宜，随意而植，别有一种深山丛林的风味。树下往往不经意间摆放一两块突兀的巨石，似乎从遥远的江南太湖而来，有高有低，形状怪异，玲珑剔透，极具"瘦、皱、漏、透"之美。地面是一层柔软而细密的碧草，我来得有些迟，朔风将起，它们已微显憔悴，开始了序属三秋的凋萎，露出些许灰色的地表，像某位爬了多年格子，用脑过度，悄然开始谢顶的鲁院同学。

"鸟鸣山更幽"，雀鸟们的聒噪嬉闹，令梅园更显幽静。我循着曲曲弯弯的小径徜徉林间，犹如一个初入长白山云雾深处的探秘者，细细品味着"张袂成阴，挥汗成雨"的偌大京城一隅难得的幽寂。

小径的拐弯处，偶尔会有一尊现代文学史上大家的雕塑倚靠苍碧的丛林，茅盾、巴金、老舍、曹禺、冰心、叶圣陶、闻一多、邹韬奋……他们或坐或立，神情端肃而慈蔼，宛如生时。唯有隔了一条窄窄马路的郭沫若雕塑稍稍例外。他戴着人们熟悉的金丝眼镜，背靠一丛簇拥的翠竹，身姿笔挺，仰面朝天张开双臂，似乎在向茫茫寰宇发出屈原的天问，或者在仰望天上的街市，向隔着银河的牛郎织女发出深情的召唤。

每一尊大家的雕塑前，我都垂手恭肃，默立良久，脑海里瞬间捡拾出他们的生平与著作，高山仰止的情愫也喷涌而出。他们与教学楼内画屏照壁后跷腿而坐的鲁迅，以及大厅墙壁间镂刻的屈原、李白、杜甫、韩愈、柳宗元、欧阳修、郁达夫、丰子恺、张天翼、沈从文、丁玲等古今文学大家一样，是我终生景慕的典范，也是我即将开始鲁院学习的师长。风晨雨夕、课余饭后，我将在他们睿智而深沉的目光里读写、漫步与沉思。"文艺是国民精神所发的火光，同时也是引导国民精神的前途的灯火。"教学楼大堂悬挂的这句鲁迅的话语，将与幽邃的梅园一样，温暖我内心久已彷徨的文学梦想。

梅园浓荫如盖的枝叶间温暖、存贮梦想的当然不止我一个。这是鲁院的新院址，朝阳区文学馆路45号，是鲁院漫漫征途一个簇新的起点。从第15届高研班开始，一拨接一拨的学兄学姐们，将自己的文学梦恭谨而虔诚地贮放在了此处，如渴盼灵魂飞升的修道者。在雀鸟迎着霞光的声声鸣唱里，我似乎依稀看到了他们徘徊在林荫小径，或者沉吟于枝叶下靠背长椅上的身影。他们的梦与我的梦在清幽间握手寒暄，我的梦羞涩、拘谨，却又激荡如清风里战栗的银杏叶……

清脆的上课铃声骤然而响，击破了庭院与梅园的宁静。我止住徘徊的脚步，也收回了梅园里漫无边际的邈远思绪，却又蓦然想起了一句北漂者的格言："你不一定要最终留在北京，但在这里的每一天，都要让它过得有意义、有价值。"我又深呼一口气，向教室疾步而去。

（原载《文艺报》2017年11月6日）

漫过鲁院的冬

　　似乎在一夜间，冬像一个粗猛的关西汉子，驾驭从北方草原扫荡而来的风，冲破燕山凛然横亘的峭壁拦阻，昂然闯入了烟火气纵横的北京，充溢或恢宏或古拙的大街小巷。老槐与银杏树梢上优雅而端肃，如晚宴正装般的北京的秋，被迫憔悴着一张失去血色的脸，褴褛着衣衫，向遥远的江南狼狈而退。

　　这时候，最得意的要属冬胯下那匹无形的座驾。风裹挟邈远草原上的衰草气息，带着尖锐而变幻莫测的哨音，辗转扫过林立入云的楼宇与低矮簇拥的灰暗胡同，漫入我所居鲁迅文学院的深深庭院。它忽而金刚怒目，如嘶鸣的奔腾野马或者奔泻的黄河浊流，将厚实的墙壁与双层窗玻璃击得噗噗作响；忽而又柔婉低眉，像一曲交响乐的低音部，朵朵蝴蝶在泉水叮咚的花间翩然缠绵，倏然间又让北京这座沉甸甸的古都如痴如醉，梦回春的意境与想象。

　　抬头看看天，瓦蓝、明净、幽邃，像刚从昆明湖或者护城河洗涤过的一块蓝绸，能掐出南水北调而来的清水的鲜嫩，有着阳春三月某些勾人的韵致。只有在靠近远处地平线楼宇的上头，颜色才渐归于浅灰与暗黄杂糅的混沌；也才偶尔有小团蜷曲的云翳，像误入天际的草原的羊，欢然啃着碧蓝色的草甸。午后的阳光正好，似乎能看见金色的丝线在忙着穿梭、编织一件精致的冬衣，试图给楼宇、庭院、树木、车辆与行人添加些母亲般的温煦。

然而，北风如荒漠野马般放纵，无孔不入的吼鸣里，大地依然仿佛坠入冰库般的寒冷。对北京的冬而言，再热情如火的阳光似乎也是徒劳，再与春相似的表象也是一时镜花水月的虚幻。街上的行人裹着臃肿的羽绒服，戴上形状各异的棉帽，缩着脖颈匆匆而行。在南方，羽绒服或棉袄上垂吊的帽子仅是因人而异的一种或儒雅或粗犷或妖媚的装饰，而北京街头，帽子们或许正在为终于实现得尽其才的宏愿而感泣，而兴奋。

街上的女子也不例外，多半是盖过半截小腿的厚实长衣，外加遮住三分之二脸庞的口罩，潜伏者般露一双清澈的眼眸与长长的睫毛。这似乎也给日渐荒芜、疲沓的街景带来些许意外的收获，女子一律都能是臆想里灿若桃花的殊色，而非夏日间难免遭遇身材与脸蛋令人怅然的反差。这时的南方女子依旧蹬着薄皮的高跟鞋，弱柳一样临风摇曳，这里却多是皮毛厚密的平底鞋，没有纤细可人的身材，也没有槐花般漫溢街头的风韵。风度与温度比起来，大概终究是后者重要些。

鲁院的梅园早已凋零在风的吼鸣里。它曾经横柯上蔽，浓荫如盖，像一个女子绰约、丰盈的妙龄年华，而今只能沉淀在自己的记忆深处，回想往昔荣光与烂漫的日子，宛若元稹笔下"寥落古行宫，宫花寂寞红。白头宫女在，闲坐说玄宗"里的落寞宫女。梅树、银杏、白玉兰、白杨都被粗暴褪去了一身苍翠而浓密的叶子，如剥光外皮的葱蒜挺着光溜、清冷的枝丫，似乎有些寒酸而窘迫。原本幽深莫测、令人遐想的梅园，这时能一眼洞穿，像一个直肠少文的粗莽大汉，或者一个未经世事的乡下少女。但它们的枝丫遒劲刚硬、线条明快，挺出一幅潘天寿经典山水画里的风

7

姿，绝无瑟缩乞怜之态。

我期待的艳压一个园、香透一座城的梅花尚未见痕迹，那些顶着白蝴蝶、燕杏、丰厚、美人、人面桃花芳名的梅树们似乎与我一样，在长久的静默里等候一场冷峻而又柔密的雪的到来。唯有三两株松柏、矮松或者挤成一圈篱笆的矮小冬青，还能保持夏秋的盛装与仪表，却也在北风里略显委顿、憔悴，似乎能看出它们心内"众人皆醉我独醒"的孤寂与彷徨。隐在丛林间的茅盾、老舍、巴金、冰心、朱自清、闻一多、叶圣陶，都身着沉黑的铁衣，赫然现身，如凛然步出密林的游击战士。硝烟散尽，和平到来，他们依然未放弃深沉的思索，或仰面，或低首，或侧目，面容沉静、凝重、深邃。人生与家国，人性与文学，乃至当下的虚构与非虚构，大概都是他们上下求索的主题。

浴女般盛满一池的亭亭莲叶，早已与池边的垂柳叶一道颓然萎落在秋风里，又被庭院里的工人连根拔起，不知归于何处。池塘便携满池一览无余的清汤寡水，全然裸露在失去雄性特征的阳光下。我着实有些心疼池中的水。每个晚上，北风更为欢欣地逡巡于庭院，它们在零下七摄氏度的煎熬中呻吟、反侧，然而无处可避，最终只能听之任之，固化为平静寡白的冰，止住了长久的苦痛。第二天中午还能见到严丝合缝的冰层，用力敲开来，手指比画一阵，足有一厘米。临近黄昏，终于借了阳光微弱的温度，渐渐散做一池夹杂冰骨的清液，化为本来模样，旋即又开始坠入漫漫长夜的新一轮凝固中。池水成了希腊神话里遭受惩罚的西西弗斯：费尽心力将一块巨石推上山顶，刚近希望的山顶，巨石又倏然滚下山去，前功尽弃，西西弗斯只能循环往复、永无休止地痛苦下去。

不过，对从遥远的洞庭湖以南奔波而来，暂居首都的我而言，北京和鲁院的冬已超出我想象的友善与温情。不知从幼年的何时起，我固执地以为这里的冬能让出门大意者冻掉裸露的鼻子；吐口唾沫，尚未着地，已凝成一坨刚劲的冰块，地面砸得出棱角分明的深坑。待在房间，其实挺暖和，且不止有"春天般的温暖"，甚或有"夏天般的火热"。墙角仪表恒久显示供暖的温度为二十六至二十八摄氏度，衬衣加一件单薄的外套，丝毫不妨碍读书写作，或者与访客惬意喝茶，海阔天空地闲聊，能在鼻尖细细的汗珠里找到海南岛上冬日家居的况味。

偶尔，一只长尾的喜鹊会飞到咫尺间的窗台上，喳喳数声，与屋内的我对视两眼，又翩然而起，飞往楼下白玉兰的树梢或者对面楼宇的窗棂。睡觉时，随意搭一床单被，依旧酣然入梦。在我的老家湖南，这种至简家居的悠闲，是难以想象的。除与出门无二的厚厚衣裳外，若无红旺的火塘或烤火炉陪伴，便将成为凄冷中的寒号鸟，哆嗦不止。

晚上，读写累了，下楼到庭院或者街上走走，清静而安谧。风比白天更紧，催逼身上的衣裳也更严实。光秃行道树下的行人不多，没有南方不到凌晨绝不止息的喧杂。门店自然也有未打烊的，布做门帘形同厚重的棉被，大概真加入了不少羽绒或者棉花；窗玻璃上默然滑行几行水珠，隐隐可见三两个顾客优雅喝茶、吃麻辣烫或者购物。

鲁院的庭院里，除了茅盾、巴金、老舍等人保持着白天思想者的姿态外，其余则空无一人。梅园银杏树下的长靠背椅已不能闲坐，估计久未清理，上面落了不少雀鸟黑白相杂的粪渍，坐上去，也禁不住已低于零下温度的侵凌。但头顶有一方温馨的星空。疏疏朗朗的寒星铺开在深色天幕上，晶莹、清亮、脉脉含情，如远方情人的眼，四下喧嚣争宠的街灯也掩饰不住它们的光芒，令我蓦然想起"迢迢牵牛星，皎皎河汉女"的句子。

我疑心身处空旷的乡野或者荒芜的高原，而非数千万人辐辏聚居，又有数千万人期待投奔的古都。这样凉静如水的夜，宜凝聚精神思考，对自然与人生，对现实与未来，也易与平素难觅踪迹的灵感猝然相遇。我的一些文字，便多由此而来。

白日里，我细细观察过一只园中的喜鹊。它在小径边的银杏树上啄食日渐干瘪的果实，一仰一啄，时而哼着小曲，怡然自得。而冬夜的此刻，它和它的同伴们不知安身何处。唐人张固《幽闲鼓吹》里记载了一个与白居易有关的故事，说"米价方贵，居亦弗易"。千余年后，北京居，同样大不易。鲁院附近的房价大概也早上十万了吧，散落在街巷里的滚滚北漂者终究是这座城市的过客。鲁院的雀鸟却不同，它们也是首都的主人，只是我难以追寻它们屋舍的踪迹罢了。从居住上说，这里的雀鸟有着天然的优势，远胜那些片瓦难索的北漂者了。

"春生夏长，秋收冬藏。"我是清秋时节投身北京寄居鲁院的，只能秋日生长，深冬收藏。北风唱吟的深夜，检点自己的一些收获，有良师的谆谆教诲；有文学大家的写作经验；有导师的言传身教；有国家大剧院、蜂巢剧场话剧的深情对白与叩击魂灵的思考；也有《人民日报》《文艺报》《山东文学》《湖南文学》《诗歌月刊》发表文字后啜饮甘醴般的喜悦。这一切，将我生命中一段最充实的时光凝固在鲁院的冬日里，镶嵌在正阳门、天安门、故宫或者雨儿胡同、帽儿胡同、菊儿胡同的壁缝间。这个冬天，北风或许是为我的丰硕与充盈而鸣。

我其实也是一个北漂者，明日终将离北京而去，但不会是萧索而茫然的过客。我将梦想存贮在了鲁院漫溢的冬，或许，来年莲叶与叶尖上的蜻蜓重新点缀池塘时，庭院的篱笆边上，一朵灼灼的花会朝我南方汗渍斑斑的背影灿然开放。那是给作为学子的我的至高奖励吧？我深信，也殷殷期待……

（原载《当代人》2021年第九期）

漂的五味

　　像过饱巨兽被迫呕出的枯槁猎物，当 K158 次列车将我从沉闷一昼夜的车厢吐出来，遗弃在北京西站熙熙攘攘却又似乎空荡荡的北广场时，秋风正将几张花花绿绿的小广告席卷而起，落叶般飘过大街，在一排入云的高楼下几沉几浮，终于不见了萧索的踪影。我的心也陡地一沉，仿佛离开母亲怀抱的婴儿一样凄惶无助起来。若 158 能瞬间掉头成为 157，且无须动用我干瘪而羞涩的阮囊，或许我会立时转身上了车。

　　这是 2006 年 8 月下旬北京最早的一场秋风，凌厉而不失柔软，裹着些许临近草原上胡马的气息，远不如后来能吹转身躯的犀利北风，对北京人而言再正常不过；但于刚办好离职手续，打算投奔北京边读书边找工作，改变命运的我却是一个不小的下马威，将我内心深处原本积蓄已久的忐忑倏忽间催迫而出，如潮似浪，不可遏止。

　　待我平静下来时已在知春路上大运村学生公寓的 1501 室。得到早已联系过的一位老乡襄助，我交了一摞相伴千里攥出汗渍的钞票，住进了这八人同室的房间。公寓由私人出资筹建并管理，所需费用不菲，住的多是附近大学的学生。

　　有了可长住的窝，吃饭问题立马被痉挛的胃一阵阵催逼解决。

大运村的地下室被辟作了食堂，归私人承包。下楼转了一圈，发现没有三块五以下的菜，加上米饭，一餐需四块五。我勉强吃了一次，菜里没几星油，葱蒜作料也近乎绝迹，像某个寺庙粗糙的斋饭。同室的人又告诫我，这里的饭菜比北师大、北航贵了一倍，且很不卫生，此后便很少来了。

北师大和北航的食堂我都去过。第一次去北航，感觉不是太合自己的口味，便不再去了。北师大的食堂，我办了张餐卡，因非正式录取的学生，需加收百分之十五的额外费用，倒是可以不限量免费领取稀饭，色泽橙黄，浓香扑鼻，味道还不错。

吃得最多的还是大运村附近的一家"老马拉面馆"，一份现做的拉面只要四块钱。热腾腾的汤里，面条浑圆、筋道，铺几片牛肉，撒上些葱花，白、褐、绿相间，朴素而淡雅，像乡间水之湄端坐的娴静女子。桌上的辣椒油还能随便倒，我一般要舀五六调羹，汤水瞬间像滑过一轮夕阳的天空，霞光烂漫，红艳夺目。朔风刺骨的冬天到来后，拉面不只让我饱肚，还驱逐了满身寒意。因为常来，店里的伙计与我熟了，称我为"南方的朋友"。我一拉开玻璃门，他便立马朝里头朗声吆喝："小碗拉面"，十分灵泛，我常是无声地笑了。

自然偶尔也换换口味，算作"打牙祭"。一次上课回来，穿过蓟门里北区，碰巧刚开了家饭馆，门两旁的对联有点意思，十余年后记忆犹新："面能饱肚快进来吃几碗；酒能解乏请上座喝几杯。"横批是"民以食为天"。我决定进去吃碗馄饨。馄饨上来后，香菜、虾米、紫菜都有一点，我又加了些辣椒酱，尝一口，很是鲜美。边吃边看街边大妈、大嫂不时进出买油饼、鸡蛋和包子，感觉自己是地道的北京人了。

我选择在北师大做研修生。从住所到新街口外大街的北师大校园，可坐颐和园至肖村的 826 路公交车，但车次既少，绝大部分又多是票价两块的空调车。另一趟经过北师大的 304 路车只要一块，间隔时间却更长，十天内只碰到过一回。我怀疑因系非空调车，盈利不多，故出车也不积极。一次为了省一块钱，我等了非空调的 826 路四十分钟，最终失望，只得垂着酸疼的脖子上了空调车。车上却没开空调，有乘客愤然质疑，售票员蛮横地说："起步价两块。"

日子一久，我开始步行去上课。一是可以避免等车耽误时间，也影响心情；二是省去了车费，长年下来，也不是小数目；三是最重要的，锻炼了身体。第一次带我走的是同室的黄同学，他在林立的楼宇间探索出了一条距离最短的小路。此前，我仅知道两条可供选择的大路。他带我从北京体育学院北校区围墙边进入小胡同后，时而社区，时而街道；又过两所仅一墙之隔的中学，一为蓟门里中学，一为学院路中学；之后踏上三环路，沿环线往东，经过北京电影制片厂，门口聚集了一些人。黄同学说，他们都是来等电影角色的群众演员。若非他及时介绍，我会以为是为讨薪而集体堵门的下岗工人。他们灰头土脸，衣衫脏乱，或站或蹲或坐。在靠近三环的马路边，一些人还在一床脏兮兮的被子上呼呼大睡，旁边即是呼啸而过的车流。出于同病相怜，我瞬间对他们肃然起敬。或许，那些已成功的名角里，就有人曾这样睡过；也或许，在以后某部当红影片中，就有眼前某些人的镜头。

我上课之余，也试图找个能挣钱的事做做。适合我的工作还是找到了，就是熬夜写书。一个偶然机会接触了开国大将粟裕的秘书，我选定了一个主题，写一本关于粟裕的书。首先要做的是采访。北京的大街小巷里，粟裕的诸多亲属、身边人和老部下都走访过。有了珍贵的第一手资料，我每晚伏案写作。漂泊的五味令我的心异常坚毅，也无比沉静，像桌边一尊寂寞的雕塑，常常迎来一缕曙光探入窗棂。这部四十五万字的书稿，在 2007 年 6 月我决定离开北京时由人民出版社确定出版。问世后，不断再版、加印到七万册，令我收获了些微名。此后，我接连出版了近十部著作，又在各级文学期刊发表了百余万字，跻身曾梦寐以求的作家行列。

多年后，我常常翘首北望，无限感慨。心想，若无那一年北漂的滋味，我或许还是南方小城那只温水里的青蛙，至今寥落无成吧？

（原载《北京文学》2018 年第十期）

烟雨深处的紫鹊界

一

像养在深闺的一个温婉少女，紫鹊界似乎也娇羞腼腆，不肯轻易见人。我们长驱的车辆刚到山口，它便匆匆隐匿起来，像路边飘过的野花的幽香一般悄无声息。暮霭从峡谷两旁壁立的山崖骤然倾泻下来，漫过小溪，漫过车窗，漫过眼帘，倏忽间天地已是一片猝不及防的沉沉墨色，只剩下了叮咚如琴鸣的流水声与崖壁黑魆魆的硕大阴影。

车辆载着我们如春草般疯长的亲近欲望，喘着粗气，用两道炫目的光柱撕裂黑暗，沿着曲曲弯弯的小溪又奔波了一个半钟头，出了幽深的峡谷，在一处较开阔的山脚停了下来。向导不顾我们暗夜里焦渴的眼神，淡然说准备爬山。从湘南、湘东到湘中，一路晕乎乎跋涉了数百公里，紫鹊界和它神秘的梯田依旧只能想象，我不免有些怅然。

夜已深沉，夜幕裹着的山峦失去了优雅沉稳的轮廓，4月的山区雨多晴少，天空阴着一张苦瓜脸，悭吝地藏起满天晶亮的星月，山脚四周倒有星星点点的灯火，像大地的眼睛，好奇地盯着一群摸黑闯入的不速之客。纸上得来的有限的地理知识告诉我，这里已是雪峰山脉深处，那些少女般羞赧的梯田，或许"只在此山中，夜深不知处"。

小憩一会儿的车辆养足了精神，开始绕着陡峻的山岭往上盘旋爬升。一圈转完，猝然又是一圈，每一圈的接口都是急速弯曲的"之"字，像不容插嘴的快人快语，劈面而来。苍白的车灯影里，路边静默的松树、樟树、杉树或者毛竹似乎贴上了鼻尖。几个同行的"90后"女文友早已病西施一般花容零落，面色如土，有一位新锐女诗人甚至晕厥过去，惊得一车人手忙脚乱良久，幸而汤汤水水灌入后很快醒过来，并无大碍。我的心不知什么时候也积了满满一池汗水，如峡谷间蓦然而起的山洪般起伏着，迅猛地冲荡胸腔，似乎就要破堤而出。司机也如履薄冰，格外小心起来，车辆像在崎岖山道上漫步的蜗牛，几步一停，缓缓摸索攀升。后来才知，这个夜晚我们盘旋了十七公里，攀升了一千一百米。

接近山顶，住处却还在一侧山腰。车辆开始转着圈一层层往下摸索，像急流漩涡里漂浮的一片树叶。又到一处"之"字拐角处时，山路前后刚好容下车子的头尾，前头是黑漆漆的深谷，后尾贴着峭拔的崖壁，车子侧身困难，进退失据，似乎随时都可能倾覆。一车人屏住了呼吸，时空仿佛瞬间凝固下来，只有无边无际的寂静。我后背一阵阵发凉，嘟囔着要下车步行，被有经验者小声断喝制止，说会影响司机的判断和操作。司机果然老练，一寸一寸挪移，终于侧转过来，得以继续前行。

一处仿佛从天而降的房屋漫溢着温馨如这个季节的灯光，驱散了暗夜的裹挟，与主人一道漾着朴拙的笑脸，迎候一行远客的到来。我们像从惊悚的黑暗世界重回人间，瞬间面色红润，鲜活如初。憨厚的主人端上了一桌乡野饭菜，冻鱼、柴火腊肉、坛子米粉肉、糁子粑蒸鸡、笋干、一种叫"百鸟不落"的野菜、糯米

17

酒……都是紫鹊界特有的山肴野蔌与清泉佳酿，弥漫的香味如这座山隐伏在夜幕深处的甘甜空气扑鼻而来，温暖着我们受惊的胃。

然而，我还是没能看到紫鹊界的梯田。窗外夜的寂寥铺天盖地，没有鸟鸣，没有虫声，甚或没有树叶的沙沙作响，像创世纪前的洪荒远古，能听得见近在咫尺的天上宫阙里仙女的一呼一吸。我只能枕着一帘幽寂入梦，期盼与梯田的一次欣然邂逅。

二

梯田羞涩依旧，没能入梦来。偌大的雨点敲打着窗外的阔叶或者古老的青石板，像叩击心灵的急促琴弦，将我唤回到一个晨光熹微的黎明。我似乎听见了梯田的柔声私语，细细碎碎，如江南女子的吴侬软语，便一跃而起，草草洗漱，奔出门外。

雨幕斜挂在灰暗的天空深处，像透明珠帘温软地垂挂在峰峦起伏的紫鹊界。凹形的山岭间，层层叠叠的梯田盛满雨水，被细绳般的暗色田埂勾勒出一面面波光潋滟的明镜，顺着山势如指尖的螺纹盘旋而上。山峦险峻，昨晚我已领略一二，白天惊悸犹存地望过去，陡者斜呈几欲直立的五十多度。一丘丘梯田宛如费力啃进山体，仅借得一处立足之地，细细瘦瘦，绝无唐代女子的丰腴。大者如脸盆，小者如巴掌，长者如腰带，弯者如镰刀，身形各异，仪态万方，像蜻蜓点水后的波纹，一圈一圈荡漾开来，负势竞上。升腾的梯田偶尔被山腰一两处木板屋与门前的松柏拦截，绕过屋后，又从容向上攀升，仿佛在不知疲倦地给人铺就一架通往天上瑶池的云梯。

仰望山顶，似乎能瞥见昨晚车行的惊魂之所，梯田原来就在山间斗折蛇行的公路两旁，如积木一般一层层坚定地码上去，渐渐隐没在浓荫如盖的翠色深处。松树、杉树、枫树、樟树和诸多灌木蓊蓊郁郁，枝枝叶叶摇曳着春的风姿，与山头厚实的岩土一道贪婪地饱吸雨水，预备某个时刻慷慨解囊，涌泉而出，浇灌脚下亲密环绕的梯田。

梯田绝非孤寂地守着一处山头，而是细密蛛网一般遍布了紫鹊界高高低低的山峦，鬼斧神工则如出一辙。撑开一柄雨伞，漫步几个春意和诗意比肩的山头间，向导告诉我，紫鹊界大大小小的梯田共有八万多亩，核心地带便达两万余亩。我的惊异与敬畏刹那间如梯田漾开的道道波纹，久久未能平复。

站在一处临空而出的松木观景台眺望，梯田从远处的山脚攀爬而来。山脚是一处宽展的山谷，大概是昨晚登山前的小憩处，被精雕细琢了一层层梯田的群山环抱，散落着肥肥瘦瘦的矮小山包，山包间点缀些粉墙青瓦的人家，或隐或现，笼罩在雨中一丛丛神秘的氤氲里。山包被争春草木的青翠覆盖，像开遍原野的朵朵蘑菇，或者水底静伏的点点青螺，又像闲卧在草原上的座座蒙古包；人家的屋顶纤细如一片片苦楝树叶，像极了从云端的飞机窗口俯瞰大地的情景。绿意掩映的山水画里，屋舍兀自憨厚地沉默着，仿佛是些等着一个千年承诺的痴汉。

春雨淅淅沥沥，还在群山间密密垂挂着。远远近近的梯田也缠绵着一团团乳白色的水雾，像青烟，如棉絮，若祥云，似薄纱，松松软软，随风飘荡，时聚时散，或东或西，紫鹊界不再是偏处雪峰山一隅的烟火人间，而是诸神清修的上界仙境。这时，半山腰梯田间一个朦胧的黑影忽然映入眼帘，披蓑戴笠，挥锄劳作，朦胧烟雨中漫山遍野仅此一人，令我疑心是某位仙家偶然步出山门，悠闲侍弄他的花草……

三

一缕炊烟从山头梯田边的一处板屋袅袅飘出,告诉我紫鹊界终究还是家家有着祈盼与念想的烟火人间,却是无异于仙界的世外桃源。为了一个太平和富足的幽梦,紫鹊界黧黑的先民们一代一代如田埂上的野草一般顽强接力,在耸入云霄的重峦叠嶂间汗流浃背劳作了两千年,若能收集祖祖辈辈的汗水,大概能替换注满这个季节里的万里长江。

向导介绍,梯田最初的开垦始于"避秦时乱"的一群秦人。公元前 209 年的那个秋天,一场不期而至的大雨倾盆而下,仿佛滔滔银河猛然决堤不可遏止,阻隔了一群衣衫褴褛、发配戍边的闾左贫民的前行之路,耽搁了抵达驻地的日期。大秦帝国的始皇帝雄才大略,却未免失之苛刻,规定"失期,法皆斩",他的儿子二世皇帝也未能意识到这一铁律埋下了覆没大秦万里江山的火药桶,囫囵予以承继。戍卒队伍里的陈胜、吴广两个精壮汉子眼见死路一条,不得已铤而走险,登高一呼,揭竿而起,一场燎原大火瞬间燃遍了帝国的角角落落。英雄逐鹿,血沃中原,一时生命成为草芥或蝼蚁,十室九空,哀鸿遍野。覆巢之下,大秦帝国往日锦衣玉食的王子王孙们也未能幸免。

一群劫后余生的秦孝公(秦始皇的五世祖)后裔,在西楚霸王项羽攻入关中,阿房宫里一把熊熊大火即将燃起的一个午后,带着"愿世世勿生帝王家"的旷世悲怆,与一班满脸菜色的乡邻仓皇逃出,一路结伴迤逦南行。高贵的王孙们已不再企求高车裘马与深宫大院,只求一处没有刀剑和杀戮的宁静之所。他们带着乡邻们风餐露宿,走走停停,战火与狼烟始终在他们身边起起伏伏，似乎没有停歇的时候。他们只得继续凄惶南行，高一脚低一脚，山一程水一程，直到钻入雪峰山深处山高林密的紫鹊界。

喘过气来，惊魂甫定，王孙们将自己的姓去掉一撇一捺，由"秦"改称"奉"，开始筚路蓝缕，以启山林，寻觅温饱与富足。他们与世隔绝，"乃不知有汉，无论魏晋"，与这里豪爽的苗、瑶先民一道，在古木和荆棘丛生的荒蛮山岭间挥汗如雨，一锄一锄绣花一般镂刻出层层梯田。经两汉、唐宋、明清两千余年父死子继的愚公移山，终于有了这片云封雾锁的人间奇迹。王孙们当年聚居之地便是当今毗邻紫鹊界的奉家镇，而紫鹊界所在的山至今仍叫奉家山。《奉氏族谱》那一张张比村头那棵古树还老的泛黄册页，能清晰读出这些王孙们与他们的子子孙孙辛酸而勤勉的创业史。

有好事者甚至皓首穷经考证说，陶渊明《桃花源记》所记录的时间、地点、人物、事件和地理环境，都与紫鹊界所在的奉家山有着天衣无缝的吻合，引来一阵啧啧惊叹，也令湖南另一个先行一步以"桃源"冠名的县急出了一身冷汗。其实，考证结论的真实与否丝毫不重要，重要的是，紫鹊界和它的梯田早已是不折不扣的世外桃源，没有烽火，没有屠戮，鸡犬相闻，家家富足，"黄发垂髫，并怡然自乐"。

四

银丝一般的雨线，挟着满山青草藤蔓的芬芳，仍然密密斜织在紫鹊界影影绰绰的山峦间。缭绕的烟云弥散、膨胀、翻滚，渐渐化为一阵阵牛奶一般的臃肿浓雾，充盈于天地之间，悄然隐匿了或远或近的梯田。

　　我们的游兴却未曾消减。一处叫"九龙坡"的观景台上，一柄形如蘑菇的木质巨伞遮住了哗啦啦的清凉雨点。同行的一位朋友逸兴遄飞，扯着脖颈，与笑靥如花的紫鹊界"山歌皇后"悠然对起了山歌："哥哥哎！你就到十字街上买双草鞋就倒穿起咧，上排脚印对下走哎，下排脚印对上来啰……"众人畅快的笑声宛如脚下阵阵升腾的云雾，将紫鹊界山民的闲适塞满这片世外之地的每一个角落。此人巨笔如椽，对世俗官场的洞烛与厌弃，早已写在他皇皇巨著的每一行文字间。偷得浮生半日闲，徜徉在紫鹊界梦一般的仙境里，我想他或许又有了"望峰息心""窥谷忘反"的新感慨吧。

　　宋代才子苏东坡说："日啖荔枝三百颗，不辞长作岭南人。"我不在乎荔枝，也不歆慕岭南，若能每天自由呼吸着清新如许的空气，恬然信步于这如诗如画的峰峦，守着这片智慧结晶的人间奇迹与稻作文明，我倒愿意长做一个紫鹊界人，永生不悔。

　　（原载《人民文学》2016 年增刊，获《人民文学》第四届"观音山杯·美丽中国"全国游记征文佳作奖）

一个书生的万水千山

一

从白玉堂到富厚堂，咫尺之间，一介书生曾国藩跋涉了多久，又迂回了多远？仿佛隔壁山下南岳大庙里的一个虔诚进香者，我久久伫立在情人玉手般拂过槐树和香樟的春风里，聆听着不远处悄然绕过的涓水细细碎碎的诉说，对一百五十年前的曾国藩走过眼前这两座故宅的时空，敬畏间充满童心般的好奇。

挣脱连月不开的淫雨阴云，在一抹久违灿烂的阳光下，白玉堂宛如一个走过沧桑岁月的老人，静默在翠色起伏的山峦前，古朴而典雅。庭院深深，粉墙青瓦，飞檐斗拱，山字墙垛，将这个山村仅存的明清建筑，风格阐释得淋漓尽致，像摊开在我面前的一部泛黄古书。

嘉庆十六年（1811）那个风急天高的日子，落木已萧萧而尽，与门前一塘清水一样沉静的白玉堂里蓦地一声婴儿啼哭，让书房枯坐的落魄秀才曾麟书激动不已。曾麟书承继父荫，家道殷实，饱读诗书，却时乖命蹇，屡试不第，从此将一腔功名之心放在了刚落地的儿子曾国藩身上。

漫步在白玉堂三进四横的宽展庭院间，听着猴急的穿堂风从耳边飘然而过，我似乎看到了孩童时代的曾国藩在四十八个房间里与兄弟们穿梭嬉戏，在长满青苔的六个天井处仰望窄窄的星空，在专属的素朴书房里摇头诵读那些之乎者也。乡野的阳光永远那么宁静，门前的田垄飘散着青草与菜花的芬芳，远处翘首可望的南岳峰顶传来一阵阵悦耳的钟声。我知道眼前的一幕与曾国藩发达前蛰居这里时毫无二致，仅仅是我迟来了两百年。

曾国藩有着衡岳和涓水倾注的千年灵气，又能秉承父志，在一盏如豆的油灯下发愤苦读，果然早慧而畅达。十五岁远赴省城长沙参加童子试，被考官欣然列为优等，令一乡老少皆惊；道光十三年（1833）刚过弱冠之年不久的二十二岁，又一举考中秀才。发蒙不过十七年，他便如探囊取物，轻松摘取了父亲曾麟书一生才拥有的功名。油菜花挨挨挤挤，黄金一般亮遍门前田野的第二年，他凭着祖父辈厚实的家底前往长沙岳麓山下的千年学府岳麓书院就读，当年便慨然奔赴令多少士人悲痛欲绝的湖南省贡院，一鼓作气博取了举人的功名，姓名被工楷张贴于丹桂飘香的巡抚衙门前。

中举对一个寒窗苦读的读书人而言，意味着一只脚已踏入了扬眉吐气的仕途，日后即使考不上进士也有机会任学官、做知县，甚或平步青云出将入相。《聊斋志异》的作者蒲松龄当年满腹才华，孜孜不倦于举业，却在森然而立的贡院前屈辱蹀躞了五十年，最后以一个老贡生的身份带着两行浊泪郁郁而终。而与曾国藩同为"晚清四大名臣"的左宗棠中举后，开始徘徊不前，屡试不第，终生止于举人的身份，却能因时而起，被破格敕赐进士，官至东阁大学士、军机大臣，封二等恪靖侯，实现了一个书生"治国平天下"的终极抱负。

曾国藩的幸运源于"三更灯火五更鸡"的勤勉带来的博学，

似乎也缘于白玉堂灵秀山水赐予的吉星高照。中举后仅仅四年，在道光十八年（1838），他又在京城的会试、殿试中连连告捷，高中贡士、进士，像一尾越过龙门的鲤鱼，迈过了加官晋爵的门槛。他先是入选翰林院，接着如履平地，先后任乡试正考官、侍读、侍讲学士、内阁学士兼礼部侍郎衔、礼部右侍郎、兵部右侍郎、工部右侍郎和署吏部左侍郎。他像田径场上一个发挥超佳的运动员，十年之内连跳七级，未到不惑之年，尚在青春年华的三十七岁便已官居二品。他的升官之速，令八百年前宋代同样少年得意的科场前辈王安石也逊色不少，有清一代则仅他一人。

　　这是白玉堂最风光的一段时光。从省城到京城，一张张大红喜报频频传来，门前锣鼓喧天，人头攒动，宗祠爆竹声声，青烟缭绕，贺声满耳，酒香盈鼻。十里八乡仿佛山峦间的条条小溪汇于涓水，聚拢来无数歆慕的目光。老秀才曾麟书身着簇新的绸缎对襟衣衫，拈着几茎花白的胡须，接受一拨接一拨远亲近邻的祝贺，从心底涌出的笑意填满了额头间为科场失意而生的一道道沟壑。屋前那株古老的皂荚树和缠在其身巨蟒一般的紫藤，也蓊蓊郁郁，苍翠欲滴。

二

　　如果没有那场猝然而起，令大清江山风雨飘摇的金田举事，曾国藩或许是一个位极人臣、官运亨通的书生，或者是诗文、书法样样精通，著书立说能与文臣王安石比肩的鸿儒，立德立言毫无悬念，但绝不会是统军三十万，驰骋疆场，挽狂澜于既倒的统帅，立功的机会几乎为零，也就没有了被日夜提防的震主之忧。他与白玉堂相处的缘分或许要更长久一些。

　　咸丰二年（1852），驿站那匹被鞭子抽出道道血痕的疲惫快马，带来了曾国藩母亲去世的讣告。他瞬间涕泗交流，想着春晖般的慈母一生操劳，忍痛含悲回籍丁忧，跟跟跄跄回到了阔别多年的白玉堂。这时，从金田举事的洪秀全和杨秀清领着一群衣衫褴褛的太平军势如破竹，已沿湘江北上，攻入湖南境内。事急从权，蛰居乡野不到一年的曾国藩被咸丰帝急如星火般夺情起复，奉旨帮办湖南团练。他刚匆匆而茫然地赶到长沙与湖南巡抚张亮基见面，勉为其难商量办团练事宜，洪杨的队伍已如长江的洪流迅猛东下，攻占了六朝古都南京，改称天京，定为国都。

　　年轻的咸丰皇帝也是病急乱投医，曾国藩是一介书生，手无缚鸡之力，治学于兹有年，治军却从未有过先例，让他帮办一个省的团练，上前线带兵打仗，肩负戡乱之责，或许属于试试看的心理。不想曾国藩似有用兵天赋，独具匠心地组建了一支水陆新军，成为"扎硬寨，打死战"的湘军开山鼻祖，竟能与太平天国的虎狼之师相抗衡。他转战湖南、湖北、江西、安徽和江苏数省的万水千山，令洪秀全、杨秀清两条好汉深感遇到了真正的劲敌。他也偶有失利，甚或兵败之际急得投湖自尽，被部下手忙脚乱从水中湿漉漉地捞了上来，却能从容地重整旗鼓，屡败屡战，最终攻九江，围安庆，破天京，将一团席卷大清半壁江山的弥天大火和烟尘扑灭得干干净净。

　　曾国藩像一个让垂死的病人重新精神矍铄的良医，挽救了大清濒临坍塌的帝国大厦，也不经意间成就了自己一代军事统帅的功名，将儒家"立德、立功、立言"三大不朽的追求囊括于一身。人生达此，夫复何求？

　　处于田间乡野的白玉堂为战场上瞬息万变的生死一线揪心憔悴过多年，这时也像这个山村所有沾亲带故的长辈一样容光焕发。

坪前的老树和紫藤曾因曾国藩的失利而几度枝叶凋零，宛如村里那个斑秃多年的癞头，而今却枝繁叶茂，迎风摇曳。门前的一方塘水漾着清波，倒映出如洗的天光云影，沉醉在曾国藩盖世无双的功成名就里。徜徉在老树紫藤和塘水间的青石板上，闻着四野飘散过来的阵阵花香，我似乎还能感受到它们兴奋过的痕迹。

三

"进步处便思退步，庶免触藩之祸。着手时先图放手，才脱骑虎之危。"曾国藩饱读诗书，以一张张飘着墨香的考卷起于乡野闾巷，没有官宦世家的背景，却从浩繁的卷帙里读到了高处不胜寒的孤寂与险绝，发现了太多血淋淋的兔死狗烹的例子。

春秋时的范蠡和文种是越王勾践身边不可一日离开的左膀右臂。他们抛妻舍子鞍前马后奔波多年，辅佐勾践卧薪尝胆吞吴复国后，范蠡毅然隐退，归居乡野，做了一名生财有道、逍遥自在的富商。他没有忘记自己的好友文种，写信告诫说："飞鸟尽，良弓藏；狡兔死，走狗烹。越王为人长颈鸟喙，可与共患难，不可与共乐。"然而文种没有他的眼光毒，贪恋着来之不易的富贵而狐疑犹豫，未能听进那几句千百年后依然铿锵作响的话语，很快被勾践借故赐剑自杀。

当曾国藩扫灭洪杨，位极人臣，先后晋升为两江总督、直隶总督，诏加"太子太保"，封"一等毅勇侯"，授"英武殿大学士"，升"光禄大夫"时，他似乎看到了那柄令文种含恨而亡的利剑闪着寒光，悄无声息地悬在了自己的红顶之上。

同治四年（1865）那个"落叶满长安"的秋天，即攻破天京后的第二年，曾国藩先动员家眷回乡"立家作业"，为自己引退准备退路。这时，他名下的老宅已因其父与叔父分家，被分在了祖父的另一处田宅黄金堂，因黄金堂住处窄狭，其夫人欧阳氏对门前"塘中有溺人之事，素不以为安"，便令其子曾纪泽"回湘禀商两叔"，另觅新址建造房屋。他还写信叮嘱说："屋宇不消华美，却须多种竹柏，多留菜园，即占去田亩，亦自无妨。"

站在总督府的巍峨高台上，一抹血红的夕阳斜挂在西边山岭，满天织锦一般烂漫的霞光与翩然而下的归飞倦鸟，令曾国藩对千里之外衡山脚下的故土荷叶塘，有着前所未有的怀想与迷恋。他浮想联翩，感慨万千，憧憬着息影林泉，与衡山和涓水相伴的日子。他蓦然想起了才子苏东坡"宁可食无肉，不可居无竹"的诗句，羡慕着陶渊明"采菊东篱下，悠然见南山"的那份悠闲，所以交代曾纪泽"多种竹柏，多留菜园"。

四

如果说白玉堂是曾国藩秉承儒家精神入世的出发地，富厚堂便是他效仿张良"愿弃人间事，欲从赤松子游"，追求道家避世境界的最终归宿。

曾纪泽带着父亲的郑重嘱托，与两位叔父曾国潢、曾国荃商量后，将与白玉堂十几里之隔的富托庄屋移兑过来，精心营造了一座规模宏大的乡间侯府，命名为八本堂，取其父曾国藩八条家训之意："读古书以训诂为本，作诗文以声调为本，事亲以得欢心为本，养生以少恼怒为本，立身以不妄语为本，居家以不晏起为本，居官以不要钱为本，行军以不扰民为本。"后来，曾纪泽又根据《后汉书》里"富厚如此"的话，改称"富厚堂"。

一百五十余年后，当我也以一介文人的身份，循着曾国藩多年后鹊起的声名，肃然站在富厚堂悬挂的"毅勇侯第"烫金匾额下时，仍然震撼于它的古朴与内秀。从外表看，富厚堂的围墙不高，青砖实木，黑色瓦楞，与白玉堂或者别的地方一般明清乡绅的旧宅区别不大，仅有朴拙之美，但缓缓步入里间，深深庭院里层层叠进的回廊式建筑与诸多屋宇，诸如八本堂、求厥斋、旧朴斋、艺芳馆、思云馆、八宝台、辑园、凫藻轩、棋亭和藏书楼等，令我感受到了一个大清总督与太子太保的无声威仪。

富厚堂总占地面积达四万多平方米，主体建筑也有近一万平方米。完工之后，曾国藩得悉花费了七千串铜钱的巨资，与自己悄然归隐、全身避祸的初衷相去甚远，十分惊骇，生恐退隐避祸不成，反而引来不期而至的杀身之祸，更担心千秋万世后的口碑讥谤。他在每日必写的日记中记录了这段心路波澜："接腊月廿五日家信，知修整富厚堂屋宇用钱共七千串之多，不知何以耗费如此，深为骇叹！余生平以起屋买田为仕宦之恶习，誓不为之。不料奢靡若此，何颜见人！"

其实，与同时代的富商大贾花费巨资打造的城堡式宏大家园相比，这座乡间侯府虽有些许雕梁画栋，却还算不上格外富丽堂皇与张扬奢靡，曾国藩的忧虑自然不全在于此。

这些凝聚着当时一流工匠心血与智慧的建筑中，仅有二层楼房的思云馆是为奔父丧返家的曾国藩亲手所建，且住过一段时间。房屋建成后，他取"望云思亲"之意题写匾额，挂在门楣之上。每一个清风徐来的清晨或者白云飘浮的黄昏，曾国藩面山而坐，手捧书卷，翻几页古书，看一会儿流云，听几回清风，恬然惬意，早已忘怀了战场杀戮与官场得失。他不免有了借"在籍终制"之机终老故里的念头，不想再走出魂牵梦萦过的荷叶塘，走出这片宁静而温馨的山山水水。

　　然而，大清帝国依然是多事之秋，京城深宫里那对深信"率土之滨，莫非王臣"的孤儿寡母，不肯就此放曾国藩归山，一道道诏令被封进五百里加急文书，顺着富厚堂前的羊肠小道凛然催逼而来。曾国藩只得收拾行装，重新出山，最终病逝于南京那座金碧辉煌的总督府。唯一令曾国藩欣慰的是，他终究能在功高震主之下得以善终，实现了自己"退步"的初衷，也算是封建官场这架绞肉机器里一个难得的奇迹。

　　多年后，我漫步在富厚堂倚靠的半月形鳌鱼山上，抚摸着那些或许目睹过曾国藩身影的参天古树，眺望大门前月台上飘扬的大清龙凤旗与湘军帅旗，我仿佛听见了曾国藩沉重的呼吸。他为功成名就后日夜忧思的退步之念，仍然篆刻在每一棵青翠劲挺的毛竹与每一块生满苔藓的青石板上。他从白玉堂到富厚堂，走了半个世纪，也走过了脚下与心灵的万水千山。

　　人生俯仰一世，无论贤愚不肖，功名富贵也罢，潦倒困窘也罢，到头来终究归于尘土，化为与蝼蚁为伴的尘埃。但一些人的智慧，却能如天上闪烁的星月一样长存天地间，照亮后人的生命之旅，譬如这座宅院的主人曾国藩。离开富厚堂夕阳下已渐渐暗淡的侯门，我还在不时回眸，像不舍一坛积年的老酒。

（原载《创作与评论》2017年第五期）

披风滕王阁

　　那座耸峙心间多年的江南楼阁，像一个蓦然成真的幽梦，终于将凌空欲飞的风姿装进了我焦渴的眼眸。

　　这是 9 月的一个清晨。秋风从浓荫如盖的樟树叶间瑟瑟荡过来，赣江澎湃着唐宋文人惯熟的涛声，阳光穿透江上轻如蝉翼的乳雾，一点点剥去披在她身上的薄纱。她清俊雅致，袅娜飘逸，犹如一个髻鬟高耸，缓缓走向雕花浴桶的唐代美人，迎着我凝聚的火辣目光，粲然一笑。我便像喝了当年洪州都督阎公宴席上芬芳四溢的一杯美酒，骤然沉醉在南昌一角。

　　我的炫目只是一瞬。那场似乎千年未散的盛宴上的喧哗与优雅，将我的脚步匆匆引向光洁如玉的花岗石高台。楼阁忽然媚态全无，又像极了赣水边引颈鸣唳的一只巨大鹰隼，凛然蹲伏在高台上，将孤傲的头颅探入云天，须仰视才可窥见一斑。阳光像许多年前那个有风的日子，用温润的手轻抚楼阁的碧瓦长廊、重檐斗拱、飞檐翘角与璀璨琉璃，散发着一缕缕大明宫檀香般的氤氲。琉璃顶上以上千年技艺精雕细刻的鸱吻、勾头和滴水，写满唐风宋韵，像一篇篇铺排在阁顶的骈文，韵律铿锵，文采斐然。

　　如同一个偏远乡野而来的臣民觐见威严的帝王，我惴惴然步

31

入阁中，盛唐的绚烂与华丽扑面而来。我惊异于那些梁枋、椽子、望板、柱子与门窗上古色古香的色彩与图画，似乎为那个衣袂飘飘、长髯及膝、誉满大唐的画坛圣手吴道子亲手绘刻。"金碧辉煌"与"雕梁画栋"都是极俗的字眼，却又缺乏更好的词汇描摹那些老祖宗技艺的精湛与绝伦。我只能仰头默叹，而后选择更庸俗的方式，举起相机，与拥挤潮涌的人流一道取景、拍摄，意图撷取最精美的一瞬归去。

一层一层地往上虔诚攀爬，匾额也像应接不暇的山水画卷，挟着奇山异水的清芬与人文地理的古韵一一展开，"瑰玮绝特""下临无地""襟江""带湖""俊采星驰"……书法或道劲或灵动，漆底贴金，熠熠生辉。每一块都与阁中异彩纷呈的拱联、浮雕、磨漆画、壁画、铜碑等一样，有其深奥的渊源与来处，也都能咀嚼出这座瑰玮古城的钟灵毓秀与文化底蕴。

然而，我仿佛置身于万千粉黛的后宫，忽然有了些帝王的莫名孤寂与审美倦意，急于要做的是上到最高层，去领略南昌故郡"落霞与孤鹜齐飞，秋水共长天一色"的千古奇观。

明丽的江山画卷在五楼回廊前舒徐展开。钻出曲折逼仄的楼道，步入朱漆回廊的瞬间，我像登上泰山极顶，一览众山小的登临者，眼前豁然一亮，不觉让呼吸屏止在咽喉间。飒爽清风临空而来，带着金石扣响的音韵拂动我的衣衫。天幕犹如刚被赣江水清洗过一般洁净妩媚，铺陈着空阔无边的湛蓝，翠色拥覆的西山顶上，飘荡几片悠然白云，便是忘了拿走的清洗抹布。阳光如瀑布般倾泻而下，将此刻温婉的一江秋水，润染成碧中带红，汨汨滔滔，往万里长江奔腾而去。江边森林般的高楼与江上车流如织的飞桥，带着阳光一样生动的笑靥，每一处闪烁的窗口与每一波涌动的人流，似乎都溢满洪都新府的富足与朝气。

秋水依旧与长天一色，却没有斜飞的落霞，也没有只影的孤鹜。或许，这才是真正的大唐气象。沉默间，我又依稀听到了阁公盛宴上的笑语喧哗，闻到了砰然开坛的醇厚酒香。那位藉神力日趋七百里，登临福地滕王阁而一举成名的才子王勃，或许又有了新的感慨与篇章吧？

（原载《新民晚报》2017年8月11日）

北戴河的海日

曙色还像深闺婉约的处子，慵懒隐在无边暗夜与幽寂深处。海的呻吟，似乎从不远处的老虎石滩头奔涌上岸，穿透白杨青松交相藏匿的街巷与红瓦粉墙的屋宇，和一道清寒的风冷不丁探入窗棂，将我从恬静的梦境蓦然唤醒。

夜光表幽冷的时针，像窗外的一弯冷月，悄然滑向五点，正是昨晚庭院那棵浓荫如盖的核桃树下，我与友人相约去观沧海日出的时间。她是一个中原来的奇女子，香烟、烈酒、文才与道义都一样飘逸超群，我可不敢爽约。一个惊涛般的激灵隔空铿锵而来，将我的瞬间犹疑击得粉碎，匆忙翻身而起，胡乱套上衣物，又一个电话将楼上或许还带着畅快酒意的友人唤醒，便步出房门，立在庭院等她下楼。

北方9月的凌晨已略带寒意，我不觉裹紧了衣衫，放逐暗影里的目光。瓦屋顶上的东边天空一角微露鱼肚白，像用瓢泼了一层酸奶，将还在柿子树上孤寂悬钩的冷月，冲得毫无光彩。天气格外晴好，却或许出门迟了，到海边还有些距离，我心内大急，盼着友人早点出现。地平线下那轮太阳，似乎在刻意与我的心跳竞走，人与树的影子转瞬间便从地上消失，鱼肚白仿佛在宣纸上浸润开来，天空已蒙蒙发亮。那位上了年纪的门卫师傅咳嗽几声，开始窸窸窣窣打扫庭院，浇灌摆在路边盆中的花花草草。我生恐错过观日出的最佳时机，心内隐隐作痛起来。幸而友人微胖的身影像一道高僧的止痛符，很快截住了我焦虑的视线。

两人喘着粗气一路小跑，像去赶赴一场与恋入骨髓的情人的约会，将晨光熹微里北戴河那洁净得似乎没有一只虫蚁的街巷，匆匆甩在汗湿的身后，一头扎入老虎石绵软柔顺的沙滩。海的呻吟便像山间漫涌开来的浓雾，真切地将我们包裹起来，严实而温暖。

伸入海面的沙滩与礁石上，早已晃动着散乱的人影。长出了一双手的目光与东边的海天之际急遽相遇，还好，与我竞走的太阳还隐在距海面一米的云翳里。这是天空仅有的一处云翳，仿佛舞台上大戏开演前遮挡的幕布，专等我与友人到座。别的地方像刚从海水里洗浴过，如同出浴的美人，一丝杂尘也没有，端庄而清秀。云翳呈墨色，高而远的天空便由浅黑、灰白、灰蓝、浅蓝到深蓝，犹如大师笔下的印象画，一层一层铺排开来，直到西边与海又结成一体，插一根银针的缝隙也没有。

远处的海水在天幕下沉思，像一块巨大的深色软垫，带着和田墨玉的光泽，似乎刚从天际滑落而来，仅有微微摇曳的凹凸痕迹，是波浪在远端隐隐起伏。近处，海水挟着海风躁动着，像一个临产而激动的母亲，从软垫深处激出一层一层海浪。浪高足有数米，仿佛一堵堵高峻的城墙你追我赶奔涌过来，带着愠怒的咆哮声，靠近岸边，蓦地翻卷，冲上礁石，化作满地跳跃的碎银乱雪。

远处的海面上，凸出三五个醒目的墨点，像娉婷佳人光洁的眉宇或者嘴角生出的黑痣，是早起的渔船还是匆匆赶路的航艇？不得而知。它们静默的身影却让深色软垫瞬间动起来，如同一幅雅致山水画深处的一间茅屋，或者一叶小舟，将人的心绪牵入烟火人间与万家忧乐。

海鸟展开灰白的双翼，三三两两追逐、嬉闹，或斜飞或俯冲，尽情自在，在海天之间划出一道道优雅的弧线。尖锐而兴奋的叫声，偶尔刺透海浪的咆哮，击打着起伏的海面与沙滩伫立者的脸颊，却不曾有半点喧嚣或者疼痛之感。鱼儿深伏在海的深处，或许还在海草间酣眠，海天世界便似乎只剩下海鸟。它们娇媚而灵动，是这个静谧而沸腾的清晨海的女儿。一只着黑色衣衫的海鸟似乎累了，双翼一斜，亮出一抹峨眉山顶武林高手的清俊，迎着海风吹来的方向凌空而降，竟浮在了水面上。它的身躯随海水起伏而摇摆，像晃动在竹制摇篮里的婴儿，悠闲而惬意。青黑色的浪峰从远处鼓噪而来，它像战场上集团冲锋前的孤胆勇士，泰然自若，怡然不动。在浪头覆盖的瞬间，它带着我惊出胸口的心脏骤然腾飞，像软垫上弹出去的田径健将一般，一个漂亮的弧线划开浅灰色的天幕。

尚未露面的太阳一刻也不曾闲着，我似乎看到了一个巨大的火球在云翳后面奋力挣扎，犹如平地石缝里的小草，或者高山岩石间的矮松，展现出卓异而硬扎的生命力，意欲撕破黑沉的帷幕或者将其抛在身下。海风从海面掠过，闪电般向它驰援而去；海浪也依旧在一波一波汹涌，向它发着鼓角争鸣般的呐喊。终于，黑幕被撕开了一条窄窄的缝隙，一道炫目的金光瞬间泻落海面，海水刹那间便从青黑色变为了墨绿色，像捧出满天星斗或者万家灯火般，回应出一点一点成直线的闪烁金光，随着波浪摇曳、颤动。高峻的浪涛涌过来，甩向礁石时，碎银乱雪已染上了红蓝色，像一地碎散的红宝石或者蓝宝石。

沙滩与礁石上伫立的人影也瞬间有了血色，仿佛饥饿已久的人被灌进了一碗黏稠的米汤，或者娇羞的闺秀初见情郎，脸上泛起了一阵桃花般的红晕。一人高的礁石上，游客摆着各种生动的姿态，或袅娜或厚重，或沉思或烂漫，诠释着远道而来者的不虚此行。我与女汉子友人也参与其中，友人脸上遏制不住地溢满兴奋与喜色，似乎忽然温婉起来，将一个造型定格在色彩分明的海天之间，一遍一遍喃喃地说："我本来想偷懒不来了，幸好你叫醒我。"

一个尖叫着的少女像初夏粉色的蝴蝶，始终在我身边翩翩而舞。她在礁石与沙滩间的镜头前，不断变换着曲线分明的俏影，意图留下整个海天世界，带到她远方的天地去。一个呻吟着的浪涛卷上礁石，舔过她的腿脚才哄然四散，像一个有情的偷袭者，猝不及防吻过她娇美滑腻的肌肤。浪涛打湿了她的鞋袜与尖叫，却滋润了她的笑脸，海天之间长出了一株灼灼桃花，摇曳在流光四溢的晨风中，让海与天都更为生动起来。

天空愈来愈亮，海水也愈来愈绿。太阳似乎在乘胜鼓足余勇，将黑幕的裂缝撕得越来越宽。我似乎听见了一块硕大帷幕碎裂的声声脆响，像田地里母亲用力撕开苞谷的声音，又像战地涨红脸颊的护士急切撕扯裹伤的纱布。蓦然，太阳似乎纵身一跃，已经散乱的云翳终于被踩在了脚下，一轮不可直视的灼热火球悬在了海上。穹庐形的天幕，像展开了一幅洁净无比的湛蓝丝绸，蓝得晃眼，让人全身的血液止不住往上喷涌，仿佛置身于一个多年期待的纯真的童话世界。东边海面上游动着万条金蛇，又渐渐连成一片燃烧跳跃的火焰，像万吨油轮泄露的石油在肆意舔舐着火光，或者恼怒的北海龙王喷吐着一束束圣火。海水的墨绿也由深变浅，被一层一层染上了一道薄薄的金边，向无穷无尽的西边天空延伸而去。礁石上海浪甩成的碎银乱玉，也须臾间白里透红，像出阁的新妇映着红绸盖头的脸。

倏然，远处的海日之间，出现了一艘缓缓移动的小船，比先前所见的墨点小得多。深绿色柔软的海面上，三个或坐或立的人影，像皮影戏银幕上摇晃的影子，隐约可见。他们向着太阳的方向奋力划着桨，仿佛上古挥汗如雨逐日的夸父。这样的清晨与工具，他们或许是与我们一样观日出的人。只是他们置身万顷波涛之上，比我们更勇敢，也更执着。

银幕上的身影一寸一寸挪动，恍若高空夜航徐徐浮游的一个光点。仅仅一会儿工夫，被我凝成一束的目光托浮的小船，滑进了太阳直射的光影里，躺卧在海面那些熊熊燃烧，似乎能听得见噼啪作响的火焰上，与太阳、大海和我的眼帘构成了一条直线。小船与它的三个划桨者顷刻间被裹在了万道金光的绚烂中，太阳就在他们头顶的咫尺之间，似乎伸手便能摘下那些宇宙间最富饶的光与热。

这时，海天间滚沸的世界也似乎骤然阒寂下来，身后岸边翠色覆盖的粉墙红瓦，背倚着明净的蓝色天幕，与我、友人以及沙滩上的人们一道，静默在一片瑰丽与庄严之中。

（原载《红豆》2020年第七期，《散文·海外版》2020年第十期选载，获第九届"岱山杯"全国海洋文学大赛三等奖）

聆听书院的回响

　　雾从清浅的恭河堤岸漫过来，像曼妙女子脖颈上那一缕薄纱，温婉、飘逸、空灵、静谧，悄无声息地拂过原野、屋舍，将葱绿拥覆的千年书院隐在神秘的氤氲里。这是雪峰山重峦深处最纯净的水雾，远望朦胧绰约，如幽邃的神仙洞府，近看却几近于无，蓦然又重返烟火人间。只是能闻得出它前世的芬芳：恭河照得出惊鸿倩影的水流，或者罗蒙山上缠绕香樟翠竹的浮云；甚至能听得出水里游鱼张翕的欢愉，或者林中斑鸠、竹鸡蹿跃的轻盈。

　　我像一只倔强的穿山甲，从遥远的湘楚东部寻寻觅觅，穿过雪峰山重重隧道而来，静默在这个水雾张扬的清晨，听任书院青石台阶挤出的些许野草与苔藓，默然抚慰一双依旧不知疲乏的脚板，犹如一个跋涉的远行者坦然接受主人的寒暄。此刻，我对脚板叩击青石台阶的声音一无所闻，却似乎听见了门楣上"恭城书院"四个端楷大字，重重叩击心脏的剧烈声响。

　　书院背倚晨雾间若有若无的罗蒙山，雄踞一座不高的土台，裹在门前两株桂树漫涌的清香里兀然而立。黝黑的两层木墙青瓦与飞檐翘角，仿佛一幅色彩平淡的素描，结构精简却勾画了了。楼宇沉淀着岁月淘漉的痕迹，古朴而典雅，像沦落村野多年却仍

39

然掩饰不住姿色的贵族女子，弥漫着千百年的风韵，似乎每一扇门窗与每一根立柱，都漫溢着一种大宋的神韵与大清的风采。门楼、斋舍、讲堂与通廊，随着我讶异而踟蹰的脚步一一展开，幽寂、空敞，像当年学子们散学归去后一个黄昏的场景，又像等着他们满身书卷气，笑语盈盈，与枝叶间的啼鸟欢鸣相伴而来的一个清晨。

许多年前的 1105 年，大宋那位崇尚清静无为的"道君皇帝"宋徽宗，深宫庙堂沉湎于自己的书画世界，将笔下鲜活如生的花鸟虫鱼与瘦劲峻丽的"瘦金体"，构筑成一座傲视古今的书画万里江山。他的文化品位与追求像一股清雅柔媚的东风，穿山度岭，也浸染到了雪峰山深处的这片"南楚极地""百越襟喉"。刚由罗蒙改名而来的通道县几位官绅与侗族族老，围着一张暗红色的榉木八仙桌凛然而坐，高谈阔论。手中青花瓷盖碗里升腾着一缕缕幽雅的茶香，像多年后眼前这片弥漫的袅袅水雾。他们热议的主题是，在罗蒙山下修建一座抛却蛮荒的书院，让通道子弟走上一条接近文明、通往仕途的通达之道。从此，琅琅书声带着稚嫩而憧憬无限的童音，穿透罗蒙山上的层层林木与云霞，与晨出或者晚归的鸟雀相互应和。

多年后，我踩着褶皱如乡野父老额头的青石板，置身于空荡的讲堂间，似乎还能依稀听见一阵阵与家事国事天下事紧紧相连的读书声，那是恬然静默的木质墙壁与窗棂沉淀多年的回响。晨雾渐渐散尽，一缕阳光从窗棂间如水一般滑过来，将幽暗的墙壁染成明丽的金黄。许多年前，它也用这种沉静而温馨的姿势，将一张张桌上的书卷染成生动的颜色，铺展开学子们一片"修身、齐家、治国、平天下"的家国蓝图。

这一蓝图像罗蒙山顶树梢上悬浮的晶莹星月，从大宋一直延续到民国，即便风雨沧桑，战火频仍，书院几遭变故也未曾稍稍改变。那一年，书院集资重建完工，陈旧容颜像再做新娘的女子，焕然一新。民国通道县长翁信浮踏着莹莹草色乘兴而来，忽然意兴遄飞，饱蘸浓黑的墨汁，在书院前厅伫立多年的圆柱上题下一副对联。上联为"小学毕业的一定要上中学，中学毕业的一定要上大学"，下联是"家境富裕的固然要升学，家境贫困的也要想方设法升学"。他用一种近乎乡野俚俗的语言，将学子们云霓般烂漫的蓝图诠释得清楚明了。有了文化的日夜浸染与熏陶，通道也便像一条淌过荒野的河流，从贫瘠荒蛮的湍急、焦躁，逐渐走进了温文尔雅、谦恭有序的从容与淡定。

我不知道书院回荡的浪涛般的琅琅书声，涌出了多少吟诗作赋的秀才、举人，抑或涌出了多少高车驷马踏上京城通衢的进士。一乡一县的文明，终究也非几个峨冠博带、面色清癯的秀才举人所能浓缩、概括。不过，窄窄书院回荡的另一些人的声音，却令一群有着火红信仰的人走上了通达之道，从荆棘丛生的荒野乡间踏进了通畅平整的北京，也使整个民族的车轮发出一声巨响，拐了一个大弯。

1934年那个雨雪肆虐的冬天，是一群年轻的共产党领袖最受煎熬的岁月。八万从江西瑞金迤逦前行、顶着布制红星的官兵，被蒋介石集结的重兵围追堵截，已损失过半，殷红的血染红了原野无尽的荒草。他们衣衫褴褛，满脸倦容，一路向西，总算冲开蒋介石和他的智囊们构筑的密集罗网，匆匆开入湘西的通道境内。这时候的通道，冬云如石，飞雪漫天，冰凌悬挂在松树、杉树、樟树和竹子黯淡的枝叶间，像一柄柄锋利的刺刀，漠然打量着这支步履蹒跚的队伍。

按照最高负责人博古、李德等人在地图上一卡一卡随手敲定的计划，这支队伍要开往湘北的桑植一带，与另一支顶着红星的贺龙、萧克的部队会师，合兵一处后再图打开窘迫的局面。蒋介石也是一世枭雄，像一个窜伏山中多年的阴鸷猎手，就着南京城内总部的一盏盏雪亮吊灯，与智囊们日夜筹谋，早又在通道与湘北间的崎岖山路上构筑了一张张巨网，专等"猎物"茫然钻进去。

徘徊在书院阒寂的通廊上，我倏忽间屏住了呼吸，似乎看到了历史深处蒋介石那张冰雪般阴冷的笑脸。如果没有书院里那次召开的紧急会议，没有那个湖南口音发出的睿智声音，我想，这个瘦高的男人竹叶般浮动的笑脸，必定会更加恐怖。

然而，这张阴气漫溢的笑脸很快呆滞、漫漶、消失，进而惨然寡白。12月12日，风雪依旧，冷风刺入骨髓，像前线一道道急奔而来的不利消息。共产党七位憔悴的领袖匆匆步入书院，齐聚一间师生散尽的空旷讲堂，商讨这支队伍的行军方向。其中便有冷板凳上待了多年的毛泽东。一张老旧的八仙桌，七把失去原色的斑驳靠背木椅或者条凳，让阴沉的空气更为凝重，犹如窗外屋檐吊挂的冰凌一般凝固起来。幸而火盆上的木炭吱吱作响，将丝丝温暖透入一件件破旧的土布军衣。喝了一口热茶，主持人博古打开了议题，与他的军事顾问李德一道主张继续向北，务期与贺龙、萧克会合。

毛泽东尖锐的声音像冲决堤岸的恭河洪流，穿透这座千年书院的楼板、瓦楞。他的中心意思是改变计划，转向蒋介石不曾防备的贵州。多年后，我轻轻摩挲这些沧桑的板壁，似乎还能听见他急促声音的回响，犹如一阵金石叩击般的秋风疾驰而过，铮铮有声。毛泽东的意见最终被采纳，这支队伍火速转兵向西，也转危为安。通道如同一片福地，重新开启了共产党人的通天大道，书院则是这一大道的起点，前方，是千里之外巍峨的天安门城楼。

步出书院，缥缈水雾早已消散，云霞满天，阳光像娇媚女子的手，缓缓抚过开始喧闹的原野、屋舍，以及街巷村道上沐浴那支红色队伍最终所带而来和平的人们，也久久抚摸着这座成为民族历史坐标的千年书院。我蓦地停下脚步，回过身来，凝望阳光里静谧依旧的书院，似乎想再次聆听一番那些深深勒进了历史册页的回响。

（原载《散文百家》2017 年第七期，获《散文百家》全国征文一等奖）

沧桑在浪尖上的老龙头

一

正午的阳光像金色的雨幕临空挥洒，将蓝得或深或浅的海与天，涂抹成一脸妩媚的红晕，却始终未能散尽海天相接处的云雾。我野马般放逐的目光也便总到不了海天尽头，徐达、孙应元和戚继光这些大明柱石们当年披挂重铠，绷紧每一根神经盯住的海天深处，我已无由得见。然而，这丝毫没有影响到天的澄碧、海的壮阔与老龙头的雄奇。

我从千里外的南国丘陵跋涉而来，为着倾听老龙头脚下的涛声，也为着从潮水隐退后裸露的沙滩，寻觅或许还带着些许殷红残迹的箭镞。此刻，老龙头背倚陡峻海岸，昂着万里长城的龙头，一脚踏着翻涌的雪浪，向深不可测的海天深处警惕地张望，像雁群里那只机敏的哨兵。它斑驳而高耸的箭楼里蒙尘已久的号角，时刻准备吹出满城剑戟如林与漫天烽火。

我似乎看到了它延展在大漠深处的龙尾嘉峪关遒劲摆动，盘曲在嶙峋燕山上的腰身八达岭巍峨拱起，时刻准备向它急速输送粮草与兵员，像动脉里沸腾的血液一般。龙身绵延四万多里，将北国的荒凉、幽僻、险峻与崎岖几乎一一阅尽，挺出一种万夫莫

44

当与固若金汤的风姿。

9月末的秋风钹钹铮铮而来,发出许多年前刀剑交合的音质,一阵阵拍击着海面。海水像当年城墙上的勇士,在我的瞳仁里回应出一种凛然不屑,用沧桑的涛声撞击人流如织的喧哗与嬉笑。

人流潮涌在老龙头花岗岩条石垒砌的脊背上。衣袂飘飘与道貌岸然一拨接着一拨,将海鸟一般的聒噪与浅薄洒落一地,狼藉一片。他们几乎无人蹲下身来,细细勘察老龙头身上遥远的伤痕与疼痛,听听那些还残存在秋风与阳光里的呻吟,而是仅仅忙于举着手机和相机,不断摄取各种轻颦浅笑的姿态与画面,以便回到远方丢弃在某个幽暗的角落。

这自然不是他们的过失。蓝天、丽日、白云与没有卷起千堆雪的浪涛,让他们迷醉在画卷一般的和平与宁静中。远去的战争与伤痛,不再是他们神经上颤抖的因素。老龙头过去的荣光与屈辱,远不如他们衣袋里一张张或宽或窄的纸币,像清明节探望躺卧在地底下的遥远先人,那些有着血缘却不曾谋过面的人似乎虚无缥缈,早已不在探望者的真正念想中。

老龙头不能不深深落寞。它的左边不远,并排着一处吊臂高昂的海港码头,长堤趾高气扬探头入海,琳琅满目的货物吞吞吐吐,各种型号的船只旁若无人地进进出出。右边,弧形海岸的沙滩根部,似乎有些许树林荫翳里的房舍,像一座座大大咧咧敞开门户的乡间别墅,四周散乱着捡拾贝壳的人影。一切都平静地沐浴在阳光与海风中,昭示着关防与海防已向遥远的大海深处延伸,鸣镝或者烽烟也迁移而去。老龙头确乎已是明日黄花的废垒,再也没有了新的风云与勋章。

海浪一阵阵涌过来,在老龙头花岗岩的脚边轰然四散,雪一般惨白。我似乎听见了它长长的一声叹息,像地底下撞击而出的

沉重悲鸣。

二

像一支支应弦而出的利箭，一行剽悍的马队贴地而行，在一孔孔战栗的瞳仁里一闪而过。野地蓬蒿被划开两道飞逝的波痕，阳光烧灼的马刀锃亮如雪。马背上除了弯如弦月的马刀，还挂满淌着鲜血的头颅，倒悬惊恐的妙龄女子，牵引着如山的金银细软与牛羊瓷器。狼一般的哄笑遮盖了四野的哀鸣，穿透远处迷离的海雾，直达海外仙山。

这是一支从草原深处飘忽而来又满载而去的铁骑，像游荡在大明边境的幽灵，摇曳着一个个散入暗夜的噩梦，岁月的钟摆颤抖在大明洪武年间。那位和尚出身的皇帝终究是从刀锋中杀奔而出，被一张张哀鸣的八百里加急边报震怒了，钟山顶上霹雳一闪，羽书飞驰，诏令第一大将徐达筑关设防。老龙头的脖颈山海关随之诞生。

静默在老龙头飘逸的澄海楼上，我像雪地上挺胸叠肚的一只企鹅举头西望，似乎见着了山海关箭楼上那块闪烁的匾额，将苍劲的"天下第一关"勒进了大明江山的胸膛上。关隘仿佛亮翅的岩鹰般倚山面海，凌云而峙，如同还在王气漫溢中的大明，将草原而来的铁蹄与狂呼消弭得杳无踪迹。目光所及，芳草萋萋，再无烟尘。关隘上，盔甲鲜明、手握宝刀的徐达意气昂扬，沿着齐整的箭垛信步闲走，咳嗽一声，城下的野兔也胆战心寒，如飞而遁。多少年过去，我仿佛依旧能听见他回响在关隘上利如刀刃的咳嗽声。

然而，草原上野草的柔媚让狼的凶悍里有着狡黠的一面，马背上的民族聚水草而居，日子一久，也无师自通。我能想见某个有云雾的日子，几个鬼鬼祟祟的身影避开关隘锐利的眼睛与刀剑，沿着海岸潮落而出的银色沙滩，汇入了关内熙熙攘攘的人流。盘桓窥伺一阵，又面带喜色原路返回，像外出打探的蚂蚁摇曳着兴奋的触须，往草原深处的蚁穴飞奔而去。于是，一队久伏的剽悍人马带着浓烈的草腥味，又突然杀奔而出，将睥睨山海的关隘甩在身后，也将绵软的沙滩与关内的宁静碾压得千孔百疮。关隘在闾巷村落匹夫匹妇坠落烟尘的泪水中颜面扫地，阳光里"天下第一关"的匾额像涌上过多血液的脸，红得有些凄然。

徘徊在老龙头风雨剥蚀的脊背上，我想，如果一个民族总封固自己的脚步与思维，躺在前人栽好的大树下恬然纳凉，却从没想过给大树施肥或者搜寻出致命的虫眼，那么纳凉的日子必定有限，悠闲过后必有不期而至的祸患。前人所叮嘱的居安思危，大概便是鲜血堆积而出的教训。一处关隘也一样。徐达从荆棘茅草间竖起一座雄关，立在上头能安稳如山，却敌于千里外，身后的将领耽于守成，贪于安逸，关隘便终是田地里形容枯槁的稻草人。

关隘近海疏漏处的声声铁蹄与哭泣，也催促了老龙头的呱呱落地。1565年那些风晨雨夕，大明兵部主事孙应元将一张被太阳晒得黧黑的脸，绷得像官兵与民工们肩背上沉重的花岗石，老龙头的重要部分靖虏一号敌台，在起伏的涛声里渐渐成型。海鸟依旧在海天间划出优雅的弧线，海风也依旧从海上带着鱼腥味漫吹过来。它们惊讶地发现，落潮后的沙滩像海市蜃楼一般消失了，代之而起的是一座岩石垒就的坚实城楼。许多年过去，我似乎还能看见书生出身的孙应元终于绽开的笑脸，像澄海楼前被海风吹拂的白杨树，哗哗有声。

孙应元亡羊补牢，却终究落于后手，从眼界与韬略上说，已输于那些草原上风一般卷过的铁骑一筹。他身后紧跟而上的一个身影，又远胜于他，将老龙头蹈海而立的风姿最终定型，也臻于最后的完美与无懈可击。铁骑像海上游鱼一般悄然滑过的时候，再也不曾有过。

这是一个集"仁、义、智、信、勇"于一身，有名将之风的伟岸身影。孙应元去后十四年的那些寂静日子，这个身影像阳光与涛声一般，一直徘徊在靖虏一号敌台上下。恍惚间，我还能从白杨树撑开的阴影里，看到他焦虑的侧影。

他是"封侯非我意，但愿海波平"的戚继光。跨上靖虏一号敌台伫望大海之前，他一直驰骋在大明王朝犬牙般曲折的东南海岸。他洒落在城墙、港湾、渔村、海岛、沙滩与波浪上的影子，足以令那些海外窥伺而来的倭寇心胆俱裂，作鸟兽散。海波已平，塞上又燃起直冲海天之间的滚滚狼烟，草原铁骑像一群眼里发着绿光的恶狼，游弋在野草与庄稼接壤之处，也游弋在大明边民半夜惊醒的噩梦里。巧者劳而智者忧，一纸诏令又将他召唤到老龙头所在的海天边陲。

塞北的寒风挟着呛鼻的泥尘迎面扑来。我能想见寒风中倚马而立的戚继光长髯飘飘，目光如炬。他远眺"风吹草低见牛羊"的草原与波澜摇曳的大海，思忖着铁骑可能肆虐的方向。蓦然，他浓黑的眉毛一挑，发现海潮落下时，草原铁骑可以轻易渡船而过，甚至涉水上岸，将山海关与绵延四万余里的龙身，置于无用武之地。他手按腰中宝剑，心内骤然一惊，庆幸那些吃羊肉喝羊奶的铁骑们，或许正陶醉在剽掠而来的酒肉中，暂时还没能想到这一层。他不能让他们醒悟过来，施展他们的狡黠与剽悍。于是，夜以继日劈波斩浪，以智慧、血汗与巨型花岗岩条石一道搅拌，从靖虏一号敌台缓缓朝海面延伸，终于垒砌了万里长城昂首海浪之上的老龙头。

多少个世纪的风雨后，我抚摸这些阳光下虽然斑驳，却仍然神采奕奕的花岗岩条石，将一腔敬服喷涌得如同老龙头脚下的潮汐。这无疑是一个奇迹。条石上道道嶙峋筋脉，似乎仍然燃烧着戚继光和他麾下官兵们的智慧火花。据说，为了劈开波浪、垒砌石块，戚继光听取一个多年老兵的建议，用了难以计数的铁锅倾覆于下。清代康熙皇帝御笔撰写的《澄海楼》序曰："关城堡也，直峙海浒，城根皆以铁釜为基，过其下者覆釜历历在目。不知其几千万也，京口之铁瓮徒虚语耳。"这些沉默寡言的普通铁锅，似乎仍然倒扣在老龙头身下的海底，挺起往昔的荣光与屈辱，也承载着今日脊背上的熙熙攘攘。

我从老龙头的箭垛探出身子，俯瞰海面，试图从涌动的波光中找到一些铁锅的痕迹，然而除了正午微风里鱼鳞状的波纹，一条鱼的影儿也没有，更不用说铁锅了。或许，铁锅依旧埋没于污泥下是最好的结局，它们禁不住后人那些轻佻的目光。

三

以一种牛饮的姿势将头伸入大海浪尖之上的老龙头，不仅与箭楼上的号角、刀剑、旌旗一道同仇敌忾，将肆虐的海浪和铁骑牢牢拦截在了关外，捧出了一段温馨如春晓的宁静时光，也挺出了一处险绝雄奇的风景，引来了帝王将相与文人雅客潮涌般的诗情。阳光下一行行珠玉般跳跃的诗句，将老龙头每一块刚硬的巨石，浸染成儒雅的江南秀士，文采风流像山涧漫过苔藓覆盖的青石，溢满斑驳的城墙上下。

我踟蹰于老龙头脊背上的澄海楼前坪，迎着几棵槐树或者白杨婆娑的树影,用眼睛抚摸每一块漫漶的诗碑,似乎站在了一群峨冠博带的高士面前,拘谨嗫嚅,不敢轻易出一声。

清初戏曲家、诗人尤侗带着满脸风尘登上高昂的老龙头,眼前豁然一亮,顷刻间文思像春蚕吐丝,缠绵不尽:"茫乎望洋向若叹,大哉归墟渺无岸。近视争看白马奔,远视不辨青霓断。似雷非雷声殷殷,鱼鳖颠倒腾千军……"海天辽阔,海水奔腾,令他在老龙头的城墙上抚今追昔,流连忘返。

大清相国、《康熙字典》总纂陈廷敬,也在一个惠风和畅的日子登上了老龙头。长城逶迤,关隘巍峨,海天混茫,来自山西大山深处的他"我来手拍洪崖间,仰天大笑忘悲叹",一时物我两忘,挥笔写道:"长城枕山尾掉海,海楼倒挂长城外。地坼天分界混茫,山回城转横烟霭。楼脚插入大海头,巨灵触搏海怒流……"多年后的老龙头,或许还依稀记起这位清癯的诗人当年如痴如醉的身影。

陈廷敬一步三回首,像东风里一株依依垂柳般归去后,又一位骚客慕名而来。那个秋风瑟瑟的早晨,寒意随落叶轻扬飞舞,诗人曹贞吉踏着雨后的泥泞蹒跚而行,忽然听到了远处隐隐约约的涛声,急忙与同行的仆人加快了步伐。踏上老龙头箭楼的瞬间,他仿佛登上了九霄云外的南天门,一种仰视的虔诚无可遏止。他吟诵道:"断岸雨晴天倒影,海门风急气成秋。摇摇坤轴浑难定,曾否金鳌背尚浮。"

老龙头前江山的壮阔与瑰丽,令他回肠荡气,嘴里念念有词,久久徘徊。所有的相逢便意味着离别,我从他倾斜而卧的诗碑中,还能感受到他倚楼观海,醉意朦胧,无限怅惋的一幕。

"一年三百六十日,多是横戈马上行"的戚继光,常年出入刀丛箭雨,以战阵之间的谋略见长,却也是舞文弄墨的儒雅之士。

我依稀看到那个春雨绵绵的凌晨，夜色依旧像黑色丝绸般苍茫无尽，戚继光忧虑家国之事，夜不能寐，披衣而起，又冒雨踱步到澄海楼前。远眺沉沉墨色里的大海，如同一道厚实的城墙横亘在脚下，惊悚的涛声撕裂雨幕席卷而来。

他蓦然想起了自己的家乡蓬莱，那是一块时常能见到海市中影影绰绰的仙人出没的神秘之地，而今远在千里之外。他渴望早日结束北国边关战事，像功成退入闺中的花木兰一般，不求任何封赏，悠闲漫步于蓬莱的山水间，夜晚枕着熟悉的涛声入眠。想到这里，他匆匆回到屋宇，挥笔写下了一首七律：

> 曾经泽国鲸鲵息，更倚边城氛祲消。
> 春入汉关三月雨，风推秦岛五更潮。
> 但从使者传封事，莫向将军问赐貂。
> 故里沧茫看不极，松楸何处梦魂遥。

诗句沉郁苍劲，似乎能听得见刀剑的悲鸣与越鸟巢南枝般的故土之思。我一遍遍摩挲着戚继光的诗碑，听着远处若隐若现的涛声，感喟着一代名将的忧思与遭际。

第一次见到他的名字，是在儿时父亲从镇里买回的年画上，他与岳飞、韩世忠、俞大猷等人一身戎装并肩而立。我那时尚不大认识"戚"字，对他的往事也一无所知，却明白能与岳飞比肩登上图画的人，必定也是大英雄。我眼里满是山间泉涌般的崇敬，与他默然对视良久，感受到一股弥漫天地间的英雄气，像夏日堂屋的一阵穿堂风，从头至脚拂过我的身体与灵魂。

熟悉他的生平，则是在多年后的教科书和连环画中，我对海上倭寇的深恶痛绝与幸灾乐祸，都来源于他的马蹄与银枪征战之处。后来，我又去过他的家乡山东蓬莱，登上耸入云间的蓬莱阁眺望他家乡的无限风光，尽管不曾遇到传说里梦幻般的海市，却也领略到了他魂牵梦萦河山的一角。而今，仿佛故友重逢，我又在老龙头与他和他的勋绩、诗行不期而遇。

戚继光像一匹疲惫的老骆驼，最终还是回归了故里，却是蒙冤遭贬归。万历十年（1582），给事中张鼎思乘多年支持戚继光的一代名臣、内阁首辅张居正病逝，脸上挂着诡秘的冷笑捏造事端，上书弹劾戚继光。身居深宫的万历皇帝不辨是非黑白，一道冷酷的金牌飞往东北边防，将戚继光遽然调离老龙头，前往瘴疠之地广东任职。这些人不依不饶，继续聚首东窗罗织罪名弹劾，戚继光又遭到皇帝的冷漠罢免，落落寡合回到家乡，不久即染上沉疴而逝。

多少年后，我似乎依然能看到夜空中一颗将星坠落时，老龙头脚下潮水翻涌的愤怒。人治社会里君王昏庸自毁长城的悲剧，一次又一次在历史长河泛着血泪的波浪中上演。戚继光不是第一个，也不是最后一个。从白起、韩信、檀道济到岳飞、袁崇焕，一座座长城与擎天柱石被自家人拆毁，砖石瓦砾凌乱一地，随之而去的是王国与百姓的安宁，甚至搭上了君王自己的性命。崇祯皇帝当年仓皇逃出深宫，踉踉跄跄爬上煤山半坡，在那棵歪脖树上挂上长绫的瞬间，我想他的眼前，应该有着被他一刀一刀凌迟的袁崇焕仰天长啸的身影。

四

老龙头前"大风吹日云奔合，巨浪排空雪怒浮"的雄奇，终究只是它沧桑履历上光鲜的一幕，它的花岗岩脊背上，承载更多的是难以言说的疼痛与屈辱。

如果说当年大明山海关守将吴三桂不战而降，摇尾谄笑大开城门迎接清人铁骑入关，老龙头的威仪如同戚继光的才气一样被闲置废弃，尚属一种大民族内争的话，那么后来八个国家的坚船利炮轰开老龙头，又长久分兵占据，日夜践踏，便是痛入骨髓的怅恨了。我默然抚摸着老龙头花岗岩条石上凹凸的疤痕，像轻抚老去的父亲手上的老茧，心间翻涌着浪涛般的酸楚。

公元1900年那个落木萧萧的九月，英、美、德、法、俄、日、意、奥等国闯入北京后，又涎水漫了一地，将带血的枪炮指向了山海关。当英军乘坐"倭人号"军舰浮现在老龙头海面时，清军守将郑才盛惊叫一声，举着令旗的双手抖如筛糠，竟无一炮一箭还击，弃守而逃，将老龙头数百年的尊严仓促委弃于地。

我能想见英军端着步枪昂着头颅上岸时，老龙头身上戚继光筑起的每一块砖石血脉的急速涌动，像临战前喝光了碗中烈酒的无畏死士，却无人统领，终成一堆废石。海风扬起愤怒的海波，海鸥将雪白云絮划出凄惨的印痕，似乎在向被自己人洞开的老龙头发出最后的悲鸣。

以英军为首的联合舰队登陆后，城池、箭楼、周围的村庄、庙宇、庄稼被洗劫一空，夷为平地，滚滚前人血汗累积而成的关隘与宁静化为乌有，林立的诗碑与田园般的诗情画意都随硝烟散尽。老龙头也被那群海外而来的强盗瓜分，筑起了六个狰狞的营盘，长期霸占，成为插入中华腹地的一柄柄雪亮的尖刀。其中，日军的营盘像一株扎根的老树，竟盘根错节四十五年，直到1945年9月因全面侵华战争失败才狼狈撤逃，老龙头也被无情地蹂躏了近半个世纪。

漫长的半个世纪，是两三代人缓慢成长的时光。我能想见老

龙头身上的剧痛与长久的绝望，像一个监狱中被折磨得欲生不得欲死不能的志士，只有绵绵无尽的暗夜。

我想象脚下的一块块泥土与砖石，曾经皱着深深的眉头，呻吟在异国官兵的铁蹄与刺刀之下，忧伤也像海天之际挥之不去的云雾一般骤然弥漫心间。一个民族的政权昏庸无能，再硬实的关隘与再美的风景也都是别人砧板上的鱼肉，如同妖艳无脑的女子，终是强人觊觎的手中玩物。这，或许是老龙头带给这个民族海底珍珠般闪烁的启迪。

海面上的阳光渐渐西斜，将翻卷的波浪染成白里透红，像娇媚的待嫁闺秀。行将归去的我在聒噪依旧的喧哗声里，向凝结着多少个人、家国荣光与耻辱的老龙头，投去最后的一瞥，那么深沉，那么炽烈……

[原载《山东文学（下半月）》2017 年第九期，获第八届冰心散文奖]

漫溢耒水的绿

　　酒能醉人，没想到，绿也能醉人。

　　一波一波深沉的绿，像染过色的云团，在广阔无垠的竹海上奔涌、弥漫。竹海如无孔不入的水银，漫灌了耒水两岸起伏的山峦与山坳。海上的绿波便从远处与天相接的地方随风而起，顺手将有些愠怒的山风染成绿色，一点点往前奔涌，跨过那道窄窄的耒水，直逼鼎峰坳而来，终于漫过我脚下的古典式观景塔楼，又带着一抹翠绿的微笑，向身后漫延、奔腾而去。蓝而净，像从耒水漂洗过的天幕上，几片闲散游走的白云不知所措，刚带上些许蓝色，倏忽又染上了沉重的绿意，犹如朝秦暮楚的小国老百姓。

　　我从湘东的闹市跋涉而来，一个人站在这座遗世独立的观景台上，任绿风与绿波不依不饶地冲击，像峨冠博带登上高台、默然作法的诸葛孔明，或者汨罗江边佩剑孤寂而立，仰天而问的屈子大夫。我的脸与眉毛，大概与衣服一道早已被排山倒海的绿浸染，成了一尾澄碧的鱼，或者一个绿意盈盈的精灵。一缕从竹叶间钻过的阳光，被染成一条透明的绿带时，我的心魂也被绿意穿透，似乎要长出几棵蓊郁的翠竹来。酒一样的东西忽然在胸间蹿涌，不可遏止。我知道，自己醉了。

　　这里是耒阳十六万亩蔡伦竹海的深处。竹海被冠上一位耒阳骄子的名字，可谓恰如其分，如同一篇华美的文字，取了个最能点明主旨的标题。耒阳因蔡伦而名动天下，蔡伦又因竹海而凛然站在了科学的坐标上。

耒阳自然不只有蔡伦。时空逆向穿过两千二百多年，那位大秦帝国的始皇帝巍然端坐于咸阳宫高高的御座，传旨在楚国南部旧地设置五个县：郴县、耒县、湘县、益县、罗县。耒阳赫然居于其间，成为湖南仅有的五个最早设县的古城之一。耒阳漫长历史锻造的文化，足以笑傲湘楚大地，令一班后来居上、而今风头十足的都市顾影自怜，瞬间矮却三分。两百多年后才出生的蔡伦，只是将家乡发扬光大，如同擦拭一件古朴的旧物，令其重放光芒而已。

我的目光穿过浓密的竹林，飘荡在鼎峰坳山下绿波奔涌的竹海上，似乎依稀看到了少年蔡伦踏着细碎的竹影，在林间沉思的身影。他踽踽而行，期望找到一种物品，替代私塾里沉重的竹简，便于书写、传阅与保存。多年后，他成为东汉朝廷的尚方令，外出时偶然见到一个蚕妇缫丝漂絮，竹箪上留下一层短毛丝絮，有似缣帛。他上前几步，好奇地揭下来，取笔题写了几个字，清晰明了，久之不去。他若有所思，终于破解了少年时代的难题：通过锉、煮、浸、捣、抄等工序，将树皮、废麻、竹子等制作出植物纤维纸。一道闪电蓦然刺破长空，如同当年仓颉造字"天雨粟，鬼夜哭"，造纸术的问世也惊天地泣鬼神，照亮了寰宇，贯通了古今。蔡伦和耒阳，也带着耒水两岸一汪澄碧，走进了簇新纸张书写的史册上。

走下观景台，漫步在竹林间，不时会遇到土法造纸作坊。我饶有兴致地走进去，细细观看工友的操作，或者与主人闲聊一阵。主人都会泡上一杯林间采摘的绿茶，笑声里也似乎溢满绿意，话题离不开蔡伦和造纸。据说这样的作坊，竹海深处藏有数百家，都源于当年蔡伦返乡后广授造纸工艺留下的遗迹，至今仍按着他传授的方法，制造出漫溢竹叶芬芳的纸张，运往耒阳、衡阳等地的大街小巷。对书画而言，这种土法远胜机制。以毛边纸为例，土法制作的纸张纸质细软，呈浅米黄色，纸面平整细腻，有轻微抗水性；加上翠竹纤维长，细胞壁超薄，纤维的结合力强。书写起来的效果便非常好，印写即干，无毒性，色泽稳定，不受虫蛀，字迹经久不变。

霞光渐落，天色已晚。我告辞主人往山下而行，一路默然微笑、赞叹。靠近山脚，耒水如带，依然漫溢绿意，民居三三两两掩映在岸边的竹林里，像一些远离尘嚣的隐居者。我忽然想，若能在这里找个岳母娘，长居于此，坐拥百里竹海，与蔡伦的英魂毗邻而居，该是何等福分。想想自己已过找岳母娘的年龄，只得苦笑两下，往暮色里远方的闹市怏怏走去。

（原载《湖南工人报》2017年10月27日副刊版）

云静西岭

总觉得南朝那位"山中宰相"陶弘景"山中何所有,岭上多白云"的句子,说的是南岳西岭。

像步入一个迷离的梦境,白云如纱如棉,悠悠荡荡,飘浮、弥散在陡峻的西岭,将耸峙的"南岳西岭"灰色牌楼与四围苍翠的原生态丛林,渲染成天上宫阙的一角。挨挤的银杏、红豆杉、金钱松、三尖杉、香樟与一株香樟浓稠枝叶下的我,都裹上了一层浓郁而奇幻的仙气,静穆在咫尺之间的天宇下,仿佛一些多年修炼而终于得道的隐者。倏忽间,我疑心自己是一棵树,而树又幻化成了我。阳光隐在山的另一面,抵不过山崖的险峭与云团的遮蔽,只能退避三舍,或者悄然滑过西岭,露一张失去血色的脸,又讪讪然一溜烟儿地下山了。此刻,若从遥远的山下眺望,西岭早已隐没在半空中,没有了青黛的峰峦,只有翻滚的云团;而我,也"只在此山中,云深不知处"。

太阳也有威严劲爆时,拼尽全力挤上山峦,挂在西岭牌楼的斜对面,金色的光束炽热而猛烈。云团便如失去滚烫权柄的宰辅,暂时退隐,却绝不落魄、寒碜乃至绝望,而是像倾泻在深谷的汩汩牛乳,将岭下前后两条深邃的沟壑充溢得满满当当,且不断喷涌、翻腾,如桀骜而愤怒的斗士,随时准备卷土重来,将西岭再度吞没。此时，我常是作壁上观，揩拭一下眼镜，迎着似乎还在喘粗气的阳光，从崖壁上俯瞰深谷云海的变幻，像观望人间风云的神仙。

西岭的云，造就了它的静。与烟火辐辏、香客鼎沸的南岳前山相比，属于后山的西岭风景也绝不逊色，甚或有过之。穿过那道安静、巍然的牌楼去往南天门，不过几里浸透原生态风韵的曲折山路。踩着青石板小径上漫积多年，厚密而松软的苔藓、蕨类悠然前行，与偶尔惊飞的三两只竹鸡、锦鸡撞个脸，再辗转上观日台、祝融峰"一览众山小"，也不算是难事。但西岭似乎很少被人像我一般惦记，清冷、幽寂，甚或有些许落寞。

人之所弃，我则取之。岳母家住南岳后山脚下一个叫梅溪的乡间，在另一座城市安身的我逢年过节造访的时候多。而每去一回，多半要避开前山香烟缭绕的喧哗，独自施施然登上西岭盘桓许久。上得岭来，找一处古木荫蔽的角落怡然而坐，在无边的静谧里与云海拥抱或者对视，趁便疗养一番疲乏的身心，也洗涤一下染垢的灵魂。些许关乎名利的痛楚或欢欣，都被眼前的静谧轻柔淘漉、摩挲而消散殆尽。对永恒如星月的西岭而言，所有的富与贵乃至生命，大概都是一场缥缈的幻影，就像眼前飘浮的云。

南宋词人王炎宦海飘荡半生后，终于彻悟，回老家婺源的双溪河畔结庐而居，镇日与清风明月为伴，与鸟雀闲云为友。惬意间，他写下一首调寄《夜行船》的词：

淡饭粗衣随分过。新成就、庵寮一个。静处藏身，十分自在，只恁么、有何不可。　　过眼空花都看破。红尘外、独行独坐。也没筹量，也没系绊，更觅甚、三乘四果。

这，或许也是西岭从不歆慕前山的香火，而安于独处，藏身静处的心境吧？不觉间，我成了西岭"相看两不厌"的知己，离去时依依不舍，不时回眸；重返时如羁鸟投林，欢腾不已。

岭上终于坐累了，便裹一身湿漉漉的衣衫与一种明净如拭的心情，穿云钻雾下山。后山的峡谷间，先是云霭迷蒙，只有十来步远的幽冷小径可寻，林间叮咚的泉声在耳，能想见明澈泉水跌宕的欢愉，却被浓密而滴翠的藤蔓和野草遮掩，难以亲近。再一层层旋涡下坠般陡转几个圈的山路，便偶尔有了三两户人家，粉墙黑瓦，隐在翠竹深处。门口蜷伏着一只犬，也不做凶恶状扑上来撕咬，只盯住来人看了几眼，轻声叫唤两下，主人便溢满笑意，从屋中迎出来。

这依然是云雾里的屋舍与人，却无异于仙道。他们平日与西岭相伴，清净自处，自种自吃，顺带也餐霞饮露，言语间便很见朴野、实诚，与前山精明的商贾截然两样。他们也接待攀爬西岭歇脚的旅者，我便是常客之一。林间寻虫觅果的鸡鸭与自然生长的菜蔬，配以记忆深处的柴火味道，常令我胃液翻涌，感喟着大自然与西岭的恩赐。

又在红尘间疲惫奔波许久了，默立在京都秋风里的一株老槐树下，我眺望南边天上的云，忽然想起了云下的西岭，是该回去看看了！

（原载《中国国土资源报》2018年2月3日副刊版）

琥珀里的阳雀坡

　　像裹在琥珀里的一只远古粉蝶，阳雀坡凝固着三百年前清朝村落的风韵，安静躺卧在近午的阳光里。

　　这是层峦万壑的雪峰山腹地一处隐秘山窝。四围缓坡上簇拥着一棵棵昂扬的翠竹，盛夏里的竹叶青翠欲滴，与一尘不染的蔚蓝色天幕相映照。竹林偶尔间杂一两株杉树或香樟，却终究抵不过翠竹浓密枝叶的袭扰，瑟缩一角，失去了劲挺的风骨。一幢幢黑瓦青砖或木质墙壁的屋舍挨挤而成的村落，背倚厚实的竹林，向村前一块平畴上的田地、池塘、古井、小溪和横跨小溪的风雨廊桥敞开胸怀，旋即又被紧逼而来的竹林围合。

　　我沿一条青石板小径，拨开一丛蝉声聒噪的翠竹，目光陡然与村落的古朴、素淡、沉静相遇，仿佛面前摊开一幅年代久远的水墨画，瞬间疑心滑入了一个悠远的梦境，像许多年前陶渊明笔下的渔人偶入桃花源："土地平旷，屋舍俨然，有良田美池桑竹之属。"

　　梦境处处镂刻着大清乾隆年间的印痕。穿过青椒、茄子、苦瓜、黄瓜累累的田地与田边清澈照影的古井，跨过一道苔痕斑驳的青砖槽门，漫步在幽静的院落与屋舍，我能感受到山外早已消隐的清朝气息扑面而来，将面庞敲击得生疼而兴奋。屋檐下随意堆放的水车、石磨、风车、纺车，屋内整洁摆放的八仙桌、太师椅、琴凳、油灯与散发些许霉味、铺着印花被的雕花床，像那些从未谋面的三百年间的主人们，与我矜持而友善地对视着。我似乎还能感受到它们与主人们一样的心跳，朴野、敦厚、温顺，有着诗礼耕作人家的印记。

一处朝向对面廊桥的屋檐下，一左一右坐着两个现实世界里的女主人。一个年过古稀，拐杖斜放在腿上，神情如老屋般端肃，似乎见惯了往来的游者，不管不顾，目光只盯着地坪里一块竹簟晒着的豆角、辣椒，生恐一旁游弋、窥伺的鸡群前去糟蹋；一个年岁稍小，却也鬓发如银，端坐在一架古旧的纺车前，神情专注地纺线。我饶有兴致地看了一会儿，想起了儿时奶奶也曾这样纺过，于是上前攀谈起来，打算试一把。老人的溆浦乡音很重，但还能猜个大概。明白了我的意思，她咧嘴笑了，起身让我纺线。山间清风徐来，我摇着纺车，嗡嗡声里似乎陡然回到了奶奶哼着歌谣的童年，一时感慨万千。

山外的世界屡经战火，人性又多见异思迁，毁弃旧物毫不吝啬，能数百年保持原貌的村落少之又少，现存的一些还是出于经济目的复古仿制的产物，而阳雀坡能完整保存三百年前的模样，我一直大惑不解。请教纺线老人时，老人指了指槽门一侧镂刻的几行字，面色凝重地说："开山祖母冯娥带家人到这里建成第一座院落后，制定了'与人为善，取财有道，只许修屋，不准拆房'的家训。三百年来，后人从不敢违背。村里人敬奉天地、祖宗，不与外人争斗，人缘极好，因而没有外来的破坏；自己又只修不拆，阳雀坡的屋舍一代代增加，从未减少，才有了如今的六座院落。"我顺着老人的指引，踱步到槽门前，凝视着墙壁上十六个字的家训，久久沉思着。

老人又说："其实阳雀坡'走日本'时打过大仗，不过，我们打赢了！"说着，她脸上的皱纹如止息的竹浪般舒展、铺平，大笑起来。我愣怔间，老人带我到一处墙壁前，让我自己看上面的介绍。原来，1945 年春夏间，日寇为了争夺雪峰山深处的芷江空军基地，进而闪击陪都重庆，与中国军队进行了一场殊死大会战。中国军队指挥官王耀武将指挥所设在了阳雀坡，与日寇厮杀两个月，聚歼其近三万人，保住了阳雀坡和芷江机场，也保护了陪都所在的大西南。我读完，转身在院落间寻觅当年挂枪的排钉、机枪射击孔等遗迹，对阳雀坡又多了一层深深的敬意。

转了一圈出来，老人还在。在她絮絮叨叨的叙说里，我知道了前些年村里的年轻人都外出打工，有些索性在城里安家，不回来了。村里的屋舍日渐凋败，漏风漏雨，一些墙壁已坍塌。老人们焦虑间，有人来到阳雀坡考察，慨然投资 5000 万元予以保护性修缮，将其打造为爱国主义教育基地，终于让古村重现昔日的风采。而今，年轻人也多半回来了，都在当地工作，阳雀坡的烟火气如这个季节里丝丝缕缕的清风，温馨弥漫在竹林间。

末了，老人惋惜地说："你过年时来就好了。"原来如今年节里的阳雀坡热闹得很，单是腊八节的舞草把龙、舞板凳龙、祭祖等民俗，便能将一个腼腆古村闹成喧嚣的街市，四邻八乡乃至溆浦、怀化、长沙的城里人都跋山涉水赶来看热闹，顺便也领略一番阳雀坡"与人为善，取财有道"的家风。

与老人道别，我回望林间静谧躺卧的阳雀坡，心里默默说：过年时，我一定会来的。

（原载《中国纪检监察报》2017年11月10日副刊版）

阳雀坡 "家训"

　　阳雀坡归来，裹了一身幽绿，也将槽门上古朴的家训悄然装入了心间。

　　阳雀坡是雪峰山叠嶂深处的一个原生态古村落，像老得不能再啸唳长空的一只鹰，或者刚被风吹出地表的一枚古钱币，淡然卧在溆浦县横板桥乡一个竹树环合的山窝里。或许已被松涛竹浪深深陶醉的山区阳光，少了许多 8 月的暑气与暴戾，温煦涂抹着一座座簇拥而安谧的屋舍。屋舍土砖黛瓦，翘角飞檐，苔痕上阶，草色入帘，漫溢远古的气息，犹如一幅年代久远的山水画，素淡，古雅，宁静，将人的思绪带入渺远的时空，沉醉在一首唐诗或者宋词的意境里。

　　我像陶渊明笔下 "忘路之远近" 的渔人，聆听一泓山涧细碎跌宕的韵律，拨开一丛扶疏的翠竹，终于与阳光下的阳雀坡对视时，惊异不亚于那个偶然闯入桃花源的渔人，如一尊瞬间凝固的雕塑，久久不敢言语举止。村落背倚翠屏般浓密的竹林，村前是一处开朗的平畴，阡陌交通，随意隔开着瓜棚、豆架、古井、小溪甚至一座精致而小巧的风雨桥。一畦畦留存锄头印痕与主人足迹的地里，淌溢青椒、茄子、黄瓜、苦瓜、刀芭豆的芬芳，诠释着一种诗意的田园生活与岁月静好的日子，也弥漫着古村浓郁而绵长的烟火气。

村落里衣冠简朴，古风犹存，用屋檐下一位身着瑶族服饰老者慈蔼的浅笑与晒谷场上几只鸡鸭的忙碌，迎接我的不期而至。我也不客套，任由一位白衣黑裙、容颜姣好的向导引领，踏着清幽的苔痕，在院落与屋舍、横楼、偏舍、厨房、围墙、阳台、天井、过道间好奇而恭肃地穿梭、瞻拜。屋檐下或者偏舍、过道里堆放着石磨、水车、风车与纺车，古拙而恬静，像我在山外早已逝去的老祖母和她的一些幽远时光；堂屋摆放着八仙桌、太师椅、琴凳、油灯，油漆或油渍斑驳，却依然倔强地散发出强劲的生命力；卧室里温馨的雕花床与印花被，令我恍惚间坠入大观园的一些场景，没来由地想起了黛玉和宝钗灯等众姊妹的闺阁。不曾想，向导忽然抬头，指引楼板上一个黑魆魆的口子，莞尔一笑，说那是过去待字女子的闺房。

院落共有六座，屋舍与房间没能一一计数，每一处砖瓦、梁木与屋中陈设都浸透着幽幽古韵。与山外一些为了引来游客而匆匆复古的村落不同，这里处处原汁原味，仿佛松脂包裹的晶莹琥珀，历经三百年来的时光淘漉，依然保存着远古的风韵。

这得益于开山祖母冯娥立下的严格家训。村中族谱记载，清朝乾隆十九年（1754），冯娥领着家人来到阳雀坡，筚路蓝缕建成了第一座院落。庆贺的鞭炮炸响过后，她书写了几条家训镌刻在槽门的墙壁上："与人为善，取财有道，只许修屋，不准拆房。"冯娥的后代也始终遵循家训。他们一代一代耕读传家，或农或商，都勤勉而恭谨，与外人和睦相处，从不欺诈乃至争斗，家道渐渐殷实。人丁兴旺后，他们又绝不悭吝力气毁房重建，而是在一旁开出地基，新建一座格局相似的院落。三百年间，子孙绵延，院落也达到了眼前巍然的六座规模。

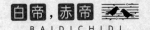

　　立在第一座院落的青砖槽门前，我凝视着壁上至今刻痕如新、勾画了了的家训，沉吟良久。人世间祖先发达，传下煌煌祖业者不少，但多半因子孙不肖，不待狼烟四起，项羽一类的"楚人一炬"，自己便或与人争斗，或奸诈行世，或嫌弃屋舍老旧，很快毁掉了汗水浸渍的祖居。冯娥的子孙或许借了雪峰山的灵气，朴拙而忠厚，竟将几条家训传承三百年而肃然不逾，殊为难得。他们保存的不只是自己的区区祖居，也不只是溆浦乃至雪峰山区至今唯一完整的古村落，而是一种忠厚、友善的家风。这一家训与家风，如老屋一块沧桑的古砖，深深嵌入了中华民族传统美德大厦的壁缝里。

　　而今，穿山过水寻觅而来，瞻拜阳雀坡古村落的人流络绎不绝。我想，他们或许也与我一样，除了古色古香的清雅，还会带走一些与此处家训有关的思索吧？

（原载《人民日报》2017年12月11日）

芋头寨的静

我是被山间的一条小溪引入芋头寨的。

小溪先将淙淙的流水声柔柔地飘入耳膜，悦耳怡人，若有若无，像清风里婉约女子的喃喃絮语，或者琴弦上一段缥缈的音乐；而后将我的目光锁定在脚边一条浅浅的沟坎。水并不深，最浅处大概刚好没过脚踝，偶尔裸露出些许凌乱却圆润的卵石，犹如浮出水面张望的鱼头。溪水叮咚作响，沿着相夹两山的山脚时而匆匆前行，像埋头赶路觅食的蛇蟒；时而跳跃而出，迎着卵石向阳光翻出肚皮，碎成几束雪白的梨花，或者一斛碎银乱玉。这是雪峰山脉深处一眼眼清泉汇聚的溪流，裹挟草木的芬芳，清澈，明净，纯真，像明清小说里待字闺中，尚不曾沾染恶俗的少女。我能想见它出处的清雅、幽寂，一如明清少女幽居的深深庭院。

小溪的确切源头已不可寻，如同唐人贾岛所言："只在此山中，云深不知处。"另一个原因是，不多久，一座古寨突兀而出，遮住了逆流而上的去路，或者说小溪从寨中穿钻而出，腰身没入其中。

古寨蹲伏在两岸窄狭的平地上，又向对峙的山峦延展着灰黑色臂膀。寨中，一栋栋透着明清风格的吊脚楼或聚或散，错错落落，楼宇都带着有侗家民族特性的木墙黑瓦、飞檐翘角，古朴、

67

闲适、随性，像远古岁月里峨冠博带兀自沉吟的一群儒者，将我的脚步凝固在寨中的青石板村街上。

寨子古雅、恬淡、静谧，我疑心跌入了一段静止的古老时空，或者深夜滑入了一个迷离的梦境。隐没在村寨里的小溪深了许多，也宽了一些，似乎生恐惊动了寨中人，收敛了野性，没了淙淙跳跃的声响。阳光像一双纤纤玉手，将岸边几株枝叶浓密的樟树树荫温婉投入水中，几只麻麻点点的鸭子浮游其间，或互相对视，或伸颈啄食，神情怡然。

脚下的青石板村道沿着一排吊脚楼脚边蜿蜒而伸，又转入另一处板壁沧桑却依旧锃亮的房屋身后，向山上的吊脚楼艰难爬伸而去。这是大明嘉靖年间铺就的古驿道，一块块青石板被五百年来的马蹄、人足甚或天光云影、晨风夕雨踩踏、削磨，平整而滑腻，像溪水中鹅卵石的脸，一些已豁了口，露出嶙峋的裂纹。山中无历日，寒尽不知年，青石板的豁口却在默默诉说着岁月的沧桑。阳光从吊脚楼屋檐的翘角安静地涂抹下来，青石板仍然泛着幽冷的寒光。我默然而立，想象一代代侗家男女，在寨中繁衍生息，在青石板上悠然往来，又倏忽间老去，犹如逢春而生遇秋而零的山间茅草，不变的是青石板做证的时空，不免也有了古人的感喟："人生天地间，忽如远行客。"于是神情便有些许黯然。

寨中人与我的境界不同，似乎已勘破生死，达观处之。依溪而建的一座吊脚楼前，一位侗家老人端坐在摆出屋外的桌前，桌上堆了些诸如灵芝、茶叶一类的山货。灵芝从松树枯干采摘而来，撑一柄肥厚却不臃肿的伞，呈深褐色，有墨玉的光泽，似乎透着云霞雨露的惊魂；茶叶蜷曲瘦缩，却片片独立、清爽，犹自漫溢花季里的芬芳。东西都是深山间纯天然的上品，吸引了一串不期而至的外人的脚步。老人年过花甲，身着深蓝色侗家服饰，布满沟壑的脸上沉静而淡然，对翻检她货物的外来者不卑不亢，偶尔说两句朴野侗语，配着舒缓的手势，答复外来者的询问。她的神情，令我骤然想到了渭水边以直钩钓鱼的姜子牙，钓的不是鱼，而是一种优雅的心情。

比她更优雅的是芦笙鼓楼里的几位老者。鼓楼是村民聚会、议事、休息和娱乐之所，夏日遮阴纳凉，冬季围炉取暖。寨中鼓楼共有四座：太和、龙脉、芦笙与崖上鼓楼。芦笙鼓楼位于寨子中央，依傍溪水而建，最为瑰玮气派，也彰显着侗家先民不凡的建筑艺术。楼宇飞檐翘角、雕梁画栋，宽敞而通透。上有九层密檐攒尖芦笙顶木楼，全木结构，未用一钉一铆，翘檐上下都塑有形神各异的龙凤花鸟图案，景泰蓝衬底，熠熠生辉。

我被芦笙鼓楼牵引着仰头绕了一圈，才发觉楼里坐着三位老人。已是春末，山间犹寒，老人们裹着厚厚的民族服饰，双脚松松并拢，围着一个火塘寂然而坐。火塘里堆叠地烧着几段粗壮的木材，火苗如风中的草尖般跳跃，燃得正旺，偶尔遇到不曾干透之处，冒出一丝一缕的青烟，又瞬间消散在从山间荡过来的微风里。老人们的脸都像积年的松树皮，挨挤着一道道深沟，似乎存储了一生大大小小的往事。她们神态安详，已看不出对往事的或悲或喜，像一口口平静的深潭，没有了波纹与浪花。一旁有人介绍说："三个老人，最大的一百零三岁，其次是九十岁，最小的也有七十岁了。在最大者面前，那个七十岁高龄的垂垂老者还只能算小媳妇。"我瞪成牛眼，大为震惊，忙上前拉着百岁老人的手请安问好。老人的手粗糙如枯树，嘴巴蠕动几下，听不出说什么，但我能感觉出她的浓浓善意，像这座她生活了一辈子的深沉古寨。仁者寿，老人们一定是宽厚的仁者，以仁慈抚慰了寨中的烟雨、云霞、草木与所有生灵，最终活出了人的极限。我祈愿沾些老人的长寿之福，请人帮我与她们合影。人生虽"寄蜉蝣于天地，渺沧海之一粟"，却也不免祈求与老人一样，能因仁厚而追踪生命的一种极限。

寨中静极。多半屋门虚掩，对村道上的外人行走似乎熟视无睹，甚或门口蹲着的孩童也不以为奇，头也不抬一下，兀自安静地弄着手中土制的玩具。偶尔有三两声鸡啼，如滑过叶片滴落于地的露珠，却更显静谧了。吊脚楼前也有狗儿闲走，低着头，懒懒地向寨子深处而行，却不闻一声犬吠，陌生的身影与人语飘过也如此。那种令人陶醉的"柴门闻犬吠"的乡野风景，大概月黑风高的深夜才会有吧。寨中一角藏伏着一口古井，搭着松木抑或杉木的井棚，因踩踏过多而略凹的青石板井台，内外侧都布满丝丝缕缕的墨绿苔藓。泉水穿过深山腹地，又在黑暗的地下曲里拐弯爬行良久，方从井底凿孔而出，寂然喷涌。些许鱼虾在倒映人影的水中游弋，仿佛寨中人一般雍容、自在、惬意。尝一口，如品仙茗，甘洌异常，直入心肺，似乎润泽与熨帖了每一个细胞。井边竖着一块石板，依稀刻有斑驳的字迹，小心踏着苔藓上前辨认一会儿，竟写着"乾隆五十年"，可谓字与井俱老，唯有水长流常新。

沿青石板古驿道与道边开满白色辣椒花的小块菜地辗转上坡，到了一处山顶平地，又是一排凛然的吊脚楼。木质墙壁古旧，沉淀着久远的时光。经过一处屋门时，忽然"吱呀"一声，门开了，一个老者走出来。我突兀问了声好，老人瞥了我一眼，深皱的面皮松弛开来，笑了，说了句侗语。我如听异国之音，一脸茫然，只能报以傻傻的微笑。老人神色归于淡然，从容迈步，向道路不远处的一栋房屋走去。那里是商店，没有揽人的恶俗招牌，门前聚集了一群寨中的男女老幼，却没有山外惯常的喧哗，只是轻言慢语低声闲聊，或者仅仅默坐而已。店里除了土产，也有时下流行的饮料，给古朴的寨子添了一丝现代元素，像那位全身手工民族衣裳的侗妹手腕上戴了只不锈钢手表。

侗妹是此行的导引者。我却习惯一个人自在行走，像澄碧溪水中一尾空游无所依的鱼，似乎要用每一根神经末梢来感受寨中无边无际的静谧，到了商店才与她会合。侗妹长相俊俏，眼睛明澈如寨中那眼泉水，微笑时露一颗好看的小虎牙，更添一份妩媚了。侗妹生恐我寂寞，莞尔一笑，说了个侗家风俗。青年男子若看上了哪家的侗妹，可以半夜里爬楼扣窗进去，于是便成百年之好。我玩笑道："你家是哪一栋？我先认认，晚上好去爬楼。"她也不恼，笑道："你怎么不早说？刚过身了。"

玩笑罢，回望山下，吊脚楼鳞次栉比，层叠的黑瓦与满寨的葱绿交相掩映，默然躺卧在暮春的阳光里。一缕青色的炊烟从一处房顶袅袅而起，将古寨从迷离的仙界拉回人间。古驿道犹如一根银色飘带穿村而过，又延展到山头的脚下。我肃然久立，似乎站在了一张遥远而发黄的史书册页前，与智慧而勤勉的侗家先民默默对视。

清风将一抹洁白的云絮移过山头，洒下淡淡的清影，如一丛淡墨的雏菊。时候已不早，侗妹陪我用脚一轻柔一粗笨，扣着青石板下山，穿过古寨的另一侧，照例朴拙、清幽，透着千百年孤冷的静气。这边没有哼着小调的溪流，却有一眼清澈见底的池塘。几茎清荷临风而立，如图画里袅袅婷婷的俏丽女子，也颇似身边笑意盈盈的侗妹。荡漾的微波间挺出一间微缩的小木屋，大小类似于鸡埘，似乎是给鱼虾而建的遮风挡雨之所。风晨雨夕，满池的鱼虾何以都能挤进窄窄的木屋？却也足见侗家人广博的仁爱与悲悯情怀。

　　步出寨门，我蓦然想起了侗妹所说的爬窗古俗。倒退若干年，乘月白风清之夜爬入一扇芳泽四溢的窗棂，甚而入赘古寨，长做寨中悠游闲人，枕一段云霞，与山水对望，相看两不厌，或者"晨兴理荒秽，带月荷锄归"，自是人生极快意之事。从不写诗的我，忽然涌出了浓稠如蜜的诗情：

　　躲过宇宙洪荒的日削月磨／和秦弓汉箭魏刀晋斧的车轮战／寨子用黑瓦木墙与豁口的青石板／凝固山间上古的时空／如一滴散淡的琥珀／封存一处被红尘隔绝的桃源

　　皮鞋与青石板吻着异乡人的心跳／将寨子摩挲出水酒的温热／觅食或闲逛的鸡犬宠辱不惊／如芦笙鼓楼里烤着春光的百岁老人／用额头褶皱挤出旷古的宁静

　　今夜，能爬上哪一座吊脚楼的窗棂／与白衣黑裙的温婉牵手／醉饮古井倒映画眉的清流／淌过静谧的油盐柴米／终老在侗家的坟丘／——想象，让冷的血化成寨中那道溪水／晕眩出沸腾的江河

　　散乱的诗行终归是想象，属于文人惯有的意淫。离开古寨已远，我仍然不时回头怅望，似乎要将暮霭下的古寨卷成一张画，带回即将归去的喧嚣尘寰。

（原载《吐鲁番》2018年第四期）

幽古龙居崖

小径裹满苔藓，像往上蠕动的青褐色蚯蚓，曲曲弯弯，悄然伸入陡峻的山崖间。盛夏的阳光淌在峰峦之上，苔藓便洒满斑驳而层叠的竹影。山风习习而起，浓密的竹林簌簌有声，竹影轻摇，矜持而动，仿佛踏着碎步的温婉女子，满山幽寂的苍碧也便瞬间灵动起来。

我循着一两声似乎沾染了浓翠的鸟音抬头而望，竹梢上的峰顶壁立，仍然隐在白云深处；挨挤的竹林漫延而上，又与它处合围而来争夺地盘的松树、杉树、枫树、梓树们短兵相接，混战一场，或退避三舍，或迂回而进，直到云蒸霞蔚，目光尽处只有浸透绿意的袅袅云霭。再回首登临之初的山脚，早已与村落、稻田、池塘及尘世的喧嚣一道，消隐在浩漫的绿海里。

此刻，我立在这座叫龙居崖的峰峦半山腰，听凭幽绿一寸寸浸润衣衫与肌肤，山泉般洗涤周身残存的尘灰与疲惫，忽然想寻一块青石而枕，体会一番古人"偶来松树下，高枕石头眠。山中无历日，寒尽不知年"的意趣。远古高士放浪形骸，对生命理解的通透，是许多耽于蝇营狗苟的今人难以企及的，他们放浪的足迹或许早已到过此处。大明万历四十三年（1615），明宗室一位王爷便寻寻觅觅，登临与龙居崖比邻，海拔一千零七十二米的祖

73

师岭，慨叹于"山色远云衔树影，鸟音时杂石泉声"的胜迹，欣然书题"鸿云胜境"四字，至今仍镌刻在山岭崖壁之上。清道光年间，翰林出身的钦差李词棠也曾徘徊于祖师岭，望峰而息心，作《祷山灵歌》，称许这一方世外仙域。龙居崖与祖师岭隔一弯深谷相对，同属磅礴的雪峰山余脉，山中虽已无高士痕迹可寻，谁又能担保他们的目光不曾抚摸，甚或足履踏过这座同样幽邃的山峰呢？

作枕的青石一时不可得，洪荒远古的空寂却渐渐侵逼而来，我蓦然有了陈子昂"前不见古人，后不见来者。念天地之悠悠，独怆然而涕下"的感喟。不过，空寂只是一瞬，我很快依稀听见了山林深处最幽秘的协奏曲：竹树的拔节、藤蔓的盘曲、根脉的展动，甚或山峦的心跳……而在远处，还隐隐传来飞漱的水声，似鼓角击鸣。我好奇心顿起，循声寻路，斜穿竹林，下坡复上坡，攀扯着藤蔓即将转过一面侧峰时，水声已轰然震响，水珠也从竹梢飞溅而下，有如暴雨突至，将我淋了一身精湿。

急步狼狈而过，到几米外一处平地立定，一帘瀑布赫然挂在了右侧。银白的水幕从峰顶倾泻而下，虽不十分宽展，却也有虎吼雷鸣的气势。峰顶与瀑布贴近的崖壁是一整块巨石，呈湿漉漉的深黑色，在两旁青碧的灌木杂草映衬下，格外醒目。瀑布下端还在必须俯瞰的谷底，底部也是一整块硕大青石，经亿万斯年的飞漱冲刷，已凹陷为一处深潭。潭水溢出，顺深谷流成小溪。

收回目光，我才发现脚边草丛隐伏一条浅浅的水渠，从瀑布的腰身处引水。我本乘兴野游而来，并无目的，于是顺水渠悠然而行，想着渠水尽头会是怎样的人家。峰回路转，几栋木质青瓦的房屋隐在浓荫深处。山路一侧悬着块木牌：龙居崖水寨。我瞬间有了偶适水泊梁山的时空错觉，疑心屋边碗口粗的枫树后会跃出一个手持板斧的黑脸大汉。

　　黑脸汉子确有一个，是房屋的主人，姓王，但没有闪着寒光的板斧，只有憨憨的笑脸。他引我踏上松针满地的青石板屋场，板壁上悬着斗笠、竹筛、簸箕、箩筐、筼箕、扁担、蓑衣……多是山外早已消失的竹制旧物，门口一左一右还立着两个木水桶。房屋一侧的板壁，挂着老辈木匠用的刨子、手摇钻、墨斗、木锉、角尺、画规，地坪上则放着犁耙、打谷机、手摇纺纱车……四十年前的时光似乎并未流逝，而是凝固在这深山。我须臾间也似乎回到了童年：祖父辈们披蓑戴笠，在田间扶犁、拌禾、挑谷；祖母与母亲辈们挑着箩筐、筼箕晒谷或端坐纱车前纺纱；节衣缩食请来的木匠，给家里打造一两件碗柜类的家具……大人们所有的行止，都有我或愁苦参与或兴奋旁观的身影。唐人白居易一日山行，为烂漫的山花而惊叹："长恨春归无觅处，不知转入此中来"，我则想说："长恨童年无觅处，不知转入此中来。"

　　疑惑之下问主人，才知眼前旧物多是祖传，也有因怀旧而从邻舍们那里淘来。他家开了民宿，思量着用满山的葱碧与幽寂、清澈的瀑布和远去的旧物引来游者，不想正击中了我的心房。我展颜而笑，欣然进屋，歇宿在他家中，也留住了这幽古的龙居崖……

（原载《湖南日报》2019年11月22日）

清韵满勾蓝

勾蓝是一首唐人笔下的山水诗。

流水声细细碎碎，像琴弦滑落的音符，和着一缕缕午后的阳光，将我引入群峦深处的寨门，唐诗的意境便陡然弥漫开来。

四围山峦苍翠而别致，是典型的喀斯特地貌，不算险峻也难称壮硕，各呈独立的圆锥形，却在山腰处如情人般握手相牵，恍若耸立的驼峰。不同的是，骆驼仅驮两座肉峰，而眼前山峦却耸峙如林，贴着纯净的蓝天绵延开去，缓缓消失在天尽头。一湾早已激越入耳的清流，像躺卧葱碧间的透明飘带，在我的惊喜里横在屋舍与林木间，也将环列的"驼峰"连同蓝天、屋舍、亭台、人影慨然装入怀中。小溪两旁远远近近的屋舍或齐整或错落，红砖黛瓦，翘角飞檐；檐下檐端勾着白线或白点，漫溢遥远岁月的气息，像排蹲或围坐一群衣冠古朴的老者。屋舍前后直达四周山脚的原野，铺陈古树、果林、稻田、池塘与菜园，浓翠满目，果蔬飘香，荷叶田田，玉米蓊郁。我伫立溪边一座木质黑瓦的凉亭下，一时恍惚起来，不知置身天上还是人间……

这是地道的"永州之野"，江永县隐伏深山与凝固了时光的勾蓝瑶寨。

隋朝末年，勾蓝瑶先祖便因避乱而卜居于此，寨中古碑刻有

"盘王出世，秦王（李世民）开基"，无声叙说瑶寨的起源。先祖环顾四野，见"山勾联透，溪水伏流，色蓝如靛"，"故名勾蓝"，欣然"不复出焉"。然而，饶是深山更深处，也有烽火与刀剑跟踪寻觅而来。子孙们只得高筑寨墙，连片屋舍也砌成可守的堡垒，且耕且战，顽强生息繁衍。大明洪武年间，朱元璋一纸诏令飞入重山，勾蓝瑶被恩准招安入籍，摆脱了"蛮"族的称号。或许，勾蓝人此后才有了较安生的日子，且耕且战也渐渐更换为且耕且读。因房屋只建不拆，开枝散叶多年后，便有了眼前古色古香、烟火气依旧弥漫的民居，多达三百余栋。这还不算散落寨中，供节日里祭祀、祷告的盘王庙、相公庙、水龙祠、关公庙和社坛土地，或平素娱乐休闲的舞榭歌台、歇息行走的凉亭桥梁。

我很快领略了保寨中老少平安的寨墙雄姿。溪边草地躺着一条青石板古道，侧身穿过一座碑刻乾隆某年修建的戏台与一株四百六十年高龄的重阳木树荫，向不远处的山头延展而去。小心踏上青石板，阒寂无声，却有一股清凉似乎透过鞋底奔爬而上，直冲头顶。惬意间，我似乎听见了千百年前那些往来的足音，铿锵而又缥缈。

古道在寨中的尽头，是名为井头坳山头的寨墙与古寨门。山头古木参天，叶叶相交通，遮蔽了7月毒辣的阳光。寨门早已豁开，行人可自由出入，但硕大青石筑就的门框依旧苍古遒劲，斑驳苔藓间，似乎还残存着箭镞与刀斧的痕迹。门框两侧是向深山延伸而去的寨墙，照例是大青石所垒，披覆古藤与茅草，时隐时现，最终消隐在幽暗的丛林深处。有如此坚固的寨墙与寨门，只需三两个壮汉扼守，便可万夫莫开，寨子也便固若金汤。摩挲墙根一块漆黑而古拙的巨石，我久久慨叹勾蓝先人筑城的智慧与勇力。

古道穿过寨门，并未止步，而是枕着形状不一的青石板，继续向深山幽壑绵延。山的那一边，是鸡鸣入耳的广西富川。两地或者更远的地方，从来以古道互通有无，青石板上便常年商旅熙熙，挑在肩上的茶叶、粮食、柑橘、盐巴与各种日用品往来不绝，勾蓝人的日子也便丰润起来。然而，世事沧桑，因后来凿山而入的现代公路，古道渐渐人影罕至，只能在苔藓与杂草间默默反刍往昔的喧腾，唯有鸟影不时掠过。青石板则沉淀幽古的光芒，以时光深处的辙痕守护瑶寨返璞的安谧。

勾蓝淌着诗意，清韵最绵长的还是水。无数道山间清泉与寨中散布的水井，汇聚成大小溪流，几乎挨家挨户盘桓后才穿村而过，甚或从一户人家地板下淌泄而出。出村乃至出山后，它们奔入湘水还是潇水？我一时无从得知，只是无端想起宋人秦观"为谁流下潇湘去"的句子。寨子深处的门槛边、窗户下，都奏着和弦的水声。水面或窄或宽，宽者显然为寨民依需而拓。垂柳、古樟与老槐的树干爬满藤蔓，随处傍水而立，倒影婆娑可亲。三两只鹅鸭偶尔戏逐水面，一种山外难得的闲雅便悄然弥散开来。

水边书香漫溢。顺一道叮咚作响的陌生水流，我与欧阳门楼猝然而遇。欧阳是瑶寨十三姓之一，门楼建于明时，典雅端庄，古意弥漫，呈八字形敞开。两根木柱像寨中所有屋舍大门一样，贴有遒劲隽永的对联。瑶寨刀枪入库后，推崇耕读传家，文气昌盛，先后考取过八名进士，勾蓝也随之名闻天下。进士们以儒家为法，进则外出做官，兼济天下，退则回寨子任瑶王，反哺桑梓。欧阳家也不例外，设有私塾，聘请名师，勉励子弟灯下苦读，门楼隔壁便出过一任江永县长。私塾至今风物依旧，后人别出巧思，建起了书院主题餐厅，主打书香文化。时近黄昏，炊烟袅袅，菜香喷薄而出，我却隐隐闻到了淳古的书香。

小憩横跨水面的风雨廊桥，我披裹落霞，品一碗寨中手搓凉粉。清凉入心也入骨时，十几米外的屋舍门忽然打开，一个男孩端了盛满碗筷的木盆，下到溪边清洗。我见其虎头虎脑，神情专注，动作熟稔，便隔溪询问年龄。他抬头笑答，今年十岁，读小学三年级。说着，又埋头忙活了。不卑不亢，应对大方，透着诗书之家早慧的儒雅与勤勉，全无山外独生子女的骄娇之气。我倚着廊桥的木质靠背，默叹良久。

寨中人也乐于戏水。蒲鲤井是勾蓝溪流主要源头之一，深不可测，水面宏阔，刚出地表便奔涌如溪涧。寨中人于水面以一步距离为点，横铺石磴，虚实相连，方便两岸往来。每年农历五月十三洗泥节，这里便是最欢快的场所。瑶寨被咫尺间的山峦所围，田地有限，需到遥远的寨外地界开辟新土，耕种劳作。一日之内难以往返，寨民索性在耕作处建了简易"牛庄屋"，吃住都在那里。春耕完毕，离家多时的寨民裹一身黄泥，牵了牛，扛了犁耙回来，先到蒲鲤井掬一捧甜水仰脖而尽，再洗却满身泥巴。这一天，也成为勾蓝人的节日，家家酿苦瓜，冲油茶，打糍粑，杀猪宰鱼，闹热远胜过大年。外出的子女无论多远，都会日夜兼程赶回家中，陪父母过节。

摸鱼是洗泥节最盛大的节目。一声口令，瑶家壮汉们纷纷扑入蒲鲤井前的溪面上，成为"浪里白条"，或露或潜，或俯或仰，围追堵截。水花四溅而起，鱼则跳跃不止。摸的鱼越多，寄寓收成越好。疲累而发蒙的鱼儿一条条被摸上来，岸上老少人头攒动，拍掌声、欢笑声一片。惜乎我来时，洗泥节已过，只能空对空荡荡的水面，怅然想象那些生动的场景。犹如唐人元稹笔下那位白头宫女，独坐"宫花寂寞红"的行宫，想象开元年间的繁华。我比宫女幸运的是，开元逝去，永不可再，而洗泥节我可明年从容相约，终有一逢。

夜幕缓缓降临，勾出四下黑黝黝的山影，水声却更清亮了。这时，寨子中心处的相公庙里，篝火熊熊燃烧起来。劳作一天的瑶家汉子与阿妹，就着溪流洗去汗渍，围了火堆，载歌载舞。篝火照亮静默的山峦，也映红了一张张素朴的笑脸。廊檐下的长桌宴也早一字摆开，凉菜、糍粑、土鸡、烧鸭、肥鱼、蜂蛹、茶香饭、勾蓝芋和南瓜等一一陈列，一壶壶寨民自酿的甜糯米酒也端了上来。勾蓝人好客，又承继千百年来的敦厚古风，似乎在倾其所有，招待山外来者。我也顾不得斯文，随众人急急伸缩竹筷。推杯换盏间，火边的歌舞一直未曾停歇，像门外溪水一般洗涤我白日转悠的倦乏。

篝火越烧越旺，歌舞也进入高潮，正演绎勾蓝之名的另一种由来：瑶寨昔年盛行招郎习俗，"好女不出石墙门"，若哪家女子看中某位汉子，会大了胆，拿着鸡蛋上门提亲，外人称为"勾郎"。日子一久，瑶寨便被称为"勾郎瑶"，又讹传为"勾蓝瑶"了。勾蓝女子的热情奔放，令我蓦地有了"我有所思在远道"之念。须臾间，思绪随糯米酒催生的醉意绵绵而涌。

篝火已尽，夜已深，勾蓝的清韵依旧在四野流淌。我借宿一家民宅，枕着汩汩流水，咀嚼勾蓝无边的清韵，渐渐入梦……

（原载《湖南文学》2023年第四期）

白帝，赤帝

一

　　我是被李白引到白帝城的。

　　大唐乾元二年（759）的烟花三月，熹微的晨光一点点挣脱扣在峰峦绝巘的暗夜，从窄狭的峡谷豁口缓缓弥散，终于将千万朵红霞铺满头顶那方浅蓝的天幕，也点燃了江面上沸腾的千万枚火焰。浮在彩云端的白帝城下，裹挟阵阵暗香的晨风里，衣袂飘飘的李白仰脖喝完手中最后一杯浊酒，掉头登上停泊已久的一叶轻舟，向漫天云霞挥一挥衣袖，披着浩浩江风，踏波踩浪，朝千里外的江陵飞驰而去。"朝辞白帝彩云间，千里江陵一日还"，他这一别，将霞光包裹的背影绚烂了一千两百多年，也将一座白帝城生生镂进了我的心灵深处。

　　我到来也是一个清晨，却没有映透长空与江面的五彩云霞。仲夏的微雨初歇，空气湿漉漉的，透着万丈崖壁下长江水的鱼腥味。层层峦嶂里，古树与藤蔓掩映的白帝城依旧耸出云端，像泼在半空里的一朵浓郁水墨。因为三峡水库多年前截断巫山云雨，水位暴涨，三面环水的白帝城已四面陆沉，成为茫茫大江上的孤岛，依仗一座桥梁连接江岸处的悬崖。一团一团白雾如冰雪季节

81

巨兽嘴中哈出的寒气，从三峡的入口处夔门升腾弥漫而来，给白帝城盘踞的山腰系上了一条松软的乳白色腰带。从远处的长江江面眺望，云端里若有若无的白帝城，或许已是九霄外的南天门，隐隐往来的游客便是得道而冉冉飞升的仙者。

白帝城自古声名极盛，是"奇势可居"的险要之处。《荆国图经》极言其高峻而雄奇，说："白帝城，西临大江，东南高二百丈，西北高一千丈。"郦道元也在《水经注》中放纵笔墨，细腻描摹道："东傍东瀼溪，即以为隍。西南临大江，窥之眩目。惟马岭小差逶迤，犹斩山为路，羊肠数转，然后得上。"能将一座城修筑于如此险绝之处，扼万里江流，控川楚大地，极见独到眼光与胸中韬略。它的主造者，自然是同样赫赫有名的白帝。

我听着脚下拍岸的惊悚涛声，喘着老树腰身般壮硕的粗气，从峭拔而曲折的青石板台阶攀爬而上，穿过团团奔涌的云雾，终于跨进一株古槐枝叶下镂刻有"白帝城"三个行楷字的门，是揣着见见"白帝"模样的念想的。他和他的城一样，借李白五彩之笔，从渺远的小学课本跌入我的心间，巍然耸峙了四十年。徘徊在一处古木林立的庭院前，与隔江而望，被搬入第五套十元人民币的夔门和它两侧壁立的白盐、赤甲双峰对视，喟叹一阵，又凝神瞻拜了几处古老而静默的殿宇，才知白帝已被鸠占鹊巢。城墙与屋舍易主，被驱逐的惶惶白帝魂归何处？四下是手可摘星辰的峭壁，崖脚是雪浪穿空的大江与点点帆影，他已逝如黄鹤，杳无踪迹。或许，白帝莫名留在我想象里的一袭白衣，已沦为苍白的缟素，令他哀怨躺在泛黄史册的深处，犹如江面上弥漫的袅袅云烟，虚无而缥缈，仅有一抹淡影迎接我搜寻目光的撞击。

二

最早的白帝，大概是上古传说里主宰西方的帝王少昊，与东方的青帝太昊、南方的赤帝神农氏、中央的黄帝轩辕氏、北方的黑帝颛顼并称为五方上帝。传说出自民间，或许像夔门前出岫的白云一样原本无心，却给了后世诸多有着帝王梦想的人以假托的借口，一如白帝城下江面上的船只借以飞奔的白帆。多年后，当我伫立于青砖斑驳的白帝城，遥想白帝的身影时，犹自感受到来自历史深处弓箭刀兵的铿锵作响与战场画面的鲜血淋漓。

公元前 771 年，周王室那段风雨如晦的日子里，申国的国君申侯因女儿、外孙被周幽王废掉王后与太子的身份，顺带将自己周王泰山的身份也削去了一大截，于是毛发倒竖，掀翻桌椅，忿然而起。他纠集本国不多的兵马，又派使者卑辞厚币，联合马背上强悍的犬戎一道杀进周都镐京，将幽王击毙于骊山之下。

幽王便是那位为博美人褒姒一笑，不惜在骊山上烽火戏诸侯的多情帝王，废掉申侯之女，也是给不笑而媚、风情漫溢的褒姒腾出位子。当时仅为区区"大夫"，尚未有诸侯身份的秦襄公出兵相救。他的人马到底也有西北汉子的勇悍，一阵疾风般的厮杀后，逐退了以狼为图腾的凶蛮犬戎，还一路护送恓惶落难、面有菜色的幽王之子周平王东徙雒邑（今河南洛阳）。

绝境里的周平王凭空捡了一条命，惨然复国，感激涕零。他下诏广赐秦襄公土地，盟誓说："戎无道，侵夺我岐、丰之地，秦能攻逐戎，即有其地。"他又封以尊贵爵位，将秦列为诸侯，与齐、晋、郑等老牌王国比肩而立。秦襄公得以分封立国，举行了隆重的开国盛典，以骊驹、黄牛与羝羊各三头的太牢大礼，在西畤祭祀白帝。

有了白帝的激励，秦国像一尾龙门下不断跳跃的鲤鱼，从偏处西北一隅的"小秦"一步步化为大秦，经过几代的努力，到秦始皇时终于囊括四海，将齐、楚、燕、赵等六个强势的诸侯国连同周王室统统收入囊中。司马迁对秦襄公和他的子孙们愚公移山般的接力，有着发自内心的钦佩，说："秦起襄公，章于文、缪，献、孝之后，稍以蚕食六国，百有馀载，至始皇乃能并冠带之伦。"这一接力的漫长征途，"白帝"的神助之功不小。

刘邦一次到京都咸阳，偶遇秦始皇出巡，见眼前銮舆辉煌，华盖炫目，仆从如云，排场盛大至极，不禁喟然长叹说："嗟乎，大丈夫当如此也！"

始皇末年，天下百姓苦秦已久，蠢蠢欲乱。时为泗水亭长的刘邦，奉命押送徒役去千里外的骊山脚下，给秦始皇修筑规模宏大的陵寝。徒役们不甘远赴就死，沿路纷纷逃亡。刘邦想，等到了骊山，人也跑得差不多了，自己也是死路一条，不如大家一起跑吧。于是，他召集大伙，痛快喝了一顿酒，当场将他们放了。有十来个人觉得他很侠义，不肯离去，跟随他趁夜跑到了一片沼泽地，突然遇到一条白蛇。刘邦当时喝得醉醺醺的，酒气冲天，胆气也倍增，在壮士们畏畏缩缩中慨然拔剑，将挡路的白蛇斩为两段。不久，落在后头赶上的人来到斩蛇之所，见一老妪深夜哭泣，哀婉不已。询问之下，老妪悲悲戚戚地说："吾子白帝子也，化为蛇，当道，今为赤帝子斩之，故哭。"刘邦醉酒醒来，听说了这事，"心独喜，自负"。

刘邦斩白蛇当实有其事，而老妪夜哭，或许是刘邦命手下人编篡、附会而广为流传的神话。秦既奉白帝，刘邦自然要以"赤帝子"的身份将"白帝子"斩断，为自己壮胆，也为天下人归附自己壮胆。他后来果然杀入关中，俘虏了一身缟素、面如死灰的秦王子婴，"良将劲弩守要害之处，信臣精卒陈利兵而谁何"的秦朝，像一朵划过天际的流星，倏忽间覆灭在草根掀起的滔天浪潮里，冰冷地躺卧在了历史深处，白帝的耀眼光芒不再。李白后来赋诗说："赤精斩白帝，叱咤入关中。"

我默然立在白帝城的红墙绿树间，任江风不时掀起衣袂，思绪驰骋如眼前飘荡的云雾，任意东西。但从少昊、秦朝帝王到白蛇（即老妪口中的"白帝子"），似乎都与白帝城无关。

汉朝从高祖刘邦开始，传到第十二个皇帝时的公元8年，赤帝的光芒也归于暗弱，乃至于如湿柴就火般熄灭。这年十二月，卷起雪花的寒风刺入刘氏皇亲的骨髓，宫廷内外一片肃杀。已做了多年假皇帝的权臣王莽，忽然抛出一份《赤帝行玺某传予黄帝金策书》，伪托刘邦遗命，让他代汉称帝。前期早已做了许多绸缪，一切水到渠成，以黄帝后裔自居的王莽取代赤帝后裔，接受四岁的孺子皇帝刘婴的禅让。他顶着珠光熠熠的平顶冠，悠然步入未央宫，接过垂涎多年的玉玺，登上帝位，改国号为"新"。西汉末代皇帝刘婴与秦朝末代帝王子婴的名字一样，竟都有一个婴字，也都失却国柄，懦弱不堪，沦入"人为刀俎，我为鱼肉"的悲惨境地。这，或许也是冥冥里的一种宿命。

王莽篡汉不久，天下如爆燃的干柴烈火，一时大乱，群雄并起。刘邦的后人刘秀重振大汉旌旗，逐鹿于中原时，王莽麾下的蜀郡太守公孙述也有了践履至尊的帝王之心。为了排除阻力，他想到的也是先塑造"天命所归"的舆论。

机会如愿而至。公孙述一次出巡瞿塘峡口崖壁上的鱼复，见此处雄险，便命扩修城垒，屯兵积粮，严加防守。城垒筑成的一天，他听说城中有口白鹤井，不时冒出一股白色的雾气，直冲云霄，状如白龙，一时拍案大喜，说这是"白龙出井"。于是，公孙述自称白帝，改鱼复为白帝城，所在的山为白帝山。他还命人传书中原，宣扬说，孔子作《春秋》，为赤制而断十二公，说明汉帝已过十二代，历数已完，一姓不得再受命为帝。一句话，大汉刘家气数已尽，天命该归他公孙家了。公元25年四月，夏木苍苍，樟香四溢，公孙述再次朝白帝城的方向眺望了一下，意气勃发宣布登基，国号为成，崇尚白色，与继续推崇赤色的东汉光武帝刘秀分庭抗礼。

公孙述的白帝命数仅持续了一纪，短短十二个年头，最终还是被刘秀攻破川蜀，身死国灭。他的白帝城主体却在长江日夜淘漉的涛声里幸运留存下来，悬浮在山崖之巅云端之上两千年。风雨弥漫的晨夕，或者霞光烂漫的早晚，古拙的城墙或明或暗，参天林木翳郁苍碧，偶尔探出红墙的楼台亭阁被林木枝蔓与空中云烟掩映，似有若无，有如仙山琼阁。白帝城与四面环绕的大江、峡谷、悬崖交相辉映，极见关山壮丽之美。这也是我千里跋涉而来的缘故之一。白帝城历经千百年烈烈焚烧的战火，依然存有几近原生态的遗迹，远比刘秀仅有两百年的东汉江山长久，也远超刘邦四百年的大汉江山。

多年后，我徘徊于白帝城的青石板古道上，抚摸城墙上长满青苔的砖块，穿梭于缭绕的云雾间，似乎听见了半空里隐约的笑声，与悬崖脚底的涛声相呼应。那一定是白帝的声音，我想。

三

白帝的笑声终究是苦涩的。

他的苦涩还是与赤帝有关，与老刘家有关。

公孙述以白帝自居的十二年间，中原与川蜀大地烽火连年，将升斗百姓烧了个黑枯干焦，伤痕累累，甚或十室九空。唯有云端里的白帝城，借了高峻、险要之利，几乎完好，像一处宁静的世外桃源。这里"黄发垂髫，怡然自乐"的百姓深感公孙述当年筑城之恩，在城中建了座白帝庙，塑像祭祀。老百姓的情感最朴拙，也最真切。不管什么成王败寇或者皇家正统的理论，即便公孙述已身死国灭，他们也只念着他的好处，将他视为上天降下的真实白帝，年年祭祀，香火不绝。公孙述绝非庸才，早年便有盛名。史载，他青年时做过清水县县长，熟谙吏事，又勤于政务，治下奸盗一时绝迹，百姓安居，其乐融融。他到天府之国的蜀郡做太守，也以能干知名，绝非仅有一桩筑城的功德，因而的确配得起白帝庙里丰厚的香火祭祀。

然而，似乎赤帝与白帝的恩怨尚未了断，一个老刘家的人在他的白帝城停驻过一回，竟将他从高高的祭台上硬挤了出去。

公元 219 年那个风雪飘散、寒意逼人的年尾，也就是东汉江山如风烛残年的老者，即将被权臣曹丕取代的前几个月，东吴的孙权悄然发兵，夺回了借给刘备的荆州，将他麾下的顶尖大将、结义兄弟关羽擒杀。

刘备是西汉中山靖王刘胜后裔，曹魏掌中做傀儡多年的东汉献帝的皇叔，自然也是正牌的赤帝之后。他以公孙述当年的川蜀为基地，搜罗人才，整顿军马，准备北伐中原，匡扶汉室，从曹丕手中解救出日夜掩涕、度日如年的汉献帝。不想，孙权突然折断了他一只遒劲的臂膀。刘备仰天哀泣，悲愤异常，不顾诸葛亮、赵云等人的苦谏，亲率重兵伐吴，却遭到孙权部将陆逊的火攻，兵马一夜间损失殆尽，只得带着残兵退回到白帝城所在的永安县。

这时，曹魏取代了东汉，刘备出征前也已在成都称帝，国号依旧为"汉"，接过了赤帝的接力棒。他兵败屯驻白帝城，白帝自然不会给他带来福音，不久即愧恨成疾，病势垂危。临终前，他将丞相诸葛亮从成都火速招到榻前，托付家国后事，随即殒命。

魂魄飘荡在白帝城的刘备是死不瞑目的，正值多事之秋，曹丕篡汉，义弟关羽大仇未报，另一义弟张飞也因报仇一事死于非命，而自己又将蜀汉多年的精锐毁于一旦。白帝庙中高高端坐的公孙述终于见到了汉室的凄惨下场，是额手畅饮还是也有恻隐之念？我不得而知，但想，他既已成神，往事又如烟，与刘备相逢一笑也未可知。

后人却耿耿在怀，不是向着白帝，而是英魂蹀躞在白帝城山水间的刘备。一千两百多年后的公元1512年，大明王朝夔州巡抚林浚某天造访白帝庙，见祭台上的白帝衣冠端肃，面貌如生，大为生气，说公孙述是叛汉的"乱臣贼子"，不该享有祭祀。于是，他命人将公孙述塑像毁弃，改祭刘秀麾下的伏波将军马援。马援是忠臣良将，曾拒绝过公孙述委任的侯爵，一心归汉，并说公孙述"井底之蛙，妄自尊大"。过了些年，另一个夔州巡抚朱廷立又将他移出，改祭刘备，让诸葛亮、关羽和张飞配祭。蜀汉君臣一时又相聚于白帝城，聆听大江日夜奔流的涛声，闲看门前的云卷云舒，也算是一桩至为畅快的事情了。

多年后，当我步入苍翠掩映里的"托孤堂"，依然能感受到一股悲愤与忠义之气弥漫殿宇，甚或破门而出，直击悬崖外的湛湛蓝天。

殿堂内，二十一尊与真人大小等同的塑像齐聚一堂。刘备面容悲戚而焦虑，斜躺在卧榻上，两个随诸葛亮前来的幼子鲁王刘永、梁王刘理跪在地上。一个稚气未脱，犹自举头好奇张望，另一个则懂事些，垂首下拜榻边肃穆而立的诸葛亮。刘备艰难地举起右手，指着诸葛亮，嘴唇微张，似乎在说着话。

门外崖壁下的滚滚长江是幸运的，曾像午夜闻雷一般，清晰听到过这一幕可泣鬼神的对话。刘备喘了口气，将家事国事托付给诸葛亮："若嗣子可辅，辅之；如其不才，君可自取。"诸葛亮慌忙跪拜于地，涕下如雨："臣敢竭股肱之力，效忠贞之节，继之以死。"刘备又命人准备纸笔，给远在成都的太子刘禅口述诏书："汝与丞相从事，事之如父"，切切叮嘱说"勿以恶小而为之，勿以善小而不为"。

远去的真实场景与眼前的雕塑们都一样沉沉静默，耳畔只有穿过庭院的风声与崖壁下阵阵撞击的涛声。赵云等人侍立一侧，或垂首，或扭头，眼里都是忧戚感佩交加的清泪……

从"忠义"二字上说，刘备君臣完全够格在白帝庙配祭，甚或绰绰有余。抛开封建君臣的依附与控制关系不说，单是他们作为普通人之间无愧天地的坦诚厚道、有忠有义且生死不渝，便足见一种极具契约精神的美德。刘备对关羽，对诸葛亮，诸葛亮对刘备、刘禅父子，莫不如此。刘备若心存不义，将当年的桃园盟誓视为一场逢场游戏，完全可以假借朝廷重器的名义，放下关羽被杀之仇，至少不用如此悲极之下的仓促行事；也完全可以不必慷慨命诸葛亮"君可自取"，甚或可先杀智计无穷的诸葛亮，以免日后留下篡位的隐患。血淋淋的先朝历史告诉他，托孤之臣欺凌孤儿寡母，最终取而代之的不少，王莽、曹操父子便是例子。诸葛亮若不忠，则完全可以先假意应允，回到成都便可寻找机会，将稚嫩暗弱的刘禅废黜，自为开国之主。毕竟战战栗栗，随时可能族灭当臣子，远不如高高在上，人莫予毒做帝王。

我肃然默立在沉郁的"托孤堂"，凝视着蜀汉君臣们定格在眼前，也昭然定格在历史深处的举止，忽然想，因为对封建社会及其相关礼教的摒弃，这种淳朴的忠义之德，也被眼下许多人弃如敝屣了，于是人与人之间缺乏诚信，甚或当面承诺，转身下刀子；职业上或有缺乏忠守，乃至旗帜前庄重的盟誓也可轻易背弃，为官者或有贪腐横行，没有了丝毫的底线。刘备君臣的配享白帝庙，至今香火连绵，或许是后人对忠义的一种美好愿望与不懈追求吧。

然而，刘备配享殿宇的祭祀，公孙述的魂灵则只能流落他处了。我缓缓走出托孤堂，扶栏远眺门前起伏的山峦，似乎要搜寻一丝他的踪迹。雾霭茫茫，陡峰屏立，白帝消隐在大江上飘荡而来、沙沙作响的风声里。能让贤而走，一如远古孤竹国的伯夷、叔齐，也该是一种美德吧。

四

白帝、赤帝在殿宇里"你方唱罢我登场"，白帝城却缄默无语，似乎对这种人事纠葛没有丝毫兴致。它只将自己的峭拔、险绝与雄奇默默矗立在彩云之端、大江之畔，与云霞、悬崖、鸟道、惊涛一道勾出大自然的鬼斧神工，也给江山捧出一卷壮阔的图画。

图画引来了一拨又一拨的文人墨客登临、慨叹、吟咏。

李白飘然"朝辞白帝"后，杜甫又来了。

公元 766 年的那个暮春三月，野草与古木一齐苍郁、滴翠，粉嫩的花蕊间蝶翻鹦舞。面目清癯的杜甫带着瘦瘦的行囊，驾一叶扁舟从云阳翩然而来。"白也诗无敌，飘然思不群。"他对好友李白才气的思慕，令他对李白笔下的白帝城早已心向往之。立在扁舟窄狭的前头，他的眼眸溢出恨不能长出翅膀的焦渴，将满江春水烧得沸滚如汤。

一入夔州，杜甫便迫不及待弃舟而行，大汗涔涔攀上白帝城，俯瞰壮阔的巴山江水，啧啧称奇，朗声吟哦道："白帝高为三峡镇，瞿塘险过百牢关。"他时而驻足，时而徘徊，久久不肯离去。夜幕从夔门的悬崖顶上悄然笼罩而来，他决然在夔州住下，"伏枕云安县，迁居白帝城"。这一待，便是两年。

白帝城的奇崛险秀，令杜甫的心灵像悬崖上的鸟一样获得了无比自由，诗风更为沉郁，诗意也犹如他笔下"不尽长江滚滚来"的江水，不可遏止。杜甫在这里共创作了四百余首诗歌，占他至今所存诗篇的三分之一，达到了一个汩汩喷涌的创作高峰。

杜甫没有白帝、赤帝的显赫身份与滚烫权柄，却也没有案牍与争斗的羁绊。他随时都能登上白帝城，在我眼下徘徊的墙根、庭院与青石板街道漫步，诗意也随时涌出，化为瑰丽的诗行。他惊叹白帝城之高："城峻随天壁，楼高更女墙"；追述白帝公孙述之志："公孙初恃险，跃马意何长"。他冒雨登山，"白帝城中云出门，白帝城下雨翻盆"，惊见"高江急峡雷霆斗，古木苍藤日月昏"。他听着白帝城下的捣衣声，不免有悲秋之意："玉露凋伤枫树林，巫山巫峡气萧森""寒衣处处催刀尺，白帝城高急暮砧"。雪花漫舞，他照样登城，感受雪的细腻之变："去年白帝雪在山，今年白帝雪在地。"他眺望峡谷间翻涌的长江，又喟叹："江间波浪兼天涌""渚清沙白鸟飞回"……

多年后，我踏着杜甫的足迹，在红墙绿树间的碑林搜寻他的诗句，早已浑然忘却了寻找白帝的初衷，也将白帝、赤帝刀光剑影的争斗场景弃之悬崖下，任咆哮的江水将其囫囵吞下，瞬间没了痕迹。我沉浸在杜甫用笔打造的诗的王国里，灵魂像被江水冲刷般得到净化、升华……

杜甫终究还是依依不舍地走了，白居易又揣着一只五色笔接踵而至。他漫步于白帝城头清冷的月光下，倾听悬崖上寒猿暗鸟的啼鸣，吟唱道："瞿塘峡口冷烟低，白帝城头月向西。"刘禹锡也在一个温婉的春日闻声而来，他见到的是"白帝城头春草生，白盐山下蜀江清"，白帝城中朴拙的土人唱起了《竹枝词》，刘禹锡畅饮一大杯，也随之哼唱："南人上来歌一曲，北人陌上动乡情。"

这场李白领衔的盛大诗会远不止此。陈子昂、苏轼、黄庭坚、王十朋、陆游、范成大、王士祯和张问陶等人，蹚过历史的长河，一批一批向白帝城集结。他们吟诵的声音托起了白帝城头的云霞，将高峡上悬浮的这座城迷离在诗歌的平仄与韵律里。

多年后，当我立在白帝城头，用目光一遍遍摩挲李白、杜甫、白居易们遗落在云端里的背影，似乎终于明白，他们早已超越了白帝、赤帝，是这座城真正的王者。他们用文字构筑在白帝城上下的诗歌帝国，让他们与眼前的苍穹、白云和滔滔江水一样，成为炫目的永恒……

（原载《人民文学》2018年第四期）

三峡记

一

　　三峡与它紧紧裹束的那条粗犷大河，像记忆深处母亲的邈远呼唤，或者远方恋人那抹飘逸淡影，一直撞击着我的心魂。

　　撞击的工具是那些浊浪般滚烫的文字。

　　晴初还是霜旦？从遥远的北国寻觅而来，行囊粗朴却坚毅的郦道元倚在凄清寒骨的崖壁上，揩拭一把沾满尘土的汗珠，远眺滚滚东去的江水，将眼前的峡谷凝固成毕生的惊叹："两岸连山，略无阙处。重岩叠嶂，隐天蔽日，自非亭午夜分，不见曦月。"悬崖的丛林深处，传来声声孤猿的哀啸，"属引凄异，空谷传响"。猿声将他的文字包裹一种峭壁上悬棺般的神秘，镂刻在三峡苍翠绵延的两岸与一卷竹帛的静默角落，也引来了李白高亢的和鸣。

　　李白纱帽羽衣，披着江风，踏一叶轻舟，迎着霞光朝三峡翩然而来。他在杨贵妃、高力士前傲岸的头颅终于低下，拈着风中飘散的长须吟诵道："巫山夹青天，巴水流若兹。巴水忽可尽，青天无到时。"告别云端里的白帝城，顺江而下的那个早晨，他的心情如裹着白帝的彩云一般大好，"两岸猿声啼不住，轻舟已

93

过万重山"……

李白的身后，苦着脸的杜甫也踩着翻滚的浪涛而来。他的眉宇间填满山河破碎的幻影与家国的忧伤，"始欲投三峡，何由见两京"，却还是被三峡的壮观牵引而暂且放下："三峡传何处，双崖壮此门。"终于，他的心情也如峡谷里那一江春水激荡开来："即从巴峡穿巫峡，便下襄阳向洛阳。"

在李白、杜甫的身前身后，还有杨炯、岑参、孟浩然、杜牧、张祜、齐己、胡皓、许浑、陈陶等人应和的吟唱声此起彼伏，像猿声暂歇、百鸟齐鸣的峡谷丛林，带着唐人雍容的音质与韵律，将插入云天的三峡淹没在喷涌的诗潮里。甚或还有一个殊色而柔弱女子的声音，被众多低沉而浑厚的男音簇拥，像一束开在崖壁上灼灼其华的杜鹃，绚烂了一方窄窄的天宇。她叫廉氏，峡谷横亘的秋水映照出她一抹吟唱的寒影："清秋三峡此中去，鸣鸟孤猿不可闻。一道水声多乱石，四时天色少晴云。"

一次次心魂的铿锵撞击，犹如崖壁下的惊涛拍岸，令我不时涌起靠近三峡的念想。那位常年远游，足迹遍布大半个中国的潇洒游者郦道元，又像一个慈蔼的邻家长者催促我早日前行，说"耳闻不如亲见"，谆谆叮嘱："常闻峡中水疾，书记及口传悉以临惧相戒，曾无称有山水之美也"，然而，"既至欣然，始信耳闻之不如亲见矣"。

我蜷处于南方一隅，掩上虫眼历历的古卷，翘望西北天上缓缓飘移的一片云，云下是那段蜿蜒七百里的峡谷与大河吧？我默然想，是该有一场慰藉心魂的行走了。

二

夔门，像太虚幻境的一扇门，豁然洞开，迎接我的到来。

这是暮春的一个清晨。当我脚下的船只缓缓驶向夔门，而我又在向侧后耸出云间的白帝城频频回望时，天空压盖的云脚又下坠了些许，如丝如线的细雨蓦然飘洒下来，宛若刘备向诸葛亮托孤那一刻洒下的清泪。

当年，刘备或许在黄昏里一次次立在白帝城头，怅望被滔滔急湍生硬撞开的夔门。晚霞如火，他想起了那场从森林深处燃起的诡异大火，百思不解麾下虎狼般的川蜀精锐，为何被透着乳臭的东吴将领陆逊几乎杀个殆尽。再悲戚或欢欣的输赢，在时间的漫漫长河里也只是一瞬。能让刘备欣慰的是，他为个人之义报关羽被杀之仇而草率出兵，在三峡外的夷陵打输了一场战役，却最终在白帝城赢得了一段与诸葛亮肝胆相照的恒久佳话。白帝托孤与诸葛亮终生不渝，像暗夜里的一盆火，温暖过尔虞我诈的人间许多年，彰显了封建君臣间难得的一抹赤诚与温情，也将白帝城与三峡沐浴在道德的光芒里，冷峻险绝而又熠熠生辉。

雨中的夔门依然如斧削刀砍，保持着千百年来的形状。崖壁赤裸，似乎寸草难生，陡峻如李白笔下的蜀道："猿猱欲度愁攀援。"北面的赤甲山红着一张脸，与南侧白皙的白盐山相对峙，温馨相望。峰顶终于有了丛林的葱绿，却渐渐隐入云霄，被一团团云烟缠绕、包裹与吞没。遥想数百万年前，川蜀与云贵的万千水流被圈在重重山峦间，如被围猎的惶惶猛兽，狼奔豕突，始终找不到奔向大海的出路。它们四处漂泊一阵，不约而同汇聚一道，开始一遍遍撞击夔门。多年后，我翘首张望夔门，似乎依旧能听到那一声声回荡在峡谷间的轰然作响。滴水能穿石，奔涌的洪流铢积寸累，也便终于撞开了其硬如铁的夔门，开启了高险的瞿塘峡之旅。杜甫因而感慨道："中巴之东巴东山，江水开辟流其间。"夔门被削砍出来的险峻，也成为一道特异的壮景，跨入第五套十元人民币，化为人人惊叹、摩挲的背景图。

夔门引领的瞿塘峡，在陡山重嶂间曲折延展。船只滑入夔门的一刹那，我的心也不觉咯噔了一下，兴奋而又有些震悚。水道像俏丽女子被束的腰身，陡然窄狭起来，万千风韵也随之而生。浑浊的江水在其间汹涌冲荡，声如洪钟大鼓，似乎不甘被束缚而奋力挣扎。两侧的崖壁随山势而峭拔绵延，果然"略无阙处"。抬头，只能仰视逼仄的一线天空，没有曦月，阴沉着一张暮春的脸。崖壁上水线分明，上则林木葱郁幽深，直奔云雾里的峰顶与天际，蒙蒙微雨里更显苍碧欲滴；下则岩石裸露，似乎还有些干涩，露出被江水冲洗过的印痕。森森林木深处，除了萧萧风雨，寂然无声。古人常为之悲戚而泪下沾巾，"声声都是断肠声"的至清猿鸣，不见一丝踪影。或许，人类足迹无所不至的今日，它们早已被侵凌而灭绝了吧？

瞿塘峡古称绝险之地，水急礁巨，杜甫说"瞿塘险过百牢关"，遍览奇山大川，从不畏惧巉岩深壑的郦道元也谈之色变，说"其水并峻急奔暴，鱼鳖所不能游"。船只行到此处，像暴风里迅疾飘零的一片苇叶，往往"倏忽沦没别无期"。而今，因下游拦腰修筑了一座三峡大坝，最高水位上升到了一百七十余米，水道因崖壁陡立，似乎并未加宽多少，水势却已不如以往峻急惊险，"怪石插流横"与乱石穿空的悚然场景也不再现。我乘坐的又是万吨巨轮，几乎感受不到水流的颠簸，仅闻其响彻峡谷间的咆哮而已，甚或有了平静屋宇下手端茶盏，悠然览胜的错觉。远处沸腾的江面上，除了偶尔漂浮的彩色航标与侧身而过的巨轮，也已看不到李白、杜甫们战栗的扁舟与风帆。

三

随江流而静默变幻巨幅画屏的崖壁，翠色忽然更浓郁起来，船已驶入巫峡。

细雨似乎累了，不知何时歇下来，化作峡谷间腾涌、弥漫的白色云雾。云雾纯净、轻盈、绵软，随猎猎江风的缓急时时变幻。忽而紧抱成团，遮掩了峰峦下半截，峰峦耸出的一端便成了巍峨的云中宫阙，如历历可睹的海市蜃楼，亭阁、窗棂毕现，引人无限神往；忽而又拉成长条，给崖壁系上一条松软的玉带，崖壁就成了等着上朝的稳重老臣。

云雾若有若无时，峰峦更见挺拔，将头上的天空顶入目力所及之外犹未停止，我疑惑若攀缘而上，便可步入九霄深处的天庭。崖壁上的古木青藤将翠绿倾泻而下，密不透风，如悬挂的一块块苍碧而浓密的瀑布。不久，江流舒缓了许多，浪涛奔涌没有了急怒之状，江面也宽展了不少，远处靠着崖壁对向驶过的一艘巨轮，似乎成了未挂云帆的扁舟，向我身后飘忽而去。偶尔，悬崖顶上的葱绿间躺卧三两栋孤零零的屋宇，像终于被人间窥见的天上人家。山间并未见禾稻谷物种植的痕迹，大概住着些仙道风骨、鹤发童颜的得道者吧。忽然，一道银白的水流从崖壁的深绿间飞驰而下，如泄漏一角的银河，飞珠溅玉，最终消隐在谷底滚滚的浪流里。

"三峡七百里，唯言巫峡长。"峡谷在叠嶂间曲曲弯弯蟒蛇般伸展，悄怆而幽邃。前头似乎望不到数里，被突兀而横的峭壁

97

挡住了视线，我疑心没了去路。倏忽间，水流折转而行，豁然又是一道深谷。于是，我与船上的游者便在一种"曲径通幽"的境界里移步换景，没有了孤旅远行的单调与枯燥。

一抹斜阳的光芒，蓦然绚烂在左边悬崖上，将半空里的崖壁涂上明丽的色彩，一扫先前颇有些沉闷的苍黛，与没有得到阳光的下截崖壁形成鲜明的比照。窄窄的天空也逐渐变换成一片纯粹的浅蓝，像刚从江水里费力清洗过一番，偶尔才飘过一缕悠然的祥云。

不久，听到"神女峰到了"广播提示的游客，如触电般蜂拥而出，汇聚到船头侧首仰望，将似乎已铸在甲板上、始终不曾进去的我生生挤到了后头。幸而崖壁陡峻，无所谓前后都能看到。在众人屏住的呼吸里，崖顶缓缓出现了一块突兀的巨石，似乎镶嵌在天幕上，远远望去，纤细而柔弱。在金色的夕晖里，果然如一位袅娜清秀、凌空顾盼的女子，一缕正当其时移过的云烟，便是她脖颈上飘悬的乳白丝带了。我与她默默对视一阵，似乎想从她的明眸间寻出一丝当年的浪漫与奔放。

她的万种风情与楚怀王有关。楚怀王曾游高唐，因困倦白日入睡，梦中与披着霓裳的神女不期而遇。她坦然求欢："闻君游高唐，愿荐枕席。"事后神女自陈："妾在巫山之阳，高丘之阻，且为朝云，暮为行雨。朝朝暮暮，阳台之下。"

因了宋玉笔下这段柔蜜的文字，巫峡十二峰里，最引后来诗家遐思的便是这位魅力迸射的神女了。多情的孟浩然描摹说："巫山神女作行云，霏红沓翠晓氛氲"；风雅的刘禹锡则歆慕："巫峰十二郁苍苍，片石亭亭号女郎"；暗恋不止的元稹悄然写下爱的誓言："曾经沧海难为水，除却巫山不是云"。陆游是不苟言笑的君子，一心恢复大宋沦落胡尘的北方江山，然而到了"峰峦上入霄汉，山脚直插江中"的巫山，也禁不住被撩拨得心旌摇曳："惟神女峰最为纤丽奇峭，宜为仙真所托。"

我终未能与神女对视出灼灼火花，只得怏怏而退。夜幕也渐渐坠下来，将峡谷归于沉沉幽暗，两岸崖壁静穆在黑黝黝的影像里。江面晚风劲吹，身上有些清冷，但我静坐于船头，依旧不肯回舱中歇息。

船顶的探照灯射出银白的光束，将无边的暗夜劈开一条宽展通道，铺陈在江面上，与欢腾的泡漩浪花不时亵玩、抚弄。光束之外是一片徽州墨般的漆黑，却也深浅不一。深者是壁立的悬崖和幽深的林木，浅者是开阔的江面与只有声响却失去形状的浪涛。峡谷上空也是江面的浅灰色，不见星月的痕迹。若在李白们轻舟夜行的远古，大概又是哀猿引颈啸响之时，而行者该心如层浪堆涌，毛骨悚然了。隔一段距离，江面便飘过一处细微的红色光点，如秋夜天际横斜的孤星，偶尔还随波晃动，给静谧而清寒的黑夜带来些许温暖。我知道，那是被点亮的航标灯。水位虽因下游大坝而高涨，水下潜伏的暗礁却大概依旧不少，不能没有它们忠诚的引导。

不久，深色的黑影缓缓向两岸漂移，浅色的影子随之渐渐拉宽，意味着江面更为开阔起来。远处的崖壁下，有了星星点点的亮光，似乎是渔火。如此深夜，到峡谷深处的江边打鱼或者垂钓，应该不是为生活所逼。我看不到渔者的面容，却能想象出他的惬意与悠闲，或许不输于渭水垂钓的姜太公吧？惜乎江水终究不够清澈，渔火没能散作满天星的灿烂场景。到后来，灯火越来越密集，如燃烧的火焰般撑开了大片天宇，原来是座蹲伏在崇峻山岭间的城市。脚下的船只没有停留，在我还没弄明白究竟是何处时，很快又闯入了深沉的暗夜里。

巫峡或许已过，隐在黑夜里的西陵峡，则只能等着熹微的晨光了。我终于起身，向舱中走去，将峡谷与江水带入酣畅的梦中。

四

或许是屈原与明妃之灵的敲击，霞光探入船舱窗棂的瞬间，我一个激灵，蓦然醒来。

三峡中，西陵峡原本最为宽阔，此时将抵近大坝，江面俨然成了浩瀚的湖泊。两岸青黛色的山峦越发向远处退缩，也不似先前悬在头顶，令人惊心压抑的陡峻。如屏障般的峰峦间，偶尔有了一丝阙处，是些朝长江投奔而来的小溪与小峡谷，如涌向动脉的毛细血管。峰顶上悬着一轮如火的朝阳，将缭绕山峦的云雾一寸寸撕裂，也将水面烧出万点金光，尽显江山的另一种壮美。波光激滟中，往来的船只多了起来，大小都有，忙忙碌碌，穿梭如鲫。远处江面上，还有鸥鸟展翅的矫健身影，忽而凌空啸唳，忽而俯身扎入水中。它们进食早餐的欢愉，将云烟尚未散尽的峡谷渲染在宁静而祥和的氤氲里。我凭栏伫望，深吸一口气，穿行三峡的紧绷心情也松弛下来。

地灵而人杰。霞光里的群峰深处，隐伏着屈原和明妃王昭君素朴的山村故里：乐平里与宝坪村，都隶属于如今的宜昌。两人中，一个是才气喷涌如泉的诗人，为荆楚大国的衰微破碎而投身浊水，另一个是令大雁跌落碧空的绝色女子，为汉室的和平安宁而远嫁荒漠。两人的结局似乎都颇为凄惨，浸透了国族的辛酸与个人的苦楚，也赚尽了诸多拊膺长叹的泪滴。但两人决然舍弃个人福祉，为国家与民族蹈死不悔的凛然情怀，足以令千百年后的来者肃然而生敬意，也令三峡漫溢在另一种壮气里，与云霞一道光芒耀眼。

大坝未修的古代，这段峡谷据说格外凶险，长江一路接纳两岸蜂聚的大小河川，犹如汇聚天下精锐的兵家，水势更为浩大，又挟地势之利，居高临下，令江流如万马奔腾咆哮而来。横亘其间的泄滩、青滩和崆岭滩，便是令江上往来者胆寒与觳觫的险滩，多少船工与旅者因之樯倾楫摧，葬身鱼腹。青滩北岸的"白骨塔"，是堆积死难者尸骨之所，至今令人心悸，或许还能夜闻鬼哭吧？而多少河边白骨，"犹是春闺梦里人"，则更令人不胜唏嘘了。

所幸的是，这种悲戚场景不再了。"楚塞云中出，荆门水上来"，船的前头，隐隐出现了那座拦腰而横的耸然大坝，像筑在峡谷间的一座铁壁城池。它是倒横在长江的一个巨大惊叹号，给三峡的奇崛与瑰玮做了一个戛然而止的总结。大坝的前方，将是"潮平两岸阔，风正一帆悬"的江汉平原，也将是浩荡无极的茫茫东海。温煦的阳光下，我和我脚下的船只，向它飞奔而去……

（原载《绿洲》2018年第五期）

赵子龙的桂阳

　　山岭葱绿间颠簸的小车刚近桂阳，一股英雄气便漫涌而来，浩大、宏阔、雄壮，像钱塘江恣睢的潮涌，或者扯天扯地的骤雨，将小车与车中的我如粽子般严实包裹。瞬间，眼前似乎出现了一个白马银枪的飒爽身影。

　　这是"一身是胆"的赵子龙。"身长八尺，浓眉大眼，阔面重颐，威风凛凛"，许多年后，我还能从少年时的阅读遗存里清晰找到他的英姿，捡拾出当年无限膜拜与神往的心路。人常说："马中赤兔，人中吕布。"以赵子龙匹马单枪在长坂坡百万曹军中七进七出的神勇，兼其姿颜雄伟，飘逸英俊，我更认同"人中赵云"。

　　最早知道桂阳，便缘于这位"常胜将军"。鏖兵赤壁后，刘备鞭指荆州南四郡，赵子龙与同样万夫不当的张飞相争而胜出，揣着从诸葛亮手中慨然领取的军令状，统领人马一阵疾风飞奔桂阳。层峦深处娴静如处子的桂阳，第一次迎来了英气逼人的大将，往日沉默的山水似乎陡然灵动起来。赵子龙智勇兼备，须臾间便令桂阳太守赵范束手投降，两人约为兄弟。赵范将有倾国之貌的寡嫂请出，打算许配给赵子龙，心思缜密的赵子龙一脸肃然，严词拒绝。他后来对刘备说："天下女子不少，但恐名誉不立，何患无妻子乎？"这与阵前破军杀将后欣然取人妻女，甚或尚未破敌便高筑铜雀台，遥想"锁二乔"的曹操、曹丕父子有云泥之别，刘备因而感慨："子龙乃真丈夫也！"

浩漫如碧海的原野苍翠依旧在车窗外缓缓漂移，山岭与田畴间纵横的小径，或许当年赵子龙便跨着那匹追风逸尘的白马飞驰而过，像一团岭上飘逸的白云。我蓦然想，江山也要文人或英雄捧，有了赵子龙的足迹，桂阳便人杰地灵，光芒四溢，凛然进入英雄城的行列。或者说，桂阳已等同于白袍银铠、威风漫溢的赵云，是"城中赵云"。这也是我未入桂阳，眼前便浮现赵子龙横枪跃马的缘故吧。

徜徉于桂阳文化园的古郡城，我依然浸润在一阵阵波涌的英雄气息里。

古郡城是时间深处凝固的桂阳缩影。城外有山有水，葱绿与澄碧拥覆、掩映相宜，如一幅静美的图画缓缓铺开在眼前。像当年千里跋涉而来的赵子龙，我眺望一番白云下逶迤的城墙与城头高耸的箭垛，走过刻着"千年古郡"的景泰蓝牌楼，欣然步入镌有汉隶"桂阳"二字的拱形城门洞，转瞬间眼前豁然亮堂，又跌落到另一幅图画中。城内青石板街道开阔洁净，两边屋舍俨然。文庙、昆曲馆、博物馆、图书馆、戏台——青砖黑瓦，翘角飞檐，仿佛《三国演义》中许昌的某一处场景，浸透着浓浓古意。我遥想一千八百年前，街上人流熙熙，摊贩云集，勾栏瓦肆人声鼎沸，男女老少如城外山野的渔父樵夫，悠闲而自得。赵子龙甲胄鲜明，手按宝剑，领着二三亲兵巡视于城头上。然而，或许不是节假日，又或许尚不曾完全开放，我眼前的各处屋宇阒寂无声，街道上也仅有三三两两的行人，商业街两旁的饮食、书画、古玩、百货等铺面也都关门落锁，清冷异常。落日的余晖里，只有厚重而古雅的历史回声在空荡的街道上风一般晃悠、徘徊。

博物馆的朱漆大门前，我从同行的桂阳友人介绍中，才知桂阳的荣耀远不止赵子龙跃马一端。春秋战国时，楚国与百越作战，便驻兵马于桂水之阳，桂阳也因此得名。汉高祖刘邦击败项羽，一统天下后，首次设立桂阳郡，成为"南控交广，北带衡湘"的兵家要塞。郡治所则在咫尺之隔的郴县。我心中存留已久的桂阳时空陡然前移四百余年，扩展了数百里。友人又颇为自豪地说："桂阳久远的历史，陶铸了牌楼文化、寨堡文化、亭台楼阁古建文化、循吏文化与乡贤文化，赵子龙虽是桂阳的骄傲，却仅是众多乡贤中卓异的一位。"

我若有所思，默然点头，又在万道晚霞里漫步于文化园的古寨堡、循吏碑廊、赵侯阁、文昌阁、尚书亭、榜眼亭、蔡侯阁、蒙泉书院与乡贤碑廊，不时驻足凝望、沉吟。

匆匆归去后，春陵江的涛声似乎接踵跟踪而来，向我一声声柔婉召唤。我深知，赵子龙的桂阳，自己还会再去的。

（原载《湘声报》2018年8月25日）

浮在波光上的书声

与脚下的石鼓山一道披着浩浩江风，迷离在一抹淡然写意的斜阳里，我久久凝神不语，似乎隐隐听到了那些从时光深处穿透而来的书声。

像斜刺里合围而来的三彪人马，湘水、蒸水与耒水翻涌着绿波，从三个方向的苍碧丛林与沃野飞奔而出，扑入街巷纵横人烟辐辏的衡州，劈开无尽的浮华与喧嚣，合掌将一座小巧如瘦俏少妇的石鼓山捧在柔婉的掌心，也捧出了潋滟波光深处与尘凡隔绝的一片宁静。一座素淡、雅致的书院便应运而生，恬然静卧在这片树林荫翳、宁静幽谧的山巅。清朗而顿挫的书声也随之而起，激荡、漂浮在澄碧的三条江面上，潋滟随波上千年。

肃然徘徊于书院依山势而陈的禹碑亭、武侯祠、李忠节公祠、大观楼、七贤祠、敬业堂与合江亭，或憨然朴拙，或凝然肃穆，或雕栏画栋，或凭空凌虚，我在草树拥覆的曲折石径间，细细搜寻古贤与今人的足迹，不时虔诚默念一个与书院齐为不朽的名字——李宽。我想，素来"天下名山僧占多"，如果不是唐代这位面目清癯、衣衫多垢的处士慧眼独具而捷足先登，石鼓山恐怕早已或僧或道，香烛袅袅，江面上盛满的也只是细碎而沉闷的木鱼或钟磬声了。

大唐元和五年（810），我无端而执着地认定是暮春一个莺草喧闹的日子，阳光或许比眼前还要妩媚、慵懒几分，满腹才情却淡薄仕途的李宽披满一身陇西的风尘，疲然踱蹙在衡岳脚下荆棘里的山道上。他追慕归隐衡岳白云生处的先贤李泌，寻寻觅觅而来，却被同时代文坛圣手韩愈几行传唱乡野林间的诗句重重叩击着心弦："红亭枕湘江，蒸水会其左。瞰临眇空阔，绿净不可唾。"

这首二百言的《合江亭》，描摹的是李宽闻所未闻的石鼓山，却令他眼前蓦然浮现出了一幅恬淡、素雅的山水画，仿佛多情男子猝遇了一位清秀、娴雅而浅笑的深闺处子，倦意顿消，悠然而神往。于是，李宽直奔衡山之阳三江合掌的石鼓山。山头蓊郁的林木间，飞檐翘角、孤傲而清寒，留存些许韩愈吟咏气息的合江亭果然在，湘水婉娜如柳，蒸水温润似玉，四下空阔，李宽衣袂当风，如此刻的我一般凛然沉默，一滴晶莹的泪珠悄然而出，滑落脚下绿净的水流。他决意不再离开，依山傍水结庐读书，在这片或许前世便已结缘的山水终老。

第一声沉郁而欢愉的书声便随石鼓山染红晨雾的霞光而起，与草底虫鸣、叶间鸟啁、足下涛声、江面的渔歌帆影一道，构筑了一座书院的雏形，也击碎了后世僧道觊觎染指的幻想。书声响遏行云，跨越江面，引来了潜心向学的莘莘诸生，也引来了凭栏把酒、争相唱和的文人墨客，甚或令一江之隔的衡州刺史吕温倚门推窗，翘首相望，歆慕不已，不时放下手中沉甸甸的官印，"常往访之"，与李宽及诸生吟诗作赋，唱和酬答。厚重如砖的《全唐诗》遴选苛刻，却给吕温和李宽慷慨留出一席之地，一首《同恭夏日题寻真观李宽中秀才书院》赫然在列："闭院开轩笑语阑，江山并入一壶宽。微风但觉杉香满，烈日方知竹气寒。披卷最宜生白室，吟诗好就步虚坛。愿君此地攻文字，如炼仙家九转丹。"
吕温出守衡州的政绩已散逸在流光深处，踪迹全无，李宽更从无官身光耀门楣，彰显身后，两人却因书院寻常唱和的一首诗，在刻薄无情的流光里留下了一处粗实的足印，让千百年后的后来者还能寻章摘句，找到他们来过尘世的一抹痕迹。这是他们的幸运，也是石鼓书院的佳话。

多年后，我漫步在书院枝干遒劲的古枫下，似乎还能依稀听到这首诗的吟哦声。这些青衫、峨冠与长髯间发出的声音，铿锵如金石，将古枫敲出了道道深邃的皱痕；又随清风而下，微微簇浪，激出霞光里的万点波光，令山头安谧的书院在波光里摇曳，熠熠而生辉。

山头书声与书院庭间所立、约两米高的石鼓一道年复一年的激响，终于惊动了湘水之北的巍巍庙堂。大宋太平兴国二年（977），由太宗赵光义亲手书写"石鼓书院"的一块御制匾额，在朝野官宦士子异样的瞩目间南渡长江，又逆湘江而穿州过府，庄重挂上了峭拔的石鼓山山头，夯实了书院不可摇撼的位置。我想，这时候并不算高大，与咫尺之间巍峨恢宏的衡岳相比，甚或有些卑微的石鼓山，一定会喜极而泣，与脚下温婉的湘水、蒸水、耒水一道日夜相激，击掌欢庆吧？

欢愉的不只是石鼓山。从大宋到元、明、清乃至民国，朝代更迭起伏，一拨接一拨的学问大家怀着湘水翻涌的兴奋，循着当年李宽的足迹，接踵而来。他们平素眼高于顶，睥睨一切，视高官显宦与高车驷马为敝屣，却十分珍惜石鼓山上茶饭寡淡、薪酬不多甚或有些寒碜的教席之位。书院静谧的壁缝或林下斗折的石径间，我还能不时听到他们咳唾的残存声响。他们已默然嵌入书院梁木、墙壁、屋瓦的姓名，也像静默在夜空中的一粒粒永恒星辰，无一不令我肃然膜拜，神往与之"执鞭坠镫，愿为一卒"的场景。他们是：苏轼、周敦颐、朱熹、张栻、程洵、郑向、湛若水、叶钊、邹守益、茅坤、蔡汝南、王闿运……

像每一只深潭老蚌腹内都孕育着璀璨的珍珠，与这些山长、教席们辉映的是一长串同样溢彩的门徒：王居仁、夏汝弼、管嗣裘、邹统鲁、朱炳如、伍定相、曾朝节、陈宗契、王夫之、曾国藩、彭玉麟、彭述、杨度、齐白石……我想，如果这是一挂精制的浏阳鞭炮，那么，编列有序的每一个爆竹都将瓷实饱满，炸开来，火花四溅，声震于天；而若是一箱高品位的烟花，他们便能开出阳春三月里云蒸霞蔚般的火树银花，绚烂一个广袤而清冷的夜空。

师徒们与石鼓山、书院的遇合，"海内名公讲学其中，诸士环听"，仿佛五彩云霞的翩然聚集，在衡岳之南的蛮荒之地，形成了一片儒学的"衡湘洙泗""道南正脉"，悄然开启了湖湘文化之源。在石鼓山头餐霞饮露，执掌过书院的朱熹曾欣然命笔《衡州石鼓书院记》，以浓厚瑰丽的文笔铺陈了这一盛况，也阐明了书院之志："养其全于未发之前，察其几于将发之际，善则扩而充之，恶则克而去之。"这，或许正是书院独秀湘南，门下弟子广有成就、灿若星辰的缘故之一。

弟子中与书院最有缘，也最给书院长脸的大概是曾国藩与彭玉麟。阳光向晚，鸟雀奔巢，我犹自几度徘徊、伫立合江亭上，除了书声，隐约间又似乎听到了舰队操练的喝令与枪炮声。

曾国藩与彭玉麟，都长于衡岳脚下，一在北，一在南，早晚间抬头便能望见岭上如同野鹤般悠然来去的白云，却少有余闲，最后也在案牍、军旅间劳碌而终。两人少年时，都慕名就学桑梓的石鼓书院。庭院几番花开又落，寒暑翻覆，他们浑然不顾，一遍遍徜徉于浓荫如盖的枫树樟树下，将琅琅书声阵阵洒落在山脚的江面上。学成归去后，他们因风云际会，又都以书生之身勉强掌兵，重聚于石鼓山，筚路蓝缕，草创与洪杨太平军相抗衡的湘军水师。他们并非天生的兵家，书院的儒家典籍里也未有鏖兵斗阵的篇章，曾国藩还曾数度兵败，几欲投江自尽，却最终因了石鼓山的灵气而重新崛起，一匡天下。

脉脉斜晖下，三江合流的宽阔水面上，波光浩渺，红绿相间，仿佛岳阳楼下衔远山吞长江的洞庭湖。我能想见帆影如飞，刀剑如林，硝烟缓缓弥散的一幕幕场景。彭玉麟长髯飘飘，意气昂扬，手按腰间宝剑，号令如山，指挥有度。将士们多刚放下锄头，从田间地头匆匆而来，却似乎为石鼓山与书院的气度所震慑、感染，一招一式或整齐划一，或灵巧多变，巨舶随之进退如意，威猛如虎。又一声喝令，舰船上的兵士们纷纷跳入江面，迎风搏击，浮沉自如，一一成为《水浒传》里的"浪里白条"……随风飘展的曾彭"帅"字大旗下，堆叠书声的浪涛又开始盛满刀兵之声，石鼓山也不经意间成了中国近代海军的摇篮。

刀兵终究有违祥和，书声才是石鼓山的常态。此刻，一片细瘦帆影悄然飘滑在了江心，一个披挂斜晖的身影立在船头，仿佛唐诗里的某一句韵味无穷的山水经典。见我终于从久久的沉吟间蓦然醒来，好奇地向船只观望，与我同行的友人莞尔一笑，介绍说："这是寻常出没的钓鱼人。这些渔者，从不用寒光凛凛的鱼钩，而是直接用渔线，系上一点诱饵随意抛在水中，愿者吞线而已。"我闻之一震，儒者即仁者，不用穿腮见血的鱼钩，大见慈悲为怀的仁者之心，或许是书院日夜漂浮的书声熏陶所致吧？

（原载《安徽文学》2018年第十一期）

茅洞桥年景

嫩黄的阳光从远处山峦缓缓漫过来，与温婉的晨雾缱绻交缠时，茅洞桥的街巷早已像柴火上的鼎锅一般沸腾了。老街、玉泉街、新桥街、水对街、乐富街、衡祁路、六顺路等，都像沉睡中欢然醒来的一群群雪地企鹅，或者人家晒出的一盘盘桑蚕，人影绰绰，挨挤不开。

不宽的街道上，两边多是挤占了大半路面的摊点，有铺面的得地利之便倾其所有，大大方方将货物摆出来，门前圈占一处黄金"码头"；刚到的外地游商就着运货的大小车辆，圈出一片临时属地；更多的是挑着箩筐、筲箕、木桶，从各处田埂小道一大早赶来的乡野百姓，见缝插针，席地摆满自家种的萝卜、茅白、葱蒜、芹菜、冬笋，以及红薯粉丝、甜酒等菜蔬饮品，乃至松树、杉树、枇杷等滴翠而幼嫩的树苗，或者亲手喂养的鸡、鸭、鹅、兔、塘鱼……鲜活而散发些许亲切的腥味。街面中间留出仅有的一线，仿佛深山幽壑间的一条羊肠小道，蠕动着东瞻西顾、肩扛手提的熙熙人流。偶尔一辆簇新小车路过，拼着老命摁烂了喇叭，也叫不开车前自顾自买卖的人群，半天也没开出几米。司机大概是满沾风尘回乡的人，索性开了窗，用有些湿润的目光贪婪摩挲、吮吸着久违的乡景，而后取出手机，兀自拍了起来。

这是茅洞桥腊月二十逢十的年集。浓郁的年味随着缓缓升腾、飘逸的乳雾，从穿镇而过的栗江（茅水河）上漫溢开来，与街巷云彩一般涌动的人流、此起彼伏的叫卖声、吃穿用玩似乎无所不有的琳琅年货一道，淹没了这座衡南的乡间小镇，也淹没了平生第一次做客茅洞桥的我。

我跟出生在茅洞桥，颇有《水浒传》里柴大官人豪侠之风的友人恍恍惚惚穿行在街巷，似乎一头茫然扎入清人蒲松龄《山市》里的海市蜃楼，赶往他嘴里能让我流出半升口水的一家猪血米豆腐店用早餐，一边听他如数家珍说着茅洞桥的掌故。茅洞桥是乡间俗称，却又颇有古雅来历，源自唐代大历十才子之一司空曙的一首描述茅洞桥的《送曲山人之衡州》："茅洞玉声流暗水，衡山碧色映朝阳。"不过，茅洞桥的官名早已改叫茅市镇，曾是衡祁古道上一处往来熙熙的驿站，名诗人司空曙能记之以诗，便是难得的明证。茅洞桥也以其古远，赢得了"南乡名镇""千年古镇"的殊誉。经过一座建于清初的古朴石拱桥时，经友人指点，我挤过桥上同样密集摆设的摊点与簇拥的人群，探头往桥下张望，意图搜寻些古籍中记载的"桥口多生芭茅草，桥下泉水清冽"的痕迹，却终究是冷风猎猎的腊月，除了瘦弱的水面安静而温顺流淌，芭茅草遮洞的情景只能等年后"江南草长，杂花生树"的春日，才可一睹芳颜了。

猪血米豆腐店隐在摆满摊点的街巷一隅，朴野得未挂店名，仿佛街上某位随意穿戴、不屑边幅，一声不吭蹲地卖着菜蔬的乡间汉子。门前是一长溜黑不溜秋的灶火，大小锅里吐着温馨而芳香的热气，瞬间唤醒、撑开了我奔波一个早晨的胃。跨过灶前一处横卧的葱蒜摊点，进到店面，早挤满了一屋的人，七八张长条桌上的碗筷与脑袋都埋在升腾弥漫的热气里。一个粗野汉子吃得满头大汗，索性解开了衣衫，不时抬头歇息，嘴里却咀嚼不止，脸上很是满足的样子。我的食欲又被他的率性勾出一大截，目光深深探入他面前的碗里，舐舐起浮在热汤中的米豆腐来。

猪血自然吃过，米豆腐虽只在清寒的儿时稍稍尝味，终究也不陌生，但二者合一当正式的早餐烹煮，如同隔壁店里寻常的米粉或面条，我还是头一遭遇见。脸庞黝黑、满面憨笑的店主似乎看穿了我的迫不及待，麻利上了一碗。碗是瓷质大海碗，大如小脸盆，齐碗口油光可鉴的滚烫汤水里，满是扎实的猪血、米豆腐，佐以牛肉丝、红椒、葱蒜、姜丝、芫荽菜，红、白、黄、绿相间，如同古今残酷的官场沉浮不一，却令我每一根味觉神经瞬间像野马般奔驰起来。尝几口，米豆腐的柔嫩，猪血的滑腻，牛肉的筋道，无一不透着绵绵不绝难以名状的混合香味，仿佛天上宫阙的某道顶级珍馐，让我从舌尖、喉咙到肠胃无处不舒坦，无处不熨帖。心里忽然想，此生若能做一个平凡的茅洞桥人，不抵这道美味的官衔、虚名大概都可考虑摒弃。嘴里塞进一块滑腻如少女肌肤的猪血，又想，美食大家苏东坡吃了几颗荔枝，便嚷着"不辞长作岭南人"，若当年有幸尝了茅洞桥的这道猪血米豆腐，恐怕早乐不思蜀了。一旁的友人见我有失斯文的狼吞状，淡然一笑，介绍说："茅洞桥还有烧饼、拎豆腐和黄皮草鱼三绝，保管让你不虚此行！"

将一海碗猪血米豆腐连同汤汁吞噬殆尽，抚摸肚腹鼓胀而出，我与友人又像两尾鱼，悄然游进了门前波澜般翻涌的年集里。阳光带着近春的暖意，爬上了屋顶，涂抹在一张张被年激荡的或沧桑或憨厚或稚嫩的脸上，人流依旧熙熙，肩背上或手中的袋子更沉重了，各处摊位上上下下的货物却似乎不见减少，或坐或立或蹲的大小老板、货主们喜气漫溢，仿佛牌桌上手气格外好。还有不少如我们一样在屋檐下街道边闲云般逛着的男男女女，老者安步当车，少者欢悦蹦跳。远处偶尔有一两声欢快的爆竹骤然炸响，儿时年里记忆中的硝烟味弥散开来，将我带入一种恬静、淡然、祥和而温馨的境界。望着曲曲弯弯绵延在街巷的年集，我眼前似乎出现了一幅古画：《清明上河图》，朴拙的石桥、挨挤的店铺、敦厚的摊贩、涌动的人流，不仅形似且神似，仿佛大宋年间的张择端便以眼前的场景而非首善之区的开封为蓝本。这样一想，脚下的步子愈发轻快，我似乎怡然徜徉在茅洞桥的"上河图"了。

又转过几条街巷，从百货超市、五金门店、刚开张的酒馆、反季节水果摊位以及形形色色的路边衣物、菜蔬、香烛鞭炮摊点前走过，一连遇见了好几家烤烧饼店。醇厚的独特味道散逸而出，像奇花异草飘荡山林的淡淡幽香，将一条街裹在口与鼻的长久温存里。

烧饼店前都立着一个硕大的椭圆柱形炉灶。外炉壁由寻常的竹篾织就，年代久远，已看不出本来面目，呈黑灰色。外炉壁包裹一圈厚约二十厘米的夯实泥土，也一样灰蒙蒙，随后才是光滑洁净的铁皮内炉壁。内炉壁隔空与一座在炉内蹲坐、燃着旺火的小煤炉相对。店面里多坐着一两个女人，或许是婆媳，也或许是雇工。她们不紧不慢，一遍遍揉搓加水的面粉成长条状，再揪成小截，一张张轻轻压成面饼，摊开在一个圆形的团箕里，最后端呈给门口劳作的烧饼师傅。烧饼师傅是主角，胡子拉碴，胸口挂着油腻的厚黑围布，双手戴着套袖，将一张张面饼稍稍点几滴香油抑或猪油，迅即伸入炉内，又倏然空手出来。我好奇地往炉内一瞅，面饼一一粘贴在内炉壁上，满壁都是，仿佛附吸在墙壁上的一只只展开翅膀的白色蝴蝶或者蝙蝠。随着隔空而匀称的烧烤，香味很快从窄小的炉口溢出来。师傅一边粘贴，一边用火钳夹出烤熟的烧饼，堆在一旁的簸箕里，不一会儿工夫，便成了一座烧饼的小山。

我们站在一旁，观赏了师傅烧烤的全过程，终于忍不住，不顾猪血米豆腐犹自鼓胀在肚，买了几个刚出炉的烧饼。拈一个在手，饱满松软，表皮有些许焦黄；咬一口，外脆而内酥，醇香浓郁，溢满口齿。

生于斯长于斯的友人吃了半辈子烧饼，似乎仍未吃够，买了好几大袋，准备带回四十里外的衡阳去，当作大年里送人的礼物，又带着唇齿间烧饼的清香，像石鼓书院主讲的儒生，谈起了掌故。他说，南宋抗金名将岳飞曾率兵驻屯过茅洞桥，对这里的烧饼赞不绝口。我默然微笑，似有不信。他眉毛一扬，有些急了，说史籍登载，有据可考；茅洞桥的烧饼还以其文化含量与独特风味远近闻名，通过眼下的互联网，远销衡阳、长沙、北京、上海、广州与深圳等地。当他说小小的茅洞桥每年要打两三千万个烧饼时，我终于折服，对眼前的"上河图"有了更深一层的敬畏。

不觉间，阳光立在了头顶，人流仍旧在缓缓蠕动，年味也依然在尽情弥散。我走过烧饼摊，又向隐藏着拎豆腐、黄皮草鱼的茅洞桥"上河图"深处走去。我想，茅洞桥的恬淡、平静与富足，或许是当下中国的一个缩影，它的未来，像渐渐逼近的年，给人以无限的憧憬与遐想。想到此处，我驻足而望，似乎看到了街市尽头大年里腾空而起的烂漫焰火……

（原载《人民日报》2019年2月11日）

月挂眉山

一

像一只俯冲掠食的老鹰，我随航班穿透皑皑云端，一头扎入大地，·落日余晖正将川西平原广袤的葱碧染成坦荡千里的霞红。苏轼"势若骏马奔平川"的句子骤然滑落心头，犹如铿锵的春雨叩击挺出池塘的一茎莲叶，我却仍然在天与地相接的平川尽处寻找那座山：弯似蛾眉，清若芙蓉，秀如衡岳。

我终究只能将洒落在平原与暮色里的目光讪讪收回——四野空旷，没有山峦突兀的丁点痕迹，眉山更恰当的称谓似乎还是眉州。陷我于望词生义窘境的是那些摇曳千秋的古诗文意象：宋人石孝友笔下的"立尽西风无好意，遥山也学双眉蹙"，宋人王观眼里的"水是眼波横，山是眉峰聚"，或者曹雪芹口中的"眉蹙春山，眼颦秋水，面薄腰纤，袅袅婷婷"。甚或李白的"峨眉山月半轮秋"，我也无端将眉山与峨眉山归为蛾眉淡扫、楚楚可人的一双姐妹，一小时前的白云之上犹自细细咀嚼，悠然神往，急于按落云端，一睹其绝世风姿。

没有阻隔的山，浩荡的文气似乎更为恣睢而快慰，随一缕缕苍绿的晚风驰骋、游荡在茫茫原野，回环往复，掠过澄碧的岷江、

115

青衣江、通惠河与静默的村庄、楼宇，探入街巷两旁盛装的小叶榕、秋枫、刺桐、杜英与香樟；或者又从掩映三苏祠的银杏、黄葛、皂荚、栾树与翠竹枝叶间瑟瑟而出，飘逸在东坡湖的粼粼波光之上。

我屏住呼吸的讶异间，暮色已如棋盘上高手咄咄围逼的棋子，凛然四合，收去了浸透四野的苍碧，一轮清冷的圆月悄然嵌入了幽蓝的夜空。文气又似乎随冷峻而素淡的月光肆意流泻，深山晨雾一般弥漫于天地间，溢满万家灯火里的眉州。其时，我已与人肃立于东坡湖的一座多拱桥上，披满月光的婉约与银白，似乎也淋淋漓漓沾染了一身文气。我知道，这股无处不在的绵绵文气从渺远的西晋发端而来，近两千年间叮咚作响，泉涌于眉州人李密的《陈情表》。

这是《古文观止》里至情至性的一章，被录入高中语文课本。沉淀久远的课堂上，老师的一次郑重解说依旧清晰如昨："读《出师表》而不堕泪者，其人必不忠；读《陈情表》而不堕泪者，其人必不孝。"我随之肃然，字里行间果然读出了哽咽、凄凉、孤寂与忠孝，多年后还能记诵那些如怨如泣，令鬼神动容的词句："刘日薄西山，气息奄奄，人命危浅，朝不虑夕。臣无祖母，无以至今日；祖母无臣，无以终余年。"万里外京都洛阳的峨峨庙堂上，晋武帝司马炎揽表潸然，久久不语。空气瞬间凝滞起来，只有一股包裹至孝至诚的文气在空荡荡的宫中弥漫。最后，他眉峰一展，朱笔急挥，不止应允李密暂缓到京赴任太子洗马一职，还慷慨赏赐奴婢二人，命郡县按时给其祖母供养，助其尽孝。

孝悌是春秋以来渐渐砌入中华传统文明大厦的瓷实青砖，读书人的祖师爷孔子一生四处奔走，念兹在兹，说："孝悌也者，其为仁之本与。"纯孝之人之地，也屡有福报。李密以至孝征服了威加海内、杀伐无常的晋武帝，也以其孝道与文气点点滴滴浸润了尚属鄙野之地的眉州，将其化育为后来陆游眼中"孕奇蓄秀""郁然千载"的"诗书城"。到后来，眉州甚或直逼杏花春雨的江南，耸然晋身为"进士之乡"，一代接一代舞弄笔墨的儒士犹如岷江边的春花春草般生长，接踵而出。一同望月的眉山友人不无啧啧地说："单两宋时期，眉州出身的进士便达九百零九人，《四川通志》更是明确统计为一千一百三十二人。"

夜空中几片淡云悠悠来去，冷月无声。我也沉寂良久，讶异渐渐归于平复，似乎终于明白了眉山平川上文气何以漫溢如斯的缘故……

二

夜色渐浓，仿佛一个渐入佳境的春梦，蓄满一湖文气的东坡湖也开始梦幻般绽放。

远处，环湖而立的楼宇高高低低，被流线型的五彩灯光勾勒出曼妙身姿，又纤毫无漏倒映水中，与岸上连为一体。虚幻与真实严丝合缝，形成一幅幅对称的绚烂图画，已难分水与陆、虚与实。令我一时疑心水底龙宫的盛宴乘夜开放，水族们笙歌曼舞中的丝竹管弦灼灼闪烁，因了眉山的儒雅文气丝毫不避讳，一直蔓延到树影婆娑的街市。近处，清风微簌，月光里的水波潋滟，却依旧静影沉璧，未将水中的那轮清月撕碎开来，化作满天繁星。湖心岛沉静如深闺痴痴思春的处子，或者深山古庙灯下苦读的士人，任一座座造型各异的拱桥在身边摆弄月光灯影里的姿态。半圆的桥拱早已在湖中接上了另一半自己，犹如粘上了意中人嘴唇的恋人，形成一轮不再因缺残而遗恨的满月。

最完美的满月自然还是我不时仰头对视的天上的那轮。闲云不知何时已散去，临近农历十五的月儿丰满圆润，如正当年的丰腴少妇，安谧，端庄，优雅，将淡蓝的天幕映衬得更为清寒而幽邃。清辉缓缓倾泻而下，充溢湖心岛上的湿地公园，涂抹在枝叶繁茂的垂柳、玉兰、海棠与榕树上，也将风雨桥、月相栈道、草坪、假山与石径浸润在一抹温婉的幽寂里。

我与两个鲁院女同学似乎跌入了恍惚的梦境，在月光下走走停停，指指点点，一时失其所在，不知从何处来，又到何处去。仁倚一座桥栏眺望间，一人将我与另一人同框仰头望月的瞬间拍摄下来，抿嘴而笑。相片背景迷离，颇有一对童男童女比肩望月、思绪无邪的情状。几个人传阅一圈，都叹为难得的经典。女同学们的笑声随即又起，拂开了眼前积满的月光，如几瓣玉兰花飘落湖水，轻皱一阵涟漪。

苍穹深嵌的清月浑然不知我们因何而乐，依旧溶溶而淌。我蓦然想起了被眉山人冠以身边湖名，常常把酒对月的东坡先生。苏轼是文坛高山仰止的北斗，不只属于眉山与巴蜀，早已出三峡，越长江，跨黄河，遗响于长城内外甚或天涯海角，与中国古典文学的瑰丽融为一处。如果说眉山并非仅有庸碌无垠的平川，苏轼则是一座击破平庸、峭拔而峙的峰峦；而如果说李密仅是眉山文气的一眼泉源，苏轼则是浩瀚沸滚的汪洋。他已如眉山城市标志上那一帧峨冠长髯、凛目而视的肖像，庶几成为这座城的代称。刚下飞机，我迎面披裹的绵绵文气多半从他身上而来，我却不敢轻易唐突，直到此时的月华将他一声声柔婉召唤。

夜幕下的眉山，最有资格与苏轼对话的或许也只有这高挂的月轮了。她是唯一见过苏轼真容且朗照一生的熟者，"今人不见古时月，今月曾经照古人"，包括三苏祠里可疑的粉墙、黛瓦、屋舍、回廊、桌椅、池塘乃至晚生的翠竹、池鱼，苏轼大概已辨认不出，与初造眉山的我难分伯仲，唯一与我相共的熟悉者便只有月轮。

明月是胜于朝云的苏轼的知己，或阴晴或圆缺，或故园或他乡，如影相随，记录了他一生的悲欢离合，也滋润了他汩汩喷涌的文气。尤当他趔趄官场、愀然失意时，月儿总不再阴缺，将水一般的月色与温馨悄然漫溢他的山川、窗棂、床前，像一杯杯浇灌心田的寒夜老酒。

公元1083年那个深夜，门前冷落，四野阒寂，唯有墙角壁缝一声声寒虫唧唧，哀怨时序的猝然老去。因"乌台诗案"被大宋朝廷逐出京都，贬谪黄州的苏轼一样心事堆云，揽卷夜读、铺纸作画均了无情趣，只得吹灭灯烛，解衣欲睡。蓦然，一抹月色探窗而入，满屋瞬间如霜如雪。他欣然而起，推门赏月，又想起不可独乐乐，索性踏着朦胧光影里的石径前往隔壁的承天寺，找到同贬黄州寓居此处的张怀民。

两个天涯沦落人衣衫落寞，眉宇恭肃，静默在庙宇中庭。明月也岑寂无言，只将清辉缓缓飘洒，勾出一幅淡雅的水墨画："庭下如积水空明，水中藻荇交横，盖竹柏影也。"委屈、颠沛、险阻，他们所遭逢的一切，渐渐都被眼前的图画融化为水，甚或一缕山风，一束青烟。苏轼的心已如月色一般空明、澄澈，陡然轻松起来。他或许顷刻间想起了故乡眉山的那轮满月，一种柔软与豁达充溢于胸，喃喃自语："何夜无月？何处无竹柏？但少闲人如吾两人者耳。"

也是在黄州，明月将苏轼泛舟夜游的身影勒刻于鼓角争鸣的赤壁之上。其时，"月出于东山之上，徘徊于斗牛之间"。苏轼举酒邀月，逸兴遄飞，酒意酣畅的朦胧间，他已忘却宠辱与物我，只觉"浩浩乎如冯虚御风，而不知其所止；飘飘乎如遗世独立，羽化而登仙"。他的长夜盛满"取之无禁，用之不竭"的清风明月，不再孤寂与彷徨。

如同杜甫的"月是故乡明"，苏轼的明月更多也是对故园的怀想，只不过他的故乡已非单纯字面上的眉山，而是常与山水阻隔的兄弟苏辙重叠在一起。每到中秋，他的乡愁便滔滔而涌："暮云收尽溢清寒，银汉无声转玉盘。此生此夜不长好，明月明年何处看。"他甚至端着酒杯翩然而舞，举头叩问青天"明月几时有"。现实终究无奈，只能让他与故土、亲人长久别离时，他又豁然自解："但愿人长久，千里共婵娟。"

我兀自沉吟间，头上的朗月似乎嘉许我对她与苏轼的理解，越发清亮，将湖中的一轮也映照出温润的雪的肌肤。天与水中两个明月上下呼应，残星、散云、夜游的雀鸟隐遁，光辉塞溢眉山的天地间。湿地公园依旧人影绰绰，拱桥卧波，湖边莲叶婀娜，扶风荡漾，迷蒙中已难分天上人间。我忽然想，眉山人将湖上湿地公园定为"水""绿"为底，扣紧"东坡""月亮"与"水"，处处彰显东坡文化，打造这座故乡城的一张生动名片。这一巧思佳构，可谓深得之。躺在流光深处的苏轼，也一定拈须展颜，频频颔首吧？

三

一道徘徊在月色里的女同学中，一人来自内蒙古，性情素来豁达，虽为汉人，却不乏剽悍的草原遗风。见我不时念叨苏轼与明月，朗然笑道："有客无酒，有酒无肴，月白风清，如此良夜何！"这是苏轼《后赤壁赋》的句子，几个人都笑了。眉山本土的同学慨然允诺，找一处凉粉摊消夜。

依着曲径通幽的小径步出湿地公园，到岸边一座公路桥上，一辆寻常的三轮车在我们身边戛然而停。车中走下一对衣裳素朴的夫妇，开始在人行道摆放桌椅、板凳。"凉粉！"本土同学惊喜出声，大家索性帮着摆弄起来。摊主面相憨厚，取过纸碗，掀开铁桶，舀出一瓢果冻般的凉粉，又撒上一勺红糖，和着笑意端了上来。

凉粉似水非水，似冰非冰，却映出了清月朗朗的身影，犹如盛满了一碗月光。我胃口大开，尝一小勺，果然清凉、甘甜，裹着些许草木的芬芳。霎时，凉意如同头顶寒月与身边清风，直透肌肤以至筋骨，脊背因刚急步而行的微微汗意顿消。苏轼到岭南尝到荔枝，说"日啖荔枝三百颗，不辞长作岭南人"，我默然想，能每天吃一碗凉粉，大概也可以考虑长作眉山人了。

就着清风、明月与凉粉，我与摊主攀聊了几句。得知我远道而来，又不住称道凉粉，他朴拙的脸上涌出激动，竟又盛上一碗，坚持免费送我再尝。推让间，我蓦地想起苏轼《眉州远景楼记》里的句子："吾州之俗，有近古者三。其士大夫贵经术而重氏族，其民尊吏而畏法，其农夫合耦以相助。"遥隔故土数十年，他犹念念不忘乡邻们遗存上古民风的淳朴："盖有三代、汉、唐之遗风，而他郡之所莫及也。"

远景楼就在左侧，是倒映湖中，令我疑为龙宫夜宴的一座，也是环湖建筑中最巍峨的一座。这时，皓月当空，凉风习习，远景楼披满一层薄纱般的银辉，临湖矗立，仿佛一位年高德隆、肃然端坐的长者，审视着眼前蓄积于湖中的繁华与古朴，喧闹与宁静。能在它的身边遇见憨拙、慷慨的凉粉摊主，我似有所悟，不再惊以为奇了。

　　苏轼惦念着故园的汉唐古风，却始终未能登上远景楼。他曾经渴想某一天"归老于故丘"，然后"布衣幅巾"，与乡邻们相携登临楼上，"酒酣乐作，援笔而赋之"。世事如棋，明月最终未能照他还乡，而是茕茕孤苦，凄然客死异乡。远景楼上未曾酣饮的酒，成为他一生的憾事。

　　然而，明月还在，远景楼还在，故丘的文气也还在。清代十岁能诗文的才子彭端淑便隔代接过了苏轼的五彩笔，一篇《为学一首示子侄》砥砺了无数灯下勤勉的学子："为学有难易乎？学之，则难者亦易矣；不学，则易者亦难矣。"眼下，眉山又被授予"中国散文之乡"的称号，"在场主义散文"的大旗也猎猎作响，璀璨生辉。已"化作身千亿"，与眉山山水同在的苏轼，大概足以重整杯盏，邀月呼酒，开怀大醉了……

　　（原载《美文·上半月刊》2019 年第十二期，《散文·海外版》2020 年第二期转载，获第四届四川散文奖）

紫云下的书香

一

清雅、苍碧、幽寂，紫云峰如一个清修多年的女子，凛然耸峙在暮春阳光下的淡淡烟霞间。山风徐来，温煦而柔婉，似乎刚从山头葱绿的松涛滑落而下，一遍一遍摩挲我的脸颊。草木放纵的芬芳气息里，我将自己化作毗邻的瑞应峰，肃穆而立，翘首凝望，期盼寻觅到耸入半空的峰巅些许紫云的痕迹。

南岳诸峰，或奇或险，或雅或幽，其名各有讲究。眼前这座山峰名之以紫云，应该也有一段来由吧？紫云，即紫色云气，古人谓之祥瑞，是帝王或圣贤出现的大吉之兆。西汉刘向在《列仙传》说："老子西游，关令尹喜望见有紫气浮关，而老子果乘青牛而过也。"道家鼻祖老子乘坐一头青牛悠然过关隘，守关的尹喜便先看到了边关上空那一抹飘浮的绚烂紫气。司马迁的《史记》也记载，秦始皇颇懂望气之术，时常不无忧心地说："东南有天子气"，于是断然御驾巡游东南以图镇服。曾偷窥过始皇帝排场而感慨"大丈夫当如此也"的刘邦心里有鬼，慌忙逃到芒砀山泽岩石之间藏起来，但他的妻子吕雉派人往深山老林一找便能找到。刘邦很纳闷儿，吕雉淡然而答："季所居上常有云气，故从往常

123

得季。"意思是，刘邦停驻的地方往往盘旋云气，所以很容易找到。一统天下的天子刘邦所到之处云气相随，仅为诸侯的勾践也有。明代梁辰鱼在《浣纱记·治定》吟唱道："烟霞高捧，看郁郁稽山紫气浓。喜逢一统，车书尽同。"描述了勾践十年生聚，十年教训，以三千越甲吞吴，重新恢复越国江山的喜庆与祥和。多年后，读者似乎还能看到会稽山上"紫气如云，众鸟回翔其间"的祥瑞情形。

然而，或许因未曾登凌绝顶，我在紫云峰下仰望良久，脖颈酸痛后，依旧未能望到峰顶缥缈的紫气。同行的友人得悉我的疑惑，微笑介绍说："峰上常见祥烟瑞雾缠绕，故名紫云峰。"来由似乎过于简单了些，况又不曾亲睹山头紫气，我默然不语。直到走入山脚蓊郁掩映的岳云中学，又漫步于古拙而阗雅的文定书院旧址，我才确信，有了圣贤胡安国、胡宏父子与文定书院漫溢的书香，紫云峰一定有过紫气漫绕、青鸟萦回的祥瑞时刻。

二

胡安国是追慕一缕幽谧而纯净的烟霞，循着唐代高士李泌的足迹，从湖北荆门千里迢迢赶到衡岳的，他与李泌的时空相距了三百年，两人所慕的烟霞却如头顶曾经照古人的月华，绝无二致。

南宋高宗绍兴三年（1133），一个落霞织锦般铺满西边天上的春日，青衣长髯的胡安国因命途多舛而淡漠的眼神蓦然灵动起来，被眼前曼舞的霞光深深牵引，久久不肯旁骛它顾。多年前，他因忤逆京都开封炙手可热的权臣蔡京，被一道诏令赶回福建老家幽居，像一只被圈进了笼中的鸟，失去了湛蓝而广袤的天宇。以后，他也偶尔被不胜寒的庙堂念及，举荐出山，甚或诏令犹如夏日骤雨般急促，他却已再无高车驷马之想，屡屡推辞不就。清居草木扶疏的乡野，偶尔闲钓碧溪或采菊东篱外，他只剩下存于心底多年的著书一念。或晨或昏，他常坐在门前几杆浓如墨的翠竹荫里，盯着风中瑟瑟作响的叶片，默然想，将毕生所思的《春秋传》写出来，或许不能藏诸名山传诸后世，至少也可以留给三个还算不错的儿子：长子胡寅，次子胡宁，季子胡宏。

想到著书，胡安国又忆起了自己十七岁入太学后的两位恩师：程颐和程颢兄弟，即名动朝野的"二程"。恩师曾对他寄予厚望，期望他能成大器，独立一派。这么多年来，胡安国时而老家崇安，时而京都临安，时而湖北荆门，颠沛如风中憔悴的飘蓬。他没有腹诽过排挤他的蔡京，也没有抱怨过家国的动荡，恩师沉静如水的眼神却一直浮现在眼前，令他有时彻夜难眠。他决心将早已在腹中成形的书稿写出来时，西边天上那抹烂漫的红霞正向他微笑，仿佛远方衡岳丛林深处钦赐隐士李泌的一道淡然笑容。他心念陡然一动，做出了一个令全家震惊的决定，不再回祖籍崇安，而是迁居南岳烟霞间，以残年余力写完《春秋传》！

年近六旬，须发苍苍，不时弯腰咳嗽，像一匹夕阳中疲羸的老马。最小的儿子胡宏望着做出决定后目光坚毅的父亲，劝阻的话语像海面冲向高空又瞬间坠回的一股浪涛，生生咽回肚里。他略一思忖，忽然朗朗出声："父亲，我跟你去南岳！"

一对父子便在烟霞闪烁如珠玉的山道上出发了。他们的身后，是一辆拉满泛黄书卷的牛车。老旧车轮吱嘎的声响，在一路偶遇的樵夫听来，是世间最聒噪难听的拉锯，而他们似乎在欣赏一曲如影随形的叮咚泉水，清澈而悠长。山道尽头是茫茫水路，他们又翼翼然将书一卷一卷搬上小舟，晓行夜宿，逆湘水而上。终于抵近横亘在云端中的衡岳，胡安国似乎陡然年轻了好几岁，神清气爽，步履如飞。盘桓起伏的群峰间，安静、闲适的紫云峰令他止住了足迹。他像一只脱离樊笼，重入山林的斑鸠，意兴盎然，徘徊良久。一层接一层的青绿与烟霞漫涌过来，披裹他的全身，衣袖早已淋得湿透。他咧开嘴，粲然笑了，仿佛一个年节里欢愉的顽童。

胡安国选中了紫云峰，命儿子找来附近山民，商量着买了一处地，亲刈野草，平整土地，筑茅舍而居。他给自己的山居取名"碧泉书堂"（即文定书院），似乎要将门前的那眼澄碧的泉水挂在门楣上，陪伴他的日落而息，日出而撰。有了山泉做伴，他从此闭户不出，将多年的思索化作笔下汨汨滔滔的泉水。五年后，一部卷帙凝重的《春秋传》终于迎着紫云峰上又一缕晨起的霞光问世了。多年后，我惝惝然来到文定书院门前的青石板台阶上，细细寻觅那些《春秋传》遗落在石缝间的书香，忽然想，胡安国当年捧着书卷走出门前时，紫云峰上一定紫气如云，青鸟回翔；幽绿的松林间也一定众鸟和鸣，犹如紫气漫绕的凤凰冉冉而降。

书稿被胡安国派专人送往临安，上呈中兴之主宋高宗。高宗退朝归来，挑灯夜读，倦意顿扫，久久不忍释卷。端楷的字里行间，满是胡安国尊王贱霸、安夏攘夷的妙谈宏论。文字引经议政，正色直言，高宗似乎看到了一颗埋没草野间的耿耿赤心，不时拈笔圈点，微笑，颔首。他明白了胡安国夙夜忧虑朝廷、匡济时艰、恢复中原的一番苦心，思量着如何重新启用这颗多年的弃子。然而，他正字斟句酌构想着诏书时，一纸悲泣的奏疏像一只哀鸿，从衡岳以六百里加急传到了御榻前：胡安国积劳成疾，已瞑目紫云峰下！

我漫步于书院阒寂的回廊间，久久凝视沧桑墙壁上一行行介绍文字，眼前似乎出现了宋高宗痛失贤才的悲戚之容，心下也不免蓦地铅一般沉重起来。但又想，人的寿命终究有限，即便寿如彭祖也不例外，而书中的文字则如紫云峰上的烟霞，年年如斯，将臻于永恒与无涯。胡安国的心血之作《春秋传》，在大明王朝即被举为正宗理学的代表作，钦定为科举取士的教材。他本人也得以从祀孔庙，跻身受衮衮儒生香火供奉的圣贤行列。之后，他又深深影响了日后的湖湘学派，开启了经世致用、躬耕实践的先声。胡安国的人生达此，夫复何憾？他早已和他的文字一道，深深嵌入了书院后峭拔的紫云峰，化作了一缕淡薄的烟霞吧？

三

胡安国不止为后世留下了一部《春秋传》，还有一个类似曹操"黄须儿"曹彰，或者李克用"奇儿"李存勖一般的胡宏。

胡宏跟随父亲来到紫云峰下，日夜浸润幽碧而娴静的山水，骨骼也如父亲一样清奇。父亲辞世后，他多次摈弃时人鹜赴蝇逐的厚禄，断然拒绝庙堂的征召，甚或宰辅秦桧"意欲用之"的殷殷亲笔信，也像一片腐臭的落叶，被他随意弃于文定书院门前荷叶田田的池塘。他默默守着父亲遗下的书院，安于紫云峰的清风翠竹与云露烟霞，常携一壶酒，捧一卷书，怡然吟哦在书院的银杏树下，偶尔抬头看看峰顶滑过的天光流云，或者听一听门下弟子们淌着绿意的琅琅书声。多年后，我徘徊于书院门前的池塘边，绿杨依依，水平波静，睡莲点点，盛满一池紫云峰苍碧的倒影。池塘是胡宏辟挖的，为了纪念父亲和《春秋传》，名之为"春秋塘"。池塘早已没有他浮在水波间纱巾葛衣的痕迹，而我在一缕绿荫深处，似乎依稀听到了他与清风微微应和的吟哦声。

胡宏隐居紫云之下，不求闻达，自然非庸碌苟且，而是志在"传其父之学"，做学问，求大道。宋室遭靖康之变，君臣仓皇南渡以来，"道学衰微，风教大颓"。他决心秉承父志，以振兴道学为己任，慨然说"吾徒当以死自担"，期望"身虽死而凛凛然长有生气如在人间"。

碧泉书堂是父亲的遗业，又最能切合自己的志趣，胡宏不肯一日稍离。隔壁烟霞峰下曾归隐的李泌也是他心仪的典范，听说李泌的居处藏书曾过三万轴，胡宏歆慕不已，于是招来泥、瓦、木等诸工匠，在书院后立起一座雅致的楼宇，专事收藏古今奇书，名为"春秋楼"。近千年后，我在已成为岳云中学科教楼的"春秋楼"前，听几声山雀从老槐细叶间传出的絮语，任紫云峰滑落的绿风掀动衣衫，轻轻摩挲着或许已失去本来面目的青砖墙壁，犹自感受到古朴而醇厚的书香阵阵袭来，默然抚慰、浸润我的心魂，像历史深处一些渺远的回声，或者儿时祖母的一些喃喃叮嘱。

紫云峰的幽僻、书院的清雅与胡宏父子的盛名，令天下学子悠然神往，纷纷负笈而来。张栻、赵棠、向语、赵师孟、吴翌和彪居正便是其间秀出于林的弟子。朝霞开始从紫云峰弥漫而下的清晨，胡宏肃然端坐书院的讲坛，弟子们恭谨围坐四周，聆听老师的侃侃讲授。

他痛斥古今士大夫颠名于富贵，"快胸臆，耀妻子，曾不旋踵而身名俱灭"，说自己"某志学以来，所不愿也"，告诫弟子们专心做学问："杰然自立志气，充塞乎天地，临大事而不可夺，有道德足以替时，有事业足以拨乱，进退自得"，这样一来，将"风不能靡，波不能流"。

他身处衡岳山野间，思虑接于千里之外，说朝廷应"加兵北伐，震之以武"，使骄横的金人知道畏惧，迎接蒙难的徽、钦二帝回国，使父子兄弟得以团聚，决不可如秦桧热衷和议，"以天子之尊，北面事仇"。

他在窗外山雀的嬉闹声里轻咳一声，提醒不够专心的弟子，又侃谈理学中性与心的关系。他说性是心的本体和本原，心是性的表现和作用，所以要以性为体，以心为用。他还伸出手指，虚指窗外的"春秋塘"，给弟子们打着浅显的比喻："性譬诸水乎！则心犹水之下，情犹水之澜，欲犹水之波浪。"

他最常说的是读书人的理念与追求，主张经世实学，反对空疏虚妄。他抿须喝茶后，扫了一眼台下的弟子们，谆谆叮嘱：不能有"专守方册，日谈仁义"的虚华，那种"执书册则言之，临事物则弃之"的空谈无益于实学，"终归于流俗，不可不戒"。

胡宏的讲授声伴随着窗外漫过的淡淡草木清香，一遍遍在书院回响，弟子们或默坐沉吟，或援疑质理，或颔首抚掌，学业日益精进，一个卓异于儒林的学派——湖湘学派蔚然成形。胡宏则是这一学派的开山鼻祖，实现了他"身虽死而凛凛然长有生气如在人间"的宏愿。

张栻是弟子中尤为殊异的佼佼者，胡宏曾视其为瑰宝，引以为豪，说"圣门有人，吾道幸矣"。张栻在胡宏病故后继承了老师的衣钵，就任长沙岳麓书院的山长，门下弟子千余人，极一时之盛。胡宏的学说犹如漫涨的洪流，得以发扬光大。胡宏的小儿子胡大时也禁不住岳麓山的松涛与晨雾吸引，买舟顺湘流而下，做了张栻门下的学生，也成为自己父亲的徒孙。其后数百年间，世事如棋，巍巍王朝如紫云峰上的白云不时变幻、更替，而湖湘学派的血脉则始终不绝。到清晚期，曾国藩等人更卓然而起，扛过大旗，将这一学派带入学说的巅峰。

胡宏羽化归去后，文定书院的书香一直在紫云峰下萦绕。后继者将书院从碧泉书堂定名为文定书院，以纪念谥号文定的胡安国。世间纷争的战火也难免殃及静雅的衡岳，书院多次被毁，但胡安国、胡宏引来的紫气未散，书院累圮累修，清代更是几乎每五十年便大修一回。一次重修后，康熙帝还展纸挥毫，亲赐御匾"霜松雪柏"，赫然张挂于书院的板壁间。我想，此时的紫云峰一定又是紫气漫涌，漫天异彩吧？

咸丰九年（1859）八月，文定书院从烽火余烬中再次被修复。胡安国的后人胡咸臧致信正在安徽统兵作战的曾国藩，请其撰写《重修胡文定公书院记》。曾国藩是湖湘学派后来的泰斗，也是经世致用的出色践行者。他的老家在衡岳脚下，推窗便能遥望紫云峰的袅袅烟霞。他对开山祖师胡安国父子一向景仰，于是披着硝烟，欣然命笔。他濡墨沉吟，盛赞文定书院："衡书院十有八，惟胡文定书院独敕建为最著，以传《春秋》故也。"他感慨多少曾经奢华的楼台歌榭与它们的主人一道转瞬而沦落成泥，荆棘丛生，而文定书院却巍然独存："公院落则如鲁殿灵光，独巍然存也。"多年后，我在文定书院的厅堂间，一字一句咀嚼着镂刻于壁的曾国藩的洋洋近千言，感受着一位湖湘学派的大师对创始者的敬畏之意。门外，似乎有一团紫气缓缓飘来，将我裹在万道祥瑞的光影里……

而今，文定书院的香火，被在其旧址上建起的岳云中学承继。紫云峰的清雅依旧，紫气似乎从未减退。杨开慧、李启汉、何孟雄、潘心源、邓华、成普、丁玲、叶紫、贺绿汀等文武俊彦，便从紫云下一波接一波清越的书声里脱颖而出，像一粒粒夏夜的星辰点亮过一片夜空。

我从文定书院旧址移步而出，默默徘徊于岳云中学的校园，宁静、清幽、雅致。浓密的葱绿深处，不时传来教师清朗的讲课声与学生的读书声。书香与花香四溢，飘浮每一个角落。

（原载《中国作家·文学》2019年第四期）

通道的红与绿

红

暮春的阳光裹着几声桂树枝叶间的鸟音，像一串珠玉跌落在恭城书院前的青石板台阶，将门前凝然肃穆的我砸出阵阵心的涟漪，和着阳光的旋律一圈一圈荡漾开来。恍惚间，似乎有一束灼灼红光从屋宇的火塘升腾而起，漫溢古朴的斋舍、讲堂、通廊、门楼，直上青色的屋顶、瓦楞与湛蓝的天宇，又幻化为万道绚烂霞光，将书院前后的恭河、罗蒙山乃至整个县溪与通道铺染成锦缎般的火红。

雪峰山重峦深处如侗家汉子般素朴而憨实的小城通道，曾以这一抹漫天的霞红，照亮了一支衣衫褴褛、形容疲惫的军队官兵的笑脸，也照亮了一个古老而多难民族跋涉前行的方向。我多次穿山过岭来到通道，必定怀着一种高山仰止的情愫瞻拜恭城书院。踏上当年迎送过官兵们的青石板台阶，伫立于"通道会议"召开的斋舍，凝视着眼前摆放一盏生锈马灯的破旧桌子和几把似乎就要散架的藤椅、条凳，我常常惊异于点燃这一抹霞红的那位湖南老乡的超群智慧。

1934年12月，曼舞的风雪将通道的山峦、丛林、河流、侗寨与原野小径都裹在琥珀一般的静谧里，使犹如桃源中人不闻山外事，祖祖辈辈生息在群山拥覆间的侗乡，更显一种史前原始的幽寂。山峦的坳口处，一支顶着粗布红星的队伍踏着吱吱作响的雪径，迤逦开进了这片原生态的土地。官兵们满身刺鼻的硝烟味，一脸长途奔波的憔悴，早已无心欣赏眼前千里银白的冰雪世界与风雨桥、鼓楼、凉亭、吊脚楼构筑的侗族风情。对他们的领导者而言，前有层层阴森堵截，后有数十万凶恶追兵，大军生死一线，眉宇间只有山峦般起伏的忧虑与愁绪。

一场决定行军方向的会议在风雪披裹的恭城书院肃然召开。与会者有博古、李德、周恩来、朱德、张闻天、王稼祥和毛泽东七人，毛泽东寒冬里擦出的智慧之火，最终点亮了与会的其余领导人。多数人冷静思考之下，纷纷赞许毛泽东的建议，决定转兵西进。三万余红军官兵有似潜入汪洋大海的游龙，摇头摆尾，飞旋而逝。盘马而弯弓，屏住呼吸，静静等着他们"入我彀中"的蒋介石，只能踮起脚跟，遥望通道的方向，徒唤奈何。

通道，通达之道，转运之道。与会的领导人谁也不曾想到，这一山重水复处的偏僻小城是他们的福地，让红军队伍乃至整个中华民族陡然柳暗花明，转入了一条霞光弥漫的康庄大道。

通道的红，自然远不止因毛泽东的大智而染红这一桩。暮春细雨霏霏，烟霞迷离，我徜徉于万佛山如梦似幻的奇峰、古树、萋萋芳草与盘旋小径间，一时物我两忘，幻想着与某个皓齿明眸、白衣黑裙的侗妹终老于丛林间的侗寨。一步一挨下到山脚，拐角处蓦然出现一方低矮的土丘。引路的侗妹说："这是红军墓。"我肃然一惊，四下草树苍碧，鸟声盈耳，一条当年的幽僻泥泞小径曲曲弯弯，伸向林莽深处，坟丘倒不算很孤寂。此处距红军总部开会的恭城书院一百二十余里，何以出现了红军队伍？又何以有战斗且长眠于此的战士？

我缓缓移步过去，坟前立着一块泛旧的木牌，镌刻着醒目的红色军旗与五角星，繁体竖写"中国工农红军"字样。没有番号，没有姓名，也没有战斗经过，只略略介绍是"红军长征途经此地"。坟堆下默然长眠的先烈是官长还是士兵？是江西人、广西人还是湖南人？侗家乡野的记忆里，已不得而知。但我知道，他是众多远方的村庄父老们在暮归的鸟雀声声里遥盼归去，却直到双眼望穿，瞑目之际也只能落寞失望的数十万官兵中的一个。苍山如海，万佛凛然，他究竟是谁已不重要，重要的是他的事业已由活着的战友们继续前行而成功，而他自己，将殷红的血染红了通道一角。

后来得知，染红通道泥土的远不止万佛山脚下的无名烈士一个。毛泽东与中央红军转兵通道之前的 1930 年 12 月，李明瑞、张云逸的红七军便从三江夺路杀出广西，北上雪花如飞絮的通道，辗转于坪坦、甘溪、黄土、马龙、陇城、双江、菁芜洲、下乡、临口和杉木桥等地，足迹几乎遍及全通道的山山水水，像一股奔涌的红流淌过侗家的村村寨寨。几年后，担当中央红军开路先锋的任弼时、萧克红六军团，也在秋风秋雨里开入了朴素的侗乡通道。他们在杉木桥小水村一座青峰下，与奉命堵截、隐伏多时的国民党军李觉部发生仓促的遭遇战。担负阻击、掩护主力火速转移的一个红军排抢占一处山头，又像马钉一样牢牢扣进阵地三个多钟头，二十多名官兵在密集的火网中先后血洒林荫荒草。剩余的八个人弹尽援绝后，砸烂手中枪支，高呼口号，纵身跳下五十多米高的悬崖。枪声沉寂后，他们被敦厚的侗家父老们悄悄收拾、掩埋，化作了一抔抔为通道护花育草的红色泥土。

多年后，我走进迷蒙烟雨中似乎仍然有着呐喊声、枪炮声的小水村，静默在一座突兀而耸的丰碑前，久久咀嚼着当年红六军团主将之一萧克题写的"红军精神永存"六个遒劲大字。一抹与恭城书院同样逼眼的红，又绚烂升腾，汹涌弥漫，像四围山林间千万束映山红，辉映着朴拙的通道，将宁静的山水、古街、村寨染就红霞万朵。

而我，早已如一棵迎风的翠竹，沉醉在这深红的通道……

绿

通道是红的，也是绿的。

小车像一叶扁舟，缓缓漂浮在双江到县溪的茫茫绿海。我摇下车窗，绿意如一道闪电猛然扑入，将我瞬间击倒在软座上。绿是从路边的银杏、香樟、老槐、淹覆道路的灌木与野草升腾而起的，汪洋恣肆漫过横卧在山脚的渠水，又浸上山坡，直冲浪涛般起伏的连绵山峰。远远近近的山峦上，我第一次见着了阳光下层次分明的绿，一截浅，一截深，或者一圈淡，一圈浓。浅者淡者是细叶的垂柳、翠竹，或者阔叶的白杨、枫树，深者浓者是原生态的香樟、楠木、水杉、松树……这一望无际、恣意铺陈的绿海，纯粹得没有一丝杂质，像一块晶莹剔透的硕大翡翠，绝无湘中、湘东常见的丛林中赫然突兀的一处村庄、瓦屋，或者开挖矿石，突然壁立而横的大片惨烈伤疤。

我能想见，一只只山雀、斑鸠、竹鸡、鸳鸯、画眉、灰鹤、啄木鸟，乃至列入国家保护级别的白鹇、鹰隼、长尾雉、黄腹角雉与长耳鸮，都在林间自由而欢快地扑腾、鸣唱；一只只华南兔、竹鼠、水獭、豹猫、黄鼬、穿山甲、果子狸、狗獾，或者一头头麂子、野猪，都时而幽秘潜伏，时而昂然穿行在草莽间，像这广袤绿海中的自由王子，享受着千万年来通道独有的苍碧空气与烟霞。它们和素朴憨厚的侗家人一样，是这片绿海幸福而怡乐的主人。

眼前深邃的绿海，曾是丛林王者华南虎的天堂。随行的友人告诉我，这里曾发生过一桩百虎围村的惊魂往事。1957年清秋的一个午后，因有猎手活捉了一只幼虎回村，往日幽寂的高坪村突然被大批狂躁的老虎包围。老虎们威风四溢，橙黄的身子嵌满黑色横纹，头圆，耳短，尾长，四肢粗壮，吼声如雷，尽显王者气象。它们一连围困三个昼夜，四周山野还有老虎不断赶来，最后达到上百只。一时虎啸震天，山林、屋宇微微震悚。村中侗家男女老少不足八十人，早已人人面如死灰，与村中所有的牛、羊、狗、鸡一样抖如筛糠。他们急忙放了幼虎，勉强燃起冲天的火堆，敲击刺耳的铜锣，老虎们依然只有愤怒，全然不惧。最后，虎王带领老虎们疾如狂风骤雨般冲入村子，洗劫了所有牲畜，还叼走了一个"初生牛犊不怕虎"，不慎走出屋门的小女孩。多年后，当年的见证者们依旧谈之瑟瑟，心有余寒。百虎围村后，各方集结通道顶尖的侗家猎手射杀老虎，王气蒸腾的华南虎很快绝灭踪迹，只剩下它们的众多子民在眼前的绿海中徜徉。

路边的渠水也是深绿的。这是通道的母亲河，俨如一条幽谧碧透的液态翡翠，或者一个柔婉横陈的侗家女子。我乘坐的小车一路前行，她紧紧相随，不离不弃。时而如轻薄的纱巾，依山而绕，飘然探入绿海深处；时而如宽衣的玉体，风情万种，羞涩展开在我贪婪的眼前。曲折的两岸青草密密拥覆，甚或蔓入了水中，不见一丝裸露的泥土。水质清冽，四围山峦与碧树都在水中沐浴着倒影，能清晰见到水底静默的卵形石块与随水流而荡的水草。我禁不住诱惑，下车来到岸边，一两尾游鱼在水中寂然不动，偶

135

尔尾巴一甩，又倏然滑向远处，消失了轻灵的踪迹。我蓦然想起了柳宗元的《小石潭记》："潭中鱼可百许头，皆若空游无所依。日光下澈，影布石上，佁然不动；俶尔远逝，往来翕忽，似与游者相乐。"恍惚间，我也成了水中的一尾鱼，一张一翕，吮吸着醉人的绿，自在而逍遥。

温婉的渠水即使延入人烟辐辏的县城，也依然微尘不染，澄碧如初。在县政府所在的双江镇，我常随友人漫步夜幕下的渠水两岸。堤上香樟成林，清风徐来，裹着看不见却能想象的幽绿。霓虹灯勾勒的风雨桥，现出古雅沉静的身姿，又横卧在青碧的水中。真实的桥身与水中的幻影连为一体，犹如一双绰约的连体姊妹。人流在岸边涌动，其间的侗妹，身姿摇曳，绿色的风衣随风而飘，笑靥如晚风里萧萧作响的翠竹，我能感受到她的笑声洒落在水中的回响，而夜幕下原本隐去色彩的渠水，更显苍碧而沉郁了。

在黄土乡的皇都侗文化村，我又感受了另一种生动的绿。绵延的青峰峡谷间，褐墙青瓦、翘角飞檐的侗寨依山势高高低低，错落在山坡山脚。窄窄的平坦河淌着丝绒般的绿意，从群山缝隙钻透而出，逶迤穿过寨子，悄然拐过一处碧树芳草掩映的山脚，消失在远方的葱绿间。寨中屋宇各层楼房的木质阳台、靠岸的逼仄平地与水中固定的竹筏上，一排排身着民族服饰、戴上野草扎就草箍的侗家汉子，手持插上树枝装点的芦笙、琵琶静默而立，与他们相间的是衣裙、系带、罩帕、绑腿颜色各异的一排排窈窕侗妹，手持斗笠或巾帕。除了左侧横亘的普修桥披裹一身古老的青灰色，山是绿的，水是绿的，天空是绿的，甚或悠然来去的白云与人的脸也染上浓浓的绿意。这是侗家一年一度的"情人节"盛会——大戊梁歌会开始前的一刻。

蓦然，一株岸柳下接连三声铁炮轰响，声音冲上云端，沉默的绿仿佛梨树的花瓣震落一地，澄澈的水面泛起一圈圈浅绿的波纹。无数的芦笙与侗族琵琶刹那间奏响，犹如开闸的洪流汹涌而下，漫溢侗寨里的每一寸空间。汉子和侗妹们错向扭动腰肢，翩然而舞，仿佛风吹的竹浪在一层一层奔腾、漫涌。男女齐唱的"耶罗耶"侗曲也响起来，一如瑶池天籁，纷纷洒落在每一处青峰、每一株绿树、每一棵野草上。音乐忽高忽低，忽轻忽重，忽分忽合，跌宕错落。我疑心这旋律也沾满了深深浅浅的绿，粗犷而又细腻，野性却也典雅、灵动。远眺山峦，有了侗曲的声声摩挲、滋润，似乎更为水灵灵的幽绿，像一树树雨后的芭蕉。我常在醉人的绿意间，搜寻一个熟悉侗妹如水的目光，仿佛醉汉索性将头深埋在一坛侗家水酒里，唯愿长醉不愿醒。

　　这一幕绿意荡漾的场景，在大戊梁歌会的原生地牙屯堡大戊梁，我也流连忘返。大戊梁其实才是歌会的主会场，歌舞场面更盛大，人数也更多。此处位于湖南、广西和贵州交界处，一座圆形的山峰被侗家人命名为三省坡，坡上可望三省。吆喝一声，隐在三省葱绿间的村寨都会有人伸出头来，一探究竟。山不算很高，没有一株高树甚或灌木，却因长满嫩绿的野草而莹莹泛绿。远远近近则簇拥着层叠、迷离的山峦，满眼深沉的苍碧。三省坡下搭着一个大舞台，侗家男女的歌舞音符便沾染绿意，在4月的阳光下升腾、旋转，演绎着上古传说里闷龙与肖女相识、相恋，受阻后双双殉情在坡上的凄美爱情。坡上坡下，都是从三省欣然赶来的人群，密密挨挤，飘逸的侗锦、侗帕和彩带俨如滑落于地的流云，远胜年节里的赶集。歌会年年如斯，芦笙悠扬的绿色音符里，我才似乎明白了三省坡上独无高树的缘故。

　　绿意还在侗家的饭食里漫涌。歌会过后，是四方宾客云集的合拢宴。夕阳慵懒的余晖被吞没在西边山峰，暮色陡然四合，四野草树的绿荫终于消隐。皇都侗文化村开阔的广场上，人声如鼎锅里的沸水。一长溜低矮的条桌、条凳层层排开，桌上是家家精心烹制而慷慨端上的山间珍馐：酸肉、酸鱼、酸鸡、酸鸭、酸菜、酸笋、酸姜、酸辣椒、酸豆角；也有炒猪、羊、牛肉、雀子肉、野兽肉，或炒鸡、鸭、鹅蛋；外加油茶、黏米饭、糯米饭、粳米饭、糍粑、小米粑和苦酒。菜蔬多达几十种，全是自家或种或养，生腌而成；饭与酒，则是从侗寨前高低宽窄不一的稻田而来。合拢宴的妙处是，不只能吃到眼前的菜蔬，隔几桌、十几桌的都能尝到，因为菜蔬不动，人却可随意转动。转转酒与转转菜在三两个侗妹清亮而甜美的歌喉中，被宾客们扫入早已焦渴的肠胃。而我，眼前似乎绿意涌动，浮现出侗家澄碧的河水、油绿的稻田与碧莹莹的菜地，味蕾也随之如春日草木般的欣欣向荣。

酒酣耳热时，我忽然想，红是热血，是战斗，也是牺牲；而绿是宁静，是和平，也是生意盎然。当年一次次转战通道的红军官兵，追求的正是眼前溢满村寨的绿。山间红花与绿树的映衬，是最动人的风景；而通道红与绿的融合，更是一幅绝美的人间图画。想着，我悄悄举起酒杯，祈愿这幅图画绚丽于永恒……

（原载《民族文学》2019年第二期）

火龙腾起的地方

　　4月风裹挟绵软而纤细的雨丝，像衣袂飘飘的侠客，点着沸腾如血的浪尖，从浩渺的南洞庭跳跃而来，拂过洲渚、芦苇、藕塘、田垄、街道、屋宇，跃上九都山蓊郁的山头。南县城关所在的南洲镇，这座洞庭水不屈不挠，多年冲积而成的小城，便迷离在如梦似幻的江南烟雨里。

　　我徘徊在九都山弯曲的小径上，听任头顶浓密的樟树披满我一肩的乱花，将馥郁的花香植入口鼻与心魂。伴随花香而来的，还有弥漫山间，令天地为之肃然的英雄气。

　　这座明代叫"宋田山"，与整个南洲一道从洞庭湖浪涛里生长出来，年岁尚浅的小山并不高大，至多是突兀在低矮平原上的一堆土岗，却因了一个人的横空出世，而有了泰山般的巍峨，衡山般的险峻，嵩山般的奇崛，甚或珠穆朗玛峰般的惊世骇俗。这个人，便是南洲之子，被乡邻们称为"火龙"的段德昌。水墨画般的朦胧烟雨中，那座依山而建的段德昌陵园耸入云天的烈士纪念碑，像漫过堤岸的洞庭湖水，溢满了九都山与南洲的骄傲。

　　我踏着一缕清冷的4月风，循着铿锵的洞庭涛声远道而来，蹀躞在九都山苍翠欲滴的丛林间，便是为段德昌穿透时空的英雄气所吸引。我试图在这个曾经"荆棘莽丛，虫兽遍野，好似湖中荒岛"的地方，寻觅些许段德昌渺远的足印，或者一些尘封已久的旌旗、战鼓踪影和遗落在山间角落的号角声。我知道，哪怕一丝他遗存的气息，也能令一个孱弱者血脉偾张，壮怀激烈，也足以令一个自闭于个人私欲的颓废者，油然而生家国之思与疆场之志。

这是一条浑身凝聚洞庭湖灵气的火龙。

1904 年 8 月，那个让湖中鱼鳖都闷热得想逃离的日子，八百里洞庭的堤岸还近在九都山的脚边，码头上往来熙熙，人流如织，日夜不歇的涛声拍击着山下九屋场一栋青砖黑瓦的房屋。段德昌枕着金石般的涛声呱呱落地，喜气像湖面蓦然而至的风雨，带给了九屋场一片沁人的清凉。

段德昌的青少年时代，正是国事动荡，神州沉陆之时。外则列强环伺，内则军阀混战，"风雨如晦，鸡鸣不已"，无数仁人志士怀着"拯民于水火"的抱负寻觅真理，忠于信仰，前赴后继，蹈死不顾。十八岁那年，段德昌在风起云涌的时代大潮中前往长沙求学，接触到了簇新的马克思主义，从此开始了叱咤风云的岁月。

他将洞庭湖的灵气带往大潮澎湃的中心广州，成为黄埔军校第四期的高才生，与后来同样是红军骁将的曾中生、刘志丹是同期同学，他曾给校长蒋介石写了一封公开信，斥责其"脱离了革命，正在一日甚一日地变为军阀"。蒋介石瘦削的脸一会儿白，一会儿红，恼怒之下，将段德昌开除了。段德昌带着"洞庭天下水"的豪气，昂然出门，转而进入毛泽东主持的"中央政治讲习班"就读，与早已结识的毛泽东又有了一段新的情谊。

他又将洞庭湖的灵气带往英雄的武昌和南昌，成为北伐军中英姿飒爽的师政治部秘书长与南昌起义部队指点江山的团党代表，一路攻城拔寨，所向披靡，将扫除幽暗的号角响彻大江南北，震悚了桎梏这个古老民族前行的腐朽与没落。

他是一条龙，得水而海阔天空，万里风云尽在脚下。当他裹满洞庭湖的灵气，只身来到同样波光浩渺的洪湖时，将湖水搅了个天翻地覆，激起一层层刺破阴霾的巨浪。

1928 年初，段德昌白手起家，筚路蓝缕，创建了洪湖第一支红军赤卫队，旋即发展为颇有声势的鄂西游击大队。他指挥队伍灵活机动，神出鬼没，屡创强敌。像漫天风雪里滚动的雪球，他的部队越打越多，越战越强，从游击大队发展为游击总队、红军独立第一师、红六军第一纵队。他也相继担任总队长、师长、纵队司令，直至红六军军长，被湘鄂西军民眉飞色舞声口相传，称为"常胜将军"。他如一面飘荡在洪湖上空的红旗，温暖着湘鄂西老百姓暗夜里的心灵。

段德昌敏于行，也敏于思，暗淡油灯下，总结出了"敌来我飞，敌去我归，敌多则跑，敌少则搞""要打必胜，不胜不打"等作战经验，与井冈山上毛泽东提出的"敌进我退，敌驻我扰，敌疲我打，敌退我追"有异曲同工之妙。睿智的理论与机敏的实战，令他的对手们大汗淋漓，一脸煞白，在武汉的报纸上惊呼："江汉平原匪患日甚，匪首段德昌再起，彼用兵如神，我军不力，一再败北，自此无宁日矣。"蒋介石也惊恐不安，夙夜难寐，悬赏五万元捉拿这位昔日的学生，死活不论。

漫步九都山上，我肃穆的目光穿过薄纱般的烟雨，越过剑一般指向天空的烈士纪念碑，似乎依稀见到了段德昌横枪跃马的英姿，听到了他身边激越如鼓如雷的呐喊声、枪炮声。我想，世人多贪安逸，避风险。如果不是将国家与民族兴亡视为己任，置个人得失与生死于度外，段德昌完全可以做一个隐居九都山下的渔翁，与洞庭涛声朝夕相伴，"青箬笠，绿蓑衣，斜风细雨不须归"，或者"一壶酒，一竿纶，世上如侬有几人"。然而，这已不是作为火龙的段德昌，九都山也将失去颜色而黯然无光。

银色的雨丝还在九都山的上空飘飘洒洒，似乎刻意将南洲装点出唐诗宋词的意境，我却忽然想到了"云从龙，风从虎"的古语。段德昌像洞庭湖上凌空而啸的一只雄鹰，冥冥中有一段英雄际会的传奇，早早与后来几个安邦定国的重量级人物相识、相知，成为荣辱与共、生死相托的战友。风雨中静默的九都山，曾经见证了这一幕幕"同声相应，同气相求"的场景。

1921年春，江南草长，杂花生树，中共尚需几个月才能在南湖的红船上诞生，段德昌便与前来九都山考察教育的一介书生毛泽东相识。毛泽东在南县的闾巷乡野待了八天，他作为一名当地活跃的学生领袖也相陪了八天，韶山与九都山两座尚不为世人所知晓的山峰聚首波光粼粼的洞庭湖边，两人形影不离，相知甚深。

1926年8月，骄阳炙烤着"火炉"武汉，北伐军中的师政治部秘书长段德昌结识了麾下所属的营长彭德怀。征战途中，两人在当阳县玉泉山关帝庙中的关羽塑像前铺稻草而卧，畅谈了两个小时。门外明月清风，门内幽暗闷热，他枕着稻草，侃侃而谈，引导彭德怀思考国民革命的最终目的。彭德怀的双眼在暗夜中发着晶亮的光芒，心里茅塞顿开，满是由衷的感激与钦佩。两年后，机缘凑巧，彭德怀又来到了段德昌洞庭湖边的桑梓，驻军九都山，与在老家养伤的段德昌惊喜重逢。两位莫逆之交对坐赤松亭，清茶一盏，秉烛长谈，在洞庭湖的涛声里思考着国家与民族的命运。段德昌介绍彭德怀加入了中共组织，两人由知交而成信仰一致的同志。

1927年，潮起潮落，风云突变。担任国民革命军二十军一名团党代表的段德昌，又结识了另外一条人中之龙——军长贺龙，两人一同在南昌高举义旗，打响了从白色恐怖的血泊中崛起的第一枪。三年后，两人又并肩驰骋，创建了闻名遐迩的洪湖苏区，旋即南下洞庭湖，聚首九都山，将红旗插遍了南县的土地。枪林弹雨中，段德昌成为贺龙倚重的第一大将，每计必用，两人也成为可以托孤的至交。段德昌牺牲后，贺龙派人千里迢迢赶到南县，将他流落街头的儿子接到延安，悉心照顾，视如己出。

然而，与未来的最高统帅和两位元帅的相知，没能挽救段德昌被内部暗箭戕害的悲剧。1933 年 5 月 1 日，洞庭湖的水波在呜咽里激荡，九都山的樟花泣落如雪，一省之隔的湖北巴东一个小山村的松树坡前，蒋介石悬赏五万大洋而怅然不得的段德昌，蒙冤被执行"左"倾错误路线的负责人以"改组派"的罪名杀害。临刑前，段德昌镇定自若，依旧有着洞庭湖滔天巨浪的壮气，慨然说："不要用子弹，留下一颗子弹去打敌人！"对红军事业忠贞不贰的铿锵言语，直可惊天地而泣鬼神，令默然在场却束手无策的贺龙和其他将士们泪下如雨。

八九岁那年，我在老家冷水江一个叫麻溪的乡村地坪上，与收工晚归的父老们看了一场露天电影，影片名字是《曙光》。当片中临刑的红军师长岳明华向林寒说着同样掷地有声的话语时，我幼小的心灵竟也激起一阵巨大的波澜，惋惜不已。多年后，这一幕还久久挥之不去。当得知段德昌就是岳明华的原型时，我的崇敬膜拜之情油然而生。每每深夜灯下，读到段德昌的这句话，心内便像压上一块沉重的石头，闷闷不乐良久。这也是我终于站在九都山上，徘徊在崎岖小道的缘故之一。

段德昌的头颅被钝刀砍下，年仅 29 岁，泪水像洞庭湖奔涌的浪花，湿透了夕阳下低垂的红旗，红军的事业也一度跌宕不堪。

所幸他的战友们忍痛含悲，背负着他的遗愿在曲折中继续前行，终于将红旗插上了天安门广场，也将丽日风清与春和景明带回了九都山和洞庭湖。

登上雄伟的天安门城楼，已成为最高统帅的毛泽东又想起了方志敏和段德昌这些血染征途的战友们，不禁泪花闪闪，不能自己。在他的提议下，广场上竖起了一座高大庄严的"人民英雄纪念碑"，以告慰先烈们。1952年8月3日，他又亲笔签署"中共字第零零零一号"烈士证书，授予曾陪伴他走在九都山下的田间地头，而今已长眠地下的段德昌。1955年全军授衔前，毛泽东听取彭德怀等人的工作汇报，说到已不能授衔的段德昌，激动得眼泪直流，哽咽不已，汇报只得中断改期。

"要奋斗就会有牺牲"，换言之，没有个人的牺牲，便没有整个事业的胜利。段德昌将艰难创业中寂寞的死留给了自己，而将成功后的荣耀与待遇留给了战友们。这，或许是毛泽东几度落泪的缘故之一吧？

蒙蒙细雨中，我步履沉重地走下九都山，步入段德昌陵园，仰望云霄中凛然矗立的纪念碑，沉思良久。身后不远处的凉亭里，蓦然传来一段悦耳的交响旋律，是一群老人和小孩在摆弄二胡、笛子、长号、手风琴等乐器。听说晴好的日子里，碑前的广场上还时常会有悠闲的大妈大嫂舒展腰肢，翩翩而舞。我紧锁的眉头忽然云开雾散，这一幕幕"黄发垂髫，并怡然自乐"的场景，正是段德昌告别洞庭湖，闯荡、流血的终极目标。九泉之下，他应该可以含笑了……

（原载《文艺报》2021年5月14日）

平原上那座突起的高峰

一

　　天空像缓缓拉开沉重幕布的舞台，曙色从地平线一丝一丝升腾，薄纱一般漂浮，弥漫，源源不断钻入奔跑的车窗，漂白了一张张酣睡的脸。车轮还在有节奏地敲击铁轨，如一个老妇人不依不饶的絮语，或者一个关东汉子半夜的磨牙。

　　隔着眼皮，我感觉到了光亮抚摸的温馨，蓦然而醒。准确地说，我根本没有睡着，一直在等着黎明像久别的情人一般到来。第一次离开祖居的南方，从海浪般汹涌起伏的丘陵地带前往北方，我将与华北平原相遇的期待化作春水般溢满车厢的兴奋。车里那位身材袅娜、长相甜美的女列车员告诉我，穿过沉沉暗夜，晨光熹微时，列车将载着我的身躯与期待，奔驰在广袤无垠的平原。我的目光将与书籍、电视里熟悉已久却无缘会面的平原尽情爱恋、亲吻，如见到痴情已久的恋人。

　　车窗像一面清晰的屏幕，终于将寤寐求之的平原铺展在了眼前。我将鼻子紧贴微凉的玻璃，急切地探望窗外。启明星还镶嵌在天边，寡白而孤寂，没有了夜晚的神采奕奕，似乎有着众星沉落而自己独存的旷世苍凉。簇拥它的，或者说，像托着一颗钻石

145

甘作衬布的，是满天鱼肚白，偶尔飘过一两片散淡的云翳。苍穹之下，大地令人震撼的开阔、平坦、无边无垠，像沉默无言的海面。海面上是莽莽苍苍的墨绿，汪洋恣肆惬意地铺展开来，如狂狷诗人笔下汩汩滔滔不可遏止的诗行，向着远方奔腾而去，直到目力不及的天尽头，终于与淡然的鱼肚白相接，严丝合缝，融为一体。

我很快知道，这些墨绿，眼前是作为行道树的白杨林，远处都是花季里蓊蓊郁郁的玉米。在我的湘中老家，它们多半三五成群，甚或孤独长在逼仄、起伏的山梁或者梯田上。地界已是河北，平原将它的广博、粗犷、雄浑、苍劲一览无遗地呈入我震颤的眼帘，像儿时母亲的怀抱。

这是我多年前第一次进入河北，初见平原的一幕。此后，我又多次来到河北平原，甚或住了不少日子。时间久了，也便习以为常，偶尔还觉得单调了些。直到踏上献县，见到了一座平原上突兀而起的高峰，震撼与膜拜才化为永恒。

二

八月的风轻拂着漫无边际的青纱帐，玉米在地里悄然拔节、抽花，白杨树撑开一片清爽的绿荫，遮蔽着低矮的村庄，像两千年前汉代一些闲暇时光，也像七十年前那些烽火弥漫里的岁月。

我站在献县的土地上，扑面而来的是东西两汉的气息。这自然源于那些已褪尽庄严与繁华，沦于朴拙，形如土堆的汉墓群。但我满面尘灰，不为它们而来，而是为青纱帐深处的本斋村。我的目光穿透浓密如剑林的青纱帐，向本斋村的方向焦渴地张望，犹如多年前观看那些战争影片，紧凝双眸，期待青纱帐里出现八路军战士持枪而行的矫健身影。

燕赵自古多慷慨悲歌之士。远古荆轲、高渐离之辈的义薄云天，像一盏盏明灯点亮在泛黄的史册上，温暖过众多被黑暗桎梏得喘不过气来的后人。近代以来，狼牙山五壮士、杨十三、温三郁、黄骅、赵义京、李殿冰等层出不穷的英雄人物，如夏夜璀璨的星空，照亮过风雨飘摇里苦苦挣扎的中国人的心灵。依然活在歌谣、连环画、课本和影视里，沸腾着中国人血液的王二小、小兵张嘎、雨来、董存瑞、海娃等家喻户晓的英雄，也是鲜活的明证。献县成为英雄的土地，则因了本斋村之子，慷慨奔赴国难，死而后已的义士马本斋。

他是一个穷且弥坚的励志典型。1901年那个国家民族的多事之秋，马本斋降生在河北平原上那个还不叫本斋的村庄。他的啼哭声，像大海深处的一朵微弱浪花，被悄然淹没在大清宫廷手忙脚乱的哀声里。多年后，当我注视一份历史档案，仍然为马本斋的生不逢时而感慨：1月15日，清政府与列强签署议和大纲；2月1日，清政府下令保护外国人，保护传教士；5月3日，清政府向列强赔款四亿五千万两白银；8月2日，沙皇敕令发布侵犯中国司法权的《满洲司法条例》十二条；9月7日，清政府与英国、美国、俄罗斯等十一国签订《辛丑条约》；9月24日，清政府与日本签订重庆租界协议书……

国家不幸，家道也艰难。马本斋全家老少十三口人，仅靠父亲租种别人几亩薄地，偶尔打短工扛零活糊口。马本斋的青少年时代，泡在山呼海啸的苦水里：私塾辍学，走西口卖油条，在蒙古草原替人放马，随后又转而"贩马贩马，四海为家"。风沙雨雪里如大漠河流枯竭般的饥饿困窘，是他的家常便饭。

贫穷是苦难，也是财富。多少朱门豪宅里锦衣玉食的纨绔子弟，如寄生在蜜蜂身上却将其变成僵尸的蚤蝇，最终将祖宗那点家底败个精光。马本斋"险阻艰难，备尝之矣"，而"民之情伪，尽知之矣"，世道艰难与人情冷暖令他少年早熟，沉稳而睿智。那个风雪弥漫的冬天，一个当兵吃粮的机会摆在他的面前时，他慨然而往。粗通文墨的他，配以与年龄不相匹配的沧桑、果毅与聪慧，很快脱颖而出，成为东北军与国民党军一员智勇双全的团长，而且在东北讲武堂接受了近乎魔鬼般的残酷军事训练，掌握了系统的带兵打仗本领。

军阀部队的上校团长已有数百元大洋的丰厚月薪，那时的部队又几乎相当于主官的私产，便还有取之不竭的灰色收入，犹如井底源源喷涌的清泉。马本斋池鱼化龙，成功跻入了上流社会，高车驷马，衣食无忧。然而，他从底层起家，备尝艰辛的老百姓本色丝毫未变，开始跳出个人欲望的封闭圈子，"心事浩茫连广宇"，思考着国家与民族的前途。他写了一首诗，记录了自己的迷茫心境：

> 风云多变山河愁，雁叫霜天又一秋。
> 男儿空有凌云志，不尽苍江付东流。

当军中的中共地下党员悄悄与他联系时，马本斋双眼一亮，相见恨晚。夜半昏黄的油灯下，他静坐一隅，喟然感叹：在中国这块土地上，尚有真心实意为穷苦人谋利益的党派和军队。令他遗憾的是，还没来得及深入接触，因人告密，他与中共人士的联系戛然中断。1932年那些落木萧萧、霜林醉染离人泪的日子，马本斋因部队被调往南方"围剿"红军，愤而效仿陶渊明，挂印离职，回到故乡，重新做了一个本斋村的乡民。

我脚下的土地与身边的青纱帐，是马本斋辞官归来，"晨兴理荒秽，带月荷锄归"的地方。我似乎依稀见到了他扛着锄头盘桓在地头，挥汗如雨的高大身影，闻到了他种出的玉米芬芳的气息。我循着这种气息，走进了青纱帐里的本斋村。

三

阳光像一些慈祥而静默的言语，飘洒在村庄的上空，无声诉说着马本斋的往事。除了村北后来修建的纪念馆，村子的布局、屋舍的朝向，甚或一砖一瓦的颜色，都与平原上别的地方并无两样，幽寂而雄浑，朴拙而憨厚，像平原上额间挤满沟壑，别着烟袋耕作的老农。

我徘徊在村间小道上，一株或许见过马本斋和他战友们的老槐树枝叶的芬芳，将我的思绪重新带进了遥远的岁月。

如果不是越洋而来强闯国门的倭寇，用枪炮叩开了宛平的门洞，将铁骑肆意践踏平原上的千里青纱帐，马本斋将与陶渊明一样在村庄里日出而作日落而息，闲来携一壶浊酒，访邻问舍，轻叩柴门，把酒桑麻，逸兴遄飞。宁静、散淡，平和，虽不富足，却有道家崇尚的至乐。

然而，日本鬼子狰狞的铁骑，用刀剑般的铿锵踏碎了献县和本斋村梦一般的宁静。马本斋咬着钢牙，怒瞪双眼，拍案而起。他召集乡邻，登高一呼，组建了一支骁勇的回民抗日义勇队，昼伏夜出，时聚时散，将如入无人之境的日寇打得晕头转向，甚至一听马本斋的名字便汗出如浆，魂飞魄散。

个人像孤寂的独木或者单根筷子，力量终究有限，当年燕赵大地上的荆轲、高渐离武艺再高强，也终究难敌人多势众，功败

149

垂成，何况是穷凶极恶的日本鬼子。马本斋深夜沉思，决定加入河北游击军，随即编入了八路军序列的冀中回民教导队、教导总队。在这里，他找到了多年前失去联系的中共组织，如平原上寂寞奔涌的一眼泉水，终于汇入了沸腾的渤海。

言必行，行必果，这也是燕赵义士的慷慨风格。像渤海上一阵飘忽的风，马本斋率领回民支队忽南忽北，时东时西，纵横驰骋在硝烟四起的冀中平原，跨封锁，穿碉堡，打日寇，围伪军，积小胜为大胜，大小战斗八百七十余次，屡战屡捷，所向披靡。前后七年间，共打掉日伪军三万六千多人。1940年2月，一个滴水成冰，夜幕尚未褪尽的凌晨，马本斋精心谋划，率军突袭衡水县城与安家村之间的日寇据点康庄，半个钟头便麻利解决战斗，打掉日伪军一百五十多人，缴获了锃亮的大炮、轻重机枪等武器弹药。日寇成为惊弓之鸟，终日蜷缩在据点。他们的队长山本叮嘱说："百人以下的队伍，不准走出据点大门。"

一阵沁入心田的凉风拂过村庄，将路边挺拔的白杨树激成铮铮作响的金铁声，像多年前回民支队疾如风雨的马蹄声。马本斋的传奇，催促我步入村北纪念馆，用目光久久抚摸他杀过日寇的大刀，颁布训令的手迹、印章。一股无坚不摧的英雄气缓缓弥漫开来，与我高山仰止般的敬畏感碰撞、交织、融合……

如一面返回历史的镜子，墙壁上悬挂着马本斋和回民支队遥远却依旧鲜活的众多荣誉。八路军冀中军区司令员吕正操称之为"无攻不克，无坚不摧，打不垮，拖不烂的铁军"；延安的毛泽东也点头嘉许说："百战百胜的回民支队。"

马本斋令吕正操和毛泽东赞叹，却是日本人挥之不去的噩梦，必欲除之而后快。一盏雪亮的汽灯下，一脸阴沉的日酋搜尽枯肠，绞尽脑汁，终于想到了曹操收降徐庶的一招，派人将马本斋年近七旬的母亲抓来，准备逼降马本斋。

英雄的母亲也同样有燕赵之风的铁骨，早年便给马本斋讲述苏武牧羊、岳母刺字的故事，将报国之念植入他幼小的心灵。面对日寇的威逼利诱，白发苍苍的老母亲话语像甩在地板上的石头："我是中国人，我儿子当八路军是我让他去的。劝降？那是妄想！"她拒绝吃喝日寇送来的饮食，七天后气绝身亡，殒身报国。素有孝子之名的马本斋痛哭失声，写下誓言："伟大母亲，虽死犹生，儿承母志，继续斗争！"

多年后，母子两代英雄的声音依旧像破空而下的一串串炸雷，重重敲击纪念馆的墙壁，回响在村庄的上空。遍地的青纱帐在静默，我也在静默……

四

献县多汉墓，也多汉代或悲或喜的往事。公元234年十月，矢志"兴复汉室，还于旧都"的蜀汉丞相诸葛亮，泪洒疆场，病逝于北伐途中的五丈原，时年五十四岁。天不假年，将星陨落，汉祚从此不堪，不久便断绝。献县的汉墓群也在汉室复兴的数十年苦苦期待中，梦想陡然破灭。坟茔像日渐萎缩的气球，凋零，破败，化为萋萋荒草下的一座座土丘。诸葛亮的死，令衮衮后人浩叹哀婉不已。唐代诗家杜甫便仰天长叹："出师未捷身先死，长使英雄泪满襟！"

然而，一幕相似的命运悲剧，又一次将献县大地击得脸色惨白，子牙河、滏阳河、滹沱河与黑龙港河都在风雪里的冰层下鸣咽。1944年2月，日寇的身影尚未被从河北平原和整个中国赶走，奉命率回民支队开赴陕甘宁边区的马本斋，积劳成疾，遽然长逝，年仅 43 岁。

与诸葛亮人亡政息，大业付之东流不同的是，马本斋的战友们最终不仅赶走了日寇，更让飞舞的红旗飘进了天安门广场，也将平静、祥和带给了他魂牵梦萦的本斋村。

步出纪念馆，天色已晚。火红的霞光铺满了村巷，如九泉下英雄的笑脸，夕阳向着平原尽头的地平线缓缓坠落。离开本斋村，眺望返程车窗外辽阔无垠、绿意葱茏的平原，我忽然觉得它不再单调，一座巍然突起的高峰，始终牵动我的眼帘，震撼我的心魂，我只能仰视，敬畏，膜拜。我知道，这座平原上的高峰，是永远不死的马本斋。

（原载《满族文学》2019年第一期）

兵书阁记

一

山如层浪，从四面一波一波聚拢而来，将散落林间的屋舍、田地、池塘与小径涂抹一层浓稠的绿意，藏匿在这"深林杳以冥冥兮"的雪峰山腹地，也隐隔在时光之流深处。鸡犬偶尔相闻，张望却杳然无迹，只有散淡飘浮的乳雾与恬然铺展的苍碧。

听凭友人引领，我们循着曲弯山道，扯着湿漉漉的灌木上上下下，趔趄而行。"千岩万转路不定，迷花倚石忽已暝"，晕乎乎而汗涔涔，不知跨转了多少道山岭，斜穿了多少回山谷时，又隐隐听见了一两声长长短短的鸡啼，仿佛李白当年梦游天姥山蓦地"空中闻天鸡"。我们似乎在沉沉暗夜听见了灯火的召唤，赶紧循声寻觅，拐过挡住去路的山脚，豁然又是一处窄逼的山窝。山窝蜷曲在低沉的云脚下，犹如史前巨兽不经意间遗存的足印，趾痕、脚板、脚跟隐隐可辨。右侧山腰嵌着一排古拙的木质吊脚楼，像极了图画里的悬空寺，屋檐下的板壁隐约挂了些玉米、红椒一类，大概是先前飘忽的鸡声所从来处；左前方两山夹缝处平地上的一汪碧池前，突兀耸出一座青灰色楼阁。我长舒了口气：地图上毫无印痕，却能总揽这些山间丛林、村舍与田野的兵书阁终于到了。

兵书阁并未因陌生人的骤然闯入而丝毫讶异、慌乱或惊喜，照例肃静、端重、儒雅，像古画像里峨冠长髯、雍容深邃的颜真卿或者文天祥们。自清嘉庆十五年（1810）挟着潘、吴两姓苗家先民的智慧与巧思旖旎而出，它便如此，如凝固的雕塑一般，似乎岁月如阁前池水，从未哗哗流淌过。深山鄙野之地隐伏"巍峨冲霄"的高阁，且有杀伐之气的"兵书"之名，我掩饰不住内心的好奇与敬畏，用目光一寸寸掠过它的全身，像小心翻检一部遗弃乡野多年、纸张老旧的远古兵书。田埂上奔向它的脚步也不曾稍歇，生出一阵风的喘息。

微雨初息，乳色山岚尚未散尽的天幕下，楼阁耸然三层，是典型的雪峰山深处苗家民族式样。青瓦遮盖的屋顶六角飞翘，恍若六只反向拼力腾飞的曲嘴鹰隼，似乎邈远而空阔的云霄正在招手；攒尖葫芦顶凛然嵌在半空，如清代帝王头顶象征王权的威严朝冠，只是少了些炫目的明黄色。板壁、穿斗与抬梁都是纯木而就，相接处有如天然铆合，与砖块、石灰毫不相干。它们两百年前都曾是咫尺间山林蓊郁遒劲的松木或杉木，鼓荡过阴柔的清风，吐纳过百花的气息，也眼热过雀鸟们的爱情，化作顶立门户的栋梁与遮挡风雨的墙壁于兹有年，少了些鲜活与生动，却多了些沉稳、仁厚与慈祥，像太师椅上风云消散、阅尽尘世沧桑的老者。

令人尤为肃然的是，山野亘古阒寂，除了偶尔的虫鸣或鸟影，兵书阁却并不孤单，一座不跨山涧或溪流的"文星桥"与之巍然比肩。同样的古拙，同样的材质，同样的端肃，构建年代也相去不远，只是式样绝不雷同。终究是横亘的廊桥，不以争高冲霄为先，东端是八字门坊入口，西侧出口处门坊与山峦紧密相衔，都盖有山外世界难觅的双肩或单檐庑殿顶，典雅精致，古意弥漫。

桥中则耸出重檐歇山顶式阁楼，与兵书阁阴晴风雨里眸凝秋水，脉脉相对，如一对相互依偎的情侣。

文星桥与兵书阁，一阴一阳，一文一武，不问山外魏晋，恬然沉寂重峦之间，如隐居南阳，高卧竹榻，醒来朗吟"大梦谁先觉，平生我自知"的"村夫"诸葛亮，令一座座散落山间的村舍浸透了文化内涵，似乎眼前飘下的一片竹叶或者池塘那只肥鹅扑腾溅起的水珠，也陡然厚重而灵动起来，牵引着我恭肃的心魂。

二

脚下"咯吱咯吱"的怪异声响，是我登临兵书阁木质楼梯的板阶而发出的。这是山外久已消弭的原生态声音，城里一幢幢竹笋般破土拔节，壁立挨挤的钢骨水泥楼宇，是刻意避免这种原始而粗野呻吟的。我的记忆中，只有儿时就读过，也同属雪峰山下的故乡麻溪小学的木质教学楼楼梯相类，都是中国古代楼阁的经典构件之一。那些永不能逆转的时光里，我与发小们上下学往返二楼教室或课间歇息，仿佛一群山林枝丫间撒野的泼猴，上下楼时常常故意要顿上几脚，在迭起的"咯吱"声里享受着那个年代乡村孩童至简的愉悦。因之，攀登兵书阁时，我没有二三同行者汗出如浆的惊悚，而是分外亲切，像他乡相逢一位久违的故交。

楼阁二层有着令我讶异的空阔与萧疏，与外观的恢宏富丽判若云泥，除了墙角摆放一张积有尘灰的陈旧方桌，空空如也。我是怀着窥窃一番阁中藏匿的古兵书心思而登临的，至少也能探知何以名之"兵书阁"的一二原委，于是不免失望。徘徊良久，扬手轻扣了几下板壁，声音厚实而苍老，些许尘灰应声而坠，深知绝无可藏物的夹缝。又仰头而望一半已无楼板的三层，眼眸能与屋顶纵横的梁、檩、椽及青瓦相握，却没有可上的阶梯，似乎早已废弃了，自然也无珍藏"兵书"的可能。一瞬间，我如登上滕王阁感喟"阁中帝子今何在，槛外长江空自流"的王勃，有了"阁中兵书今何在，槛外青山空自横"的深深怅意。

槛外青山是永恒的。阁中光线暗淡，几个方形木格窗户漏入些浸润绿意的光芒。我缓步上前，探窗而视，一箭之隔便是陡峻幽深的山峦。竹林葱碧，清风过处，竹梢俯仰，如村中苗家女子婀娜的舞蹈。山脚处的田地间，一个隐约的身影正扬锄劳作。银锄悠然一起一落，连同他的苗族服饰一道嵌入窗棂，绘成一幅生动的躬耕图。冬日已至，是种可煮可炖的萝卜还是白菜？抑或"夜雨剪春韭"的韭菜葱蒜？我不得而知，只蓦然无端想起了躬耕南阳的诸葛亮。或许，是这位"智慧的化身"白日田间劳作，夜晚青灯下闲读兵书的印象过于令我深刻吧。

不想，作为此行兼职向导的友人似乎窥见我登阁不遇兵书后的怅惘，朗声说起了兵书阁的来历，竟的确与当年远征湘西的诸葛亮有关。

我这才想起，作为开国将帅史传系列之一的《粟裕传》说到名将粟裕的家乡会同，称"诸葛亮曾经掌管湖南一带征调赋税，安抚少数民族事务，在这里留下了'诸葛营''诸葛井'等遗迹"，而会同与兵书阁村所属的通道比邻，同饮一江澄碧的渠水，诸葛亮留下一部兵书，被村中后人修建高阁慎重藏诸其中，也就不奇怪了。

平素谨肃的友人展颜一笑，说："村里祖祖辈辈似乎没听说谁真见过这部兵书，但兵书阁下生满苔藓的青石板古驿道的确走过一支奇兵。1934年12月，雨雪塞满天空，冰封通道，蒋介石在层峦间伏以重兵，单等从江西长途远出，到通道后准备北上与贺龙、萧克会合的中央红军'入吾彀中'，一举围而灭之。一路过关斩将的红军官兵形容疲乏，物资稀缺，前路凶危，存殁在主要指挥者的一念之间。通道县城里一座古老书院召开的最高级别紧急会议上，识破其谋的毛泽东愤然拍案，苦陈利害，力主向西，转兵贵州。他与当权者犹如淌着汗水的木工左右拉锯，终于扳过闪烁寒光的钢锯，获得了多数与会者的支持。于是号令穿透厚密雨雪，红军队伍火速调转马头，第一站便是县城西面山林幽深的兵书阁古寨。"

友人或紧促或舒缓的声音，叩击着兵书阁静默的板壁，铮然作响。兵书阁下，似乎有"唰唰唰"的脚步声，犹如夜雨秋声，正急步奔走着一支顶着布制红星的队伍。他们迤逦向西，杀奔黔东黎平，从此海阔天空，再不能制。蒋介石隔空浩叹的声响追逐而来，被兵书阁的阵阵松涛瞬间淹没，了无踪迹。

"村里还有几个健在的老人见过红军"，友人眺望着与楼阁隔些许田亩、池塘和阡陌相对的村寨，也就是我们刚见过的嵌入崖壁的那片吊脚楼，眼里透着莹亮的光，"当年红军路过，一支队伍夜里在寨中歇宿。时值隆冬，山中奇寒，冷浸骨髓，官兵们都蜷缩在屋檐下睡觉。天亮后，乡民们打开屋门，看到满地拥枪而卧的红军，先是无比惊异，而后感佩不已。湘西自古多兵匪，队伍路过是家常便饭，但这是他们见过唯一不扰民的军队。乡亲们漾出朴拙的笑脸，纷纷请红军官兵进屋，以苗家最高待客之礼招待，又找来医术最高的老乡医，用苗家土药给伤员包扎……"

友人如山间溪涧一般絮絮而淌的话语里，兵书阁依旧静穆，吊脚楼则又缓缓裹上了一层山岚，似乎腼腆隐入了薄纱。"兵民是胜利之本""战争的伟力之最深厚的根源，存在于民众之中"……我的脑海忽然跃出了这些毛泽东笔下熟悉的字眼，蓦然想，兵书阁其实见证也珍藏了一部所向披靡的兵书，它自然并非传说中秘藏的诸葛亮笔墨，而是一支军队以天下百姓为水，自己则是鱼和舟的信仰……

三

拐过几处或柳暗或花明的山脚，离开楼阁的我与同行者们沿青石板山径攀爬崖壁，走进了对面的吊脚楼。寨子很静，果然有三两只毛色不一的鸡在坪前淡然闲逛，时而将尖嘴伸入草丛啄食，时而仰首鸣唱。房屋一律是通廊式结构，由好几家合建而成，十几间屋子齐整连成一排。灰褐色木板多已陈旧，却坚实而沉稳，透着与兵书阁相似的远古的余韵。

一户敞开的大门前，早早迎出了一个憨厚而笑的汉子，友人介绍说他姓潘，和寨子里其他人一样都是兵书阁修建者的后代，几块责任田都挨着兵书阁，中午就在他家吃饭。老潘不善言辞，像兵书阁的一根木讷梁柱，笑意却看得出十分朴拙与真诚。他不停地搓着双手，引我们上到宽敞的楼上，坐在了一张油漆磨尽只遗原木本色的方桌前。也或许方桌原本就不曾上过油漆，对山里人而言，油漆便像华丽的辞藻，有些多余了。山珍的异香从厨房一阵阵漫溢而出，如绵延不尽的蚕丝，舔舐着我们于山中辗转登临后寡淡而干瘪的肠胃。

我从兵书阁的幽冷与圣洁中陡然坠回到凡俗的烟火人间，却疑心素朴的山里人过于好客，用未曾尝过的违禁野味招待我们。于他们而言，山深林茂，麂子、猪獾、豹猫甚或穿山甲都寻常可见，而他们又多是数百年家传的神猎手，靠山吃山似乎也应该是日常功课。菜品陆续端上时，却仅是腊肉炒冬笋、青椒炒肉、清炒白菜与红烧鲫鱼而已。

　　老潘进进出出，帮家人忙着厨房的活，没陪我们上桌，只将一迭声的道歉伴着菜肴芬芳留在了方桌上："山里没有什么好东西，都是几样自产的家常菜。"他不知道，这等家常菜，在山外如今已是难得的珍馐了。我与老潘敷衍着搭腔，目光始终粘在热气蒸腾的碗碟上。一位平素温雅的女同行者眼放殊光，似乎比我还贪婪，嘴里早嚼着一片脆然作响的冬笋，连声说："好久不曾吃这等绿色环保的好菜了！"大家轰然而笑，没有一个再做酸腐的斯文状。倏忽间，几盘菜蔬便在一桌人筷箸的急遽伸缩里风卷而尽。老潘笑道："还有，还有！"厨房的油锅又咝咝作响起来。

　　友人也是兵书阁人，只是少年时读书走出了大山，又把家安在了城里，而今总想回来，却已没了他耕种的田地。他喝了几杯山泉酿制的水酒，话又渐渐多了，酡红了脸说，兵书阁人最讲待客之道，今天时间紧，客人又不很多，算是怠慢了，平素都要摆长桌设宴待客。他娓娓说起了村里这种属至高礼节的"龙头宴"：将几张乃至十几张方桌拼成一条长龙，家家捧出最好的菜肴，以靠墙位子为上席，恭请客人先坐，两端则是寨中长老的座位，主人和陪客的村人与宾客隔桌相对。宴席一开，苗家妹子唱着山歌轮番劝酒，歌声婉转，菜香氤氲，酒杯交碰，闹热得紧。我默然静听，悠然神往，又无端想起"便要还家，设酒杀鸡作食"的桃花源场景。或许，当年的红军官兵遇到的便是这一幕吧？

　　饭后，闲坐廊檐下，品着老潘妻子端过的苗家特产油茶，眺望门前荡过的几缕浮云，我倏然觉得自己做了山中神仙，也似乎管窥了兵书阁村人的慢生活：悠闲、绿色与好礼，好似古代餐霞饮露、翩然修道的深山道士。

　　冥想间，蓦地瞥见墙上贴着几条毛笔书写的家训："一要好，敬奉堂上双亲老，孝顺好；二要好，耕种五谷须宜早，勤力好；三要好，教子读书无价宝，明礼好；四要好，堂前内外勤打扫，气色好；五要好，兄弟友爱真是宝，团结好；六要好，夫妻和顺无烦恼，一世好；七要好，邻里左右莫相吵，和睦好；八要好，房族有事要帮到，殷勤好；九要好，莫生事来莫告状，忍耐好；十要好，同锅做饭不相闹，和气好。"我一字一句默念，面容虔诚，久久沉吟着。

终于有空出来作陪的老潘见我面壁发呆，笑道："这是族谱上的家训，从嘉庆年间开始，传了两百年了，村里人家家贴在墙上，便于时常提醒。"

我瞬间又肃然起来。兵书阁人世居深山，勤耕五谷外，还不忘诵习先祖制定的家训，厚重的家风也从未断绝，无怪乎寨子内外如此安谧而祥和，而友人年龄未到，早嚷着要告老还乡了。我默默算了一下时间，家训拟定几乎与兵书阁的修建同时。或许，兵书阁人的先祖当年其实谋略渊深地做了两手准备：建阁藏兵书，是为了在乱世尚武自保；而拟定家训，却是为了子孙的福祉与安宁。有时候，战争是为了和平，譬如当年衣衫褴褛的红军官兵千里长驱，也正是为了千万个村庄有着寨子眼前永恒的祥和。无论是兵书阁人的先祖，还是那些迎着硝烟倒下或有幸未曾倒下的红军官兵，他们的心愿都早已实现了。

这么想着，我又朝兵书早已遗弃的兵书阁方向眺望起来。楼阁贴着渐渐亮堂的云霞，依旧端肃而巍然，山峦层层起伏的绿意映衬出一种深色的幽光。我想，那是兵书阁人先祖们的睿智之光……

（原载《湘江文艺》2021年第一期）

凝固在穿岩山的时光

小车像只负重的岩鹰，缓缓盘旋而上，将雪峰山深处亘古沉默的幽绿一层层抛在脚下。

一路陪伴我们的是盛夏里一场粗犷的雨。雨点似乎窥伺漫山油油绿意已久，忘情倾泻而来，清脆如金石相扣，将山脚统溪河野性的轰响稀释得若有若无，像天外渺远的钟磬声。这是有着世居深山更深处乡民特质的雨，淳朴而大气，敦厚而好客。从我们一行钻入层峦如浪的雪峰山，抵近统溪河青草拥覆的河岸，穿岩山耸入云霄的阴影跌落在惊悚的眉梢时，它们便贴着山崖突然而起，紧随而行，似乎生恐浓荫如盖的莽莽丛林凉意不够，怠慢了远道而来的我们。

我依旧汗意涔涔，却都是穿岩山壁立悬崖惊出的冷汗。小车勉力搜寻丛林深处隐伏的小径，与年头古远的松树、樟树或者枫树遒劲枝干时相亲热，像急流漩涡里挣扎而上的一片凋零竹叶，令我的心也时时破窗而出，跌入已深不可测的谷底，成为统溪河一尾慌不择路的游鱼。拐了无数道弯，似乎戏弄够了我悬浮的心，小车蓦地停在了山腰人工凿出的一处平地，犹如一艘久伏的核潜艇升出了墨绿的海洋。我弓腰钻出车门，长吁一口气，脸色瞬间由白泛红，似乎庆幸还活在烟火人间。

161

抬头，一座静默的古寨跌入眼眸，"枫香瑶寨"几个大字将银色的雨幕染成温婉的金黄。古寨木墙黑瓦，松木的清香扑鼻而来；门楼上三层屋檐清俊雅致，弯翘欲飞，像门口明眸皓齿、躬身迎客的瑶家少女。我脑海里蓦地闪过许多镜头：白发长髯的瑶王率领族人避居于此，山高林老，不知有汉，无论魏晋，时耕时猎，怡然自乐。吸日月之精华，取雪峰之灵气，男人豪爽道义，女子娇媚如水。

似乎为了印证这些我从纸上得来的印象，刚近寨门，山歌乍起，一排五彩民族服饰的窈窕女子笑靥烂漫，端着大碗酒肉拦在了门口，两旁是令人触目惊心的硕大酒坛，用不知名的树根雕就。美酒与美色在前，任何一关，我都难以招架，疑心半生"名节"将毁于此。好在两碗山间清泉酿就的美酒伴着少女身上的幽香下肚，"瑶王"迎了上来。

他是一个真正的雪峰之子，穿岩山国家森林公园的规划设计者，也是我神交多时的好友。他是非瑶族的地道"瑶王"，他最宝贵的财富便是眼前的山水、丛林、云雾与清香四溢的空气，他穿着随意，憨厚而儒雅，淡淡的微笑里漫溢古朴的书卷气，绝不似一个久居深山的"山人"，而像是一个大学校园中寻常可见的学者。

豆大的雨点还在倾情挥洒，撩拨着养在深闺、轻易不肯见外人的山间草木。"瑶王"陪我重新钻入雨幕，漫步深林曲径，前往右上角的一处泳池。松树、杉树、樟树、枫树、柏树参天而立，枝枝相覆盖，叶叶相交通，几乎将雨水隔绝在十几米外的头顶。这是雪峰山森林千百年来最原始的姿态，是飞禽走兽、爬虫蝼蚁们休养生息的天堂。大概因为有暴雨，还不曾见着一只飞鸟或者松鼠的痕迹。路边偶尔开出一点豁口，簇拥几丛翠竹，却依旧将大地遮掩得严严实实。透气的地方也有，是竹林尽处突兀而现的一块长条形窄狭菜地，生长着辣椒、茄子、丝瓜、苦瓜，枝叶藤蔓迎着雨水风姿绰约，宛如深闺沐浴的绝色女子。丛林深处的绿色菜蔬，令我不自觉地猛吞了一下口水，眼里满是惊奇。"瑶王"也用目光摩挲这唯一的人工葱绿，笑笑说："我种的。"我不好意思开口，心里却默念，晚餐要有点这地里的菜肴才好。

泳池是削平一座不宽的山峰而建，山泉从林间岩石鳞隙注入，清澈如二八少女的眸子。三五游客或仰或俯，搏浪其间，意兴盎然，全然不顾头顶淋漓的雨水。栏杆围就的池边下方，便是深不见底的山谷。谷底升腾出一团团乳白的云雾，如梦似幻，将泳池裹在一种神秘的氤氲里，令人疑心误入王母娘娘的瑶池。对面也是峭拔而立的山峰，雨水丰沛，迷离的云雾也在山腰或聚或散，偶尔露出苍翠肥硕的腰身。山顶倒是一无遮碍，林木葱郁，清晰得能看见松木的纹理，似乎伸手可及。

一行人凭栏徘徊，远望，微笑，默叹。我也感慨着"瑶王"的奇思妙想，将王母娘娘的天上瑶池生生搬入了雪峰山峰巅之上，给森林公园增添了一处奇景。"瑶王"盛情邀我下池一游。我还不习惯雨中游泳，微笑着婉拒，却生出愿望：愿借池边三尺地，长住雪峰山，做一只餐霞饮露的蝉，为纯正的阳光、雨水和空气而自由鸣唱。

暮色在依旧酣畅的雨水中四合时，一行人离开瑶寨，换了座同样险绝的山头，进了穿岩山山腰一座隐在林荫深处的木屋。这是"瑶王"的居所，各处景点客房爆满，他慷慨让出了自己的"寝宫"。

纯原木构筑的屋舍有三层，瑶家风格，古色古香，依山而建，布局精巧。头顶是拾级可上的穿岩山山顶，可览群峰如海上巨澜的极顶风光，一条瀑布在丛林隐秘处轰响；脚下是幽深无路的山谷，桀骜的统溪河便在谷底汇聚千沟万壑的小溪，然后裹挟淼水，涌入沅江，直下洞庭、长江。"瑶王"骨子里是文化人，必然知道苏东坡"宁可食无肉，不可居无竹"的句子，依墙遍植翠竹，抑或他索性将整座屋宇安放在了一处原生的竹林。微风过处，竹叶沙沙有声，探过窗棂，粲然而笑。

廊檐下竹香馥郁的灯光里，几个人靠着古拙原始的桌椅团团围坐，是雪峰深处溆浦乡间那种常见的八仙桌与木板条凳。风声鸣响于竹梢，竹叶过滤的微雨滴答在台阶，四望漆黑，星月暂隐，除了风雨声，没有半点尘世浸染的杂音，宁静如上古的岁月，我们也犹如穿越回那时的竹篱茅舍。品了几杯雪峰山顶据说能明目的野生茶，晚餐端了上来。腊肉、土鸡、豆腐、统溪河的小鱼干，无一不是森林公园自产，也无一不凝聚雪峰山山水的灵气。再一瞧，果然还有"瑶王"自种的辣椒、苦瓜，我一时笑逐颜开，展碗举箸，跃跃欲试。

他淡然一笑，取过一壶颜色有些浑浊的自酿乡酒，说："别小看这酒，最多只能喝三杯。"我眼前立马浮现出武松面前"三碗不过冈"的告示，哑然而笑。一旁陪坐的当地友人接过酒壶，给每人斟满一杯，说起了一段"典故"。

"典故"其实不远，就在我们登山前的半个月，省里来人到怀化考察扶贫工作，偶然听说穿岩山这方面做得不错，临时决定去看一看。到了穿岩山上，就在这朴拙的桌椅边，一杯野生凉茶喝完，他了解到穿岩山森林公园解决了雪峰山深处十万人的就业与脱贫问题，往昔千里外出的民工潮悄然回流，空心村重新鸡鸣犬吠，家家殷实，非常高兴。

似乎为了求得验证，大家登上层楼，远眺对面翠色流溢的元宝山。瑶族风格的簇新民居星星点点，像绿海上漂浮的一只只海鸥；层层梯田稻穗油绿，似乎已能闻得着金秋的稻香。听说目光所及的所有民居，都是在森林公园协助下新建或维修，乡民已全部脱贫，他频频点头。不知是否巧合，随后的一次扶贫工作会议地点定在了穿岩山。会议时间已近，"瑶王"这些天忙得不亦乐乎，能抽出时间陪我半天，算是给了天大的面子。

廊檐外风雨潇潇，我们就着典故下酒，不觉也已过三杯，果然醉意蒙眬。我连呼好酒，反正夜宿于此，无须过冈，便恳请再加一杯。洗盏添酒，"瑶王"又聊起了雪峰山深处的先贤——《辞海》主编舒新城，眼里满是歆慕与神往。一页页小心翼翼翻阅他耗费巨资影印出版的《舒新城与现代名人书信集》，我忽然觉得眼前这位山间高士，还是一位达则兼济天下的真正儒者。他有一部长篇小说的草稿，至今不肯出版，说还要锤炼锤炼。我想，他真正的传世之作其实已赫然问世，这部书写在大山之巅的大著，将被雪峰山的乡民们藏之名山，传诸后世而不朽。

夜已深，雨点还在敲击着竹叶。我辗转于床，蓦然想起了郑板桥的诗句："衙斋卧听萧萧竹，疑是民间疾苦声。"郑板桥一介小吏，也只能望着暗夜里的屋顶想想而已。睡意渐浓，我在风雨声中酣然入梦，一段难忘的时光也便凝固在穿岩山的林海里。

（原载《光明日报》2018年9月8日，发表时略有删节）

九郎山的英雄气

步入九郎山,被绿海吞没的瞬间,一路追逼的炎暑戛然止步,像饥饿的狼群被生生挡在了碧波之外。绿意从杉木、油茶、樟树、梓树、翠竹、灌木、苔藓,乃至岩石间绵绵弥漫而出,将汗渍渍的我浸入漫无际涯的清凉。很快,我便成了一尾似乎通体皆碧的鱼,遨游在这苍翠奔涌的汪洋里。

九郎山横亘于株洲北郊,像巨蟒一般盘曲数十公里。山中林木苍劲蓊郁,覆压一万零两百亩,是近在咫尺的长沙、株洲和湘潭三城呼吸的主要绿肺。最高峰海拔达三百二十八米。惜乎蛰居株洲多年,因种种缘故,我多次盘桓于外埠的岳麓山,沉醉于其危峰幽谷,却只无数次从穿山而过的普通或城轨列车上眺望九郎山,用目光追逐耸峙天地间的墨绿与岭上飘逸的白云。直到这回应友人之邀,又被异常的酷暑所迫,才终于趸入它的怀抱。

山间极静,仿佛置身于史前某个万籁俱寂的时刻。山路横柯上蔽,曲弯而上。我拨开草丛,寻觅绿海深处细碎作响的泉水声,迤逦攀爬时,或高或低隐在山峦幽谧处的九郎庙、上林寺、双峰寺与洪武寨一一现身,红墙黄瓦,古意流泻,像息影林泉已久的老者恬然而坐。关于李世民、朱元璋等人的诸多传说,被恭谨刻在了这些屋宇旁的石碑上,一股久远的英雄气也裹着浓浓绿意穿透而来。

据传，隋末烟尘四起，群雄逐鹿时，李世民率唐军南下，不想在湘江边的株洲马失前蹄，右眼受伤。李世民仓皇退到易守难攻的九郎山，巧遇云游山间的石希迁、怀让、怀思周三位释家弟子与郑、姜、王、李、汤、殷姓六位采药郎中。这九人修道多年，医术高超，很快治好了李世民的战伤。李世民后多次派人造访九个偶遇的医者，却"只在此山中，云深不知处"，只得下诏修建"九郎庙"，亲拟"众山俯首，远水连天"做庙宇楹联。而今，李世民与医者们都早已化作云烟，只有九郎庙的香火闪烁，钟声激越，千百年不绝。

上林寺则于近代飘扬过"一寸山河一寸血"的不屈大旗。1943年秋，闯入株洲的日寇将上林寺烧为平地。石碑上事迹寥寥，人物已湮没无闻。我却依稀看见了一幅中国军民前赴后继，在林莽间斩杀日寇的鲜活图画。八公里外躺卧着千余名抗日英烈的陵园"流芳园"，或许就有当年出没于九郎山，惹得日寇羞恼一炬的壮士们。

到山腰一处窄狭的平地，四下古木凌云，剑气陡然馥郁。友人眼神里淌着敬畏，说："这是巾帼英雄秋瑾练剑之所。"他又指点山下说："山脚有秋瑾的故居'槐庭'。"1896年5月，秋瑾与富家子弟王廷钧结婚，随后在"槐庭"生活了多年，生一子一女。然而，神州陆沉，山河破碎，秋瑾并未耽于个人的富足与安逸，时常于早晚到山上苦苦练剑，时刻准备拯民于水火。后来，她毅然东渡日本，开始了壮阔的革命生涯，写下过英气漫溢的豪迈词句："祖国沉沦感不禁，闲来海外觅知音。金瓯已缺总须补，为国牺牲敢惜身。　嗟险阻，叹飘零，关山万里作雄行。休言女子非英物，夜夜龙泉壁上鸣。"秋瑾的龙泉剑最终未能斩断腐

朽幽暗的清王朝，却将英雄气永远留在了九郎山的林木间。

咀嚼着秋瑾"拼将十万头颅血，须把乾坤力挽回"的句子，我感慨着登上了九郎山极顶。或许绝巘不胜寒，大树已稀疏，灌木却仍旧葳蕤。一丛丛山胡椒树挂满细密的果实，令我须臾间回到了童年。儿时的记忆里，每到山间，我总要摘尝这种不起眼的植物果实。辛辣充塞口鼻时，一种格外的舒畅也渐渐而起。而今，在我的家乡冷水江，山胡椒已发展为一种品牌产业。家乡人从山胡椒中提取的香油，在米粉、面条或者毛肚火锅中滴上几滴，便有辛辣甘甜的清香四溢，常令人胃口大开，饕餮不止。株洲大小街巷的餐馆，桌上常放着这种随用随取的山胡椒油。凝视着眼前葱碧的山胡椒，我默然沉吟：它并非李世民、朱元璋、秋瑾一类可柱长天的大木，却也难掩其富民报国的英雄气。

再次品尝了山胡椒，我驻足四望，绿意绵延，千里空阔。北面长沙、西面湘潭耸峙的楼宇历历在目，簇拥而来，似乎已触手可及。它们正在长株潭融城的号角声里，铿锵着足音，争相与株洲的楼宇握手会师。这是一幅无数建设者们日夜构筑、成功日近的蓝图。建设者们漫溢的英雄气，与秋瑾等人的英雄气交织在一起，难舍难分。我想，曾经浩叹"秋风秋雨愁煞人"的秋瑾泉下有知，或许也将欢呼"江山如此多娇"了。

（原载《人民日报·海外版》2021年8月13日）

伏波岭记

唐人刘禹锡吟哦的"山不在高，有仙则名"，我固执地以为指的便是渌口伏波岭。

微雨的清晨，渌江像一个"浓睡不消残酒"的女子，慵懒躺卧在暮春湿漉漉的天宇下，被天地间漫无际涯的苍翠软软拥覆。我披裹堤岸上香樟漫溢而下的芬芳，沿北岸迤逦而行，将自己想象成唐代大历四年（769）二月徘徊江边的杜甫，一串沉甸甸的诗句也随之涌上心头："南岳自兹近，湘流东逝深……物微限通塞，恻隐仁者心。瓮馀不尽酒，膝有无声琴。圣贤两寂寞，眇眇独开襟。"

遭逢时艰，身世飘蓬，杜甫笔下的《过津口》不免抑郁而沉闷，与我此刻探幽访古的闲适自然不可同日而语。"诗家不幸渌口幸"，犹如沙鸥一般漂泊的诗圣能莅入渌口，戚戚然徘徊江岸绿荫下，却是渌口的大幸。簇新的村居高高低低，恬然散落江岸。袅袅升腾的炊烟间，我似乎见着了从盛唐淌溢而来的一缕诗意在弥漫，也似乎明白了居株洲鄙野的渌口，多年前何以突兀而出，成为远近知名的"中华诗词之乡"。

缓步遐想时，岸边突现一处葱绿掩映的深潭，潭的另一侧紧挨石壁陡崖。同行友人望着不高的崖顶，欣然说："伏波岭到了。"我心内一震，四野漫溢的文气似乎陡然消隐，一股森然剑气扑面而来。

中学时代，偶然读到孙中山挽蔡锷的句子"万里间关马伏波"，翻检资料后，我头一回知晓了"西破陇羌，南征交趾，北击乌桓，累迁伏波将军"，世称"马伏波"的东汉名将马援。《三国演义》中杀得曹操割须弃袍的蜀汉五虎将之一"锦马超"，便是其颇有乃祖遗风的后裔。掩卷沉吟，不免神往于马援驰骋疆场、立功万里外的壮阔人生。

到株洲工作后，得悉马援曾屯兵郊县渌口的伏波岭，似乎自己与他瞬间有了某种交集，亲切感与自豪感油然而生。遗憾的是，伏波岭近在咫尺，我却懒怠起来，一直不曾登临探访。直到今天才总算成行，真切立在岭下，感受着森森扑面的剑气。

我与友人辗转寻路，踏上青树荫覆的青石板台阶，又拾级而上，置身于岭上草木的葱碧间，似乎自己的脚印已与两千年前马援的某个脚印重合，脸上一时端肃起来。

伏波岭确乎不高，与同处湖湘大地的南岳衡山之峻拔、雪峰山之嵯峨不能比，上山的台阶不过几十级，脚力未软已登极顶，最多算是隆起的小丘。披风岭上时，却也一望空阔。脚下的渌江汩汩滔滔，在不远处汇入湘江，又翻滚着浪涛，蜿蜒北去；四面群山逶迤，起起伏伏，像东海蓦然倒灌而来，卷起一堆堆刺破苍穹的浓碧巨浪；烟雨迷离中的渌口古镇尽收眼底，它似乎有马援的大将之风，"泰山崩于前而色不变"，又娴静若闺中处子，安谧端坐群山之间与晨风之下。

转过身来，便是剑气漫溢的原点——伏波庙。庙宇也不大，红墙青瓦，古朴雅致，屋顶两侧的山墙格外醒目。门前挺立两株卫兵似的大树，亭亭如盖。庙内马援的塑像威严而立，目光如炬。

我与他默默对视良久，心内颇为激荡，似乎终于见着了久仰的偶像。马援当年"伏波"的一幕幕也穿尘封册页而出，耳边似乎隐隐有了"钑钑铮铮，金铁皆鸣"的声响。

东汉建武十七年（41），今属越南北部的交趾郡发生叛乱，光武帝刘秀闻报，急拜善战的马援为伏波将军，率军千里南征。马援旌旗南指，一举平叛。往返时，他都在这里屯宿。邑人为纪其事，将屯兵的无名山丘命名为伏波岭，又集资建庙宇，供奉香火，千年不绝。

马援为后人所景仰的不止平叛之功，还有其"马革裹尸"的家国情怀。他曾慨然说："方今匈奴、乌桓尚扰北边，欲自请击之。男儿要当死于边野，以马革裹尸还葬耳。"耿耿丹心，直可惊天地而泣鬼神。

毛泽东对此感佩不已。20世纪60年代，一位将军不愿去艰苦的非洲工作，毛泽东得悉后说："我建议我们的高级干部都读读《后汉书》里的《马援传》。"又说："青山处处埋忠骨，何必马革裹尸还，马援之后，是一代不如一代哟。"

巧的是，毛泽东也曾登临渌口伏波庙。1926年，渌口一带农民运动如火如荼，伏波庙成为农民协会的办公场所。翌年2月，毛泽东顶着料峭寒风，来到渌口考察农民运动，随即登上伏波岭，在庙内召开了工农商各界骨干座谈会。在毛泽东下岭后没几年，杨得志、晏福生、刘先胜、杨梅生等人先后别离乡关，走上革命之路，最终成为共和国闪烁的开国将星，也将马援的英雄气散逸到更高更远的地方……

步出伏波庙，天空又飘起了雨丝。已辟成公园的伏波岭上，楼阁、雕塑、翠柏与满地奇花异草挨挨挤挤，在雨中静默而陈，伏波岭似乎更为矮小与局促了。但须臾间，它在我眼前陡然峭拔

171

起来，且似乎愈来愈高，耸入九重云霄。我知道，这是因了一代忠勇的名将马援……

（原载《湖南日报》2021年8月13日）

白云生处李家村

　　像骤然跌入世外幽境，我伫立于村庄一株古树荫里，久久讶异、陶然与沉迷。

　　村庄卧在一条窄狭绵长的山谷里，安谧而闲适。两旁似乎可伸手相握的山峦翠色奔涌，耸入云天。早春的阳光有些慵懒，从我身后的山头斜斜滑落而下，将山峦分割出明显的阴阳两面：对面山峦吮吸光亮，松树、杉树、香樟与毛竹挨挨挤挤，苍碧间闪烁银色的光芒；身后山峦背了阳光，呈深沉的墨绿，在田野、菜地与山脚村道铺开大片阴影，恍若泼水打湿了的中国画。谷底中央是一条小溪，从深山幽谧处蜿蜒跌宕而来，又接纳了两面山间细碎奔淌而下的山泉，水波清亮。我未顺埋没草间的小径下到溪滩，却能想见鱼虾欢然嬉闹其间的场景。溪流两岸，三三两两躺着些农舍，多是簇新的两层钢骨水泥房，一色的粉墙配着红瓦或蓝瓦，又被无边的翠色浸染，彰显着村子的富足。村庄极静，偶尔的几声鸡鸣，才将我疑入世外的思绪拉回人间。

　　这是株洲渌口区龙门镇的李家村。小车从喧腾的渌口街市一角拐上乡间小路，渐渐钻入山岭间，又辗转穿行数十里。我被层层叠叠的澄碧熏染得昏昏欲睡，几次睁眼望向窗外，依旧山重水复，渺无人迹。直到拐过又一处山峦，小车猛然一顿，停了下来，我被同行者叫醒，眼前才豁然开朗，阡陌纵横，陆游笔下"柳暗花明又一村"的场景再现开来。

或许因了远离尘嚣的清幽，村庄大名虽俗，却颇为不凡。我信步踱到一座横跨小溪的青石板古桥上，桥下溪水淙淙，桥面苔藓在阳光下泛着淡淡幽光。桥端村道的坡上，挺着一株硕大古树，浓碧的枝叶向桥面悠然伸展而来，似乎要与面生的我打招呼。树下侧身蹲着一座不大的古庙，不见香火缭绕，也无钟磬敲响，却令我瞬间肃穆起来。村人说，古桥有两百多年历史了。如此说来，古庙的年岁也不会短。

果然，村人滔滔说起了往事。唐代西天取经的玄奘之父曾流连于此，终老后葬在村里山头密林间。一位挂冠而去的唐代太守，也辗转卜居于此，潜心修行，终成正果，羽化后也葬于白云缭绕的山峰之上，后世称为"杉仙真人"。其他未留下名号，在此修道向佛，圆寂后化为山间尘土的僧道，更不知多少。天下奇山不只僧占，土匪也格外钟情。新中国成立前后，一股土匪武装便相中了村子的天远地偏，啸聚山头，打家劫舍，出没无常。军队费尽心力，清剿多年后才肃清，悍匪头目被枪决于某株老树下。

村庄最高的山头是明月峰，居于渌口、醴陵与攸县三地交界处，海拔八百五十九点六米，与岳麓山、祝融峰等同为南岳七十二峰之一。沿陈年腐叶堆积的山道攀爬许久，穿过一处"飞流直下三千尺"，轰然震响的瀑布，我在半山腰林间，见着了隐伏的五座佛塔，青石斑驳，杂草披覆。一旁的石碑上，除了依稀能辨出"乾隆"年号，其余字迹已漫漶湮没。盘旋登上峰顶，葳蕤林木间又隐着一座石墓，四面云雾奔涌，仙气漫溢，前有石碑标识为杉仙真人墓。肃立墓前，我大口吸着林间甘甜的空气，久久感慨着李家村的不同凡响。

僧道千百年来虔诚的念佛修道，却并未让村庄富庶，倒招来了令村庄鸡飞狗跳的匪患。新中国成立后的几十年间，村庄也因处深山老林，进出不便，常年贫瘠，属省级贫困村。村里一千八百多口人，青壮年多半外出打工，决然将好山好水远远抛在了身后。

几年前，村里悄然来了一支队伍——驻村扶贫工作队。在他们的帮扶下，村里硬化了村道，还建起了合作社，专做坛子菜。云雾深处种下的萝卜、辣椒、豆角、刀豆、藠头等，似乎沾染了山水的灵气，芬芳清甜，做成坛子菜，也格外甜脆爽口。运往山外的长株潭街市，品尝者赞不绝口。一时间，李家村坛子菜声名鹊起，年收入达六十余万元。贫困村民不止在合作社上班拿薪水，年底还有近三万元的分红。2020 年，全村整体脱贫，还登上了省级文明村的红榜。大家的日子渐渐红火，盖起了楼房，外出的人也纷纷回来了。

村中一块平地上，村人领我进了一座四面石棉瓦平房围就的院落。院中摊开一床床细铁丝织的晒簟，晒着切成条块的萝卜。进到屋间，挨墙的木架上，满是或坛装或瓶装的剁辣椒、干豆角、干刀豆等。瓶装的剁椒或红椒拌刀豆，鲜红夺目，是我最爱的下饭菜之一。村人递过一瓶开盖的刀豆与一双筷子，笑道："爬山辛苦了，尝尝我们扶贫车间的味道。"筷子尚未接稳，我已不自觉吞下一大股口水。

村里没有饭馆。中午，我与同行者在小溪旁一户农家借餐。桌上摆着糟鱼、晒肉、猪脚、鸡肉、排骨、时令蔬菜，都是农家自产，或蒸或煮，色味俱全。迫不及待先喝口排骨汤，甘美异常，透着山泉的鲜味。更令我惊喜的是，米饭是儿时老家惯用的木甑蒸的，揭开木盖，芳香瞬间随热气溢满一屋，儿时的记忆也奔涌而出。

主人又热情端出了米酒。我酒酣耳热时，主人微笑说："村里正打算利用山腰瀑布，打造矿泉水品牌，还准备申报AAA级旅游景区呢。"

我聆听着，蓦地想起陆游"莫笑农家腊酒浑，丰年留客足鸡豚"的句子，又默然想，奔跑在乡村振兴路上的李家村，必将更加富足……

（原载《人民日报·海外版》2022年5月6日）

雪峰村之晨

是哪只鸟儿将我闹醒的？

侧过枕上的脸，慵懒一瞧，曙色才微微染亮窗帘。窗帘是普通面料，并不厚实；况且昨晚围了篝火吃烤羊肉，喝侗家特有的蜂蜜酒，深夜才就着篝火余光回房间，醉意朦胧里，并未将窗帘拉严实。此时的天空，至多不过鱼肚白吧？在这陡峻而层叠的雪峰山深处，没有彻夜不息的车喧马腾，除了那一串串鸟音，四野依旧幽寂无边，仿佛洪荒远古的某段时空。那些散落山野的侗家屋舍与屋中山民，大概早习惯了鸟语，仍然酣甜在梦中。

"叽叽""啾啾""嘤嘤"，还有"喳喳"……更多的鸟音接连闯了进来，开始合奏一曲曲山林和弦，似乎硬催逼我起身。睡意已无，只得翻身披衣。出了门，曙光熹微，暗色果然尚未退尽。鸟雀们隐在四周枝叶间，难窥踪迹，仿佛贾岛笔下的隐者"只在此山中，云深不知处"，更不用说找到那只闹醒我的鸟儿了。不过，我意外见着许多或翔或止的白鹭，但它们娴静如处子，并不吵嚷。

我歇宿的地方，是万山围裹的雪峰山腹地一个古老村落——湖南会同县雪峰村，海拔六七百米，却仍只能算山窝。抬眼一望，四面更高的山头苍翠弥漫，直攀天宇，将我的视线生生截断。海拔最高者一千四百三十七米，古木摩天，聚有古红豆杉群、古水杉群，是村里人引以为傲的地方。山窝不算很平，一道溪流从某个幽谧处探出身来，裹着击破8月暑热的清凉，悠悠荡过村子，也横过我住的屋舍地坪前，留下一路哗哗碎语。小溪对岸，是一片稻田，依了岸势长长铺展。禾稻淌着油油绿意，在风中微微摇曳。这是高山优质原生稻，曾被明代大将蓝玉献呈朱元璋，成为香溢京城的贡米。白鹭就在曾产贡米的田间起起落落，拽住了我的目光。

山外已很少见着白鹭的踪迹了。上一次与它们相遇，似乎还是儿时故乡的乡间。它们纯白如雪，长喙如镰，身材高挑，令檐下蹦跳的麻雀黯然失色，也深深勒入我的脑海。此刻，白鹭们沐着晨曦，迈开细瘦长腿，在田埂阔步，高贵而优雅；滑翔时，翅膀凌空展开，翩翩而下，在葱碧背景前泼开一幅水墨画。我蓦地想起了郭沫若的句子："白鹭实在是一首诗，一首韵在骨子里的散文诗。"咀嚼着这一首首"诗"，我早忘却鸟雀们搅碎我清梦的愠恼了。

似乎刹那间，乳雾缓缓流动起来，像飞天肩头的白色飘带，在山腰随风而涌。乳雾源自山间极纯净的水汽，因而目光能穿透，依稀见到卧在丛林边的一栋屋舍。屋舍和村里其他人家一样，木墙黑瓦、翘角飞檐，属典型的侗家风格，与山下明代所建的粟裕大将祖居无二。

乳雾缠绕的那座山峰，原始森林蓊蓊郁郁，隐伏一条古旧驿道，青石板斑驳，积满陈年腐叶。许多年前，古道商旅往来不断，是雪峰村，也是整个会同通往东边山外的唯一陆上要道，否则出山便只能乘舟上沅江，下洞庭。当年，贺龙、萧克率红二六军团长征，转战会同一带，走的便是这隐秘之道，还在村里驻了些日子。山头战壕、红军亭等遗迹尚存，幽幽诉说英雄往事。1949年10月后，率第三野战军数十万将士直逼台湾海峡的粟裕到北京开会。秋风缓缓吹来，他忽然有了回乡看看的念头。少小离家，他已阔别二十余年。湖南方面很快反馈：雪峰山匪患尚未完全肃清，从邵阳走古驿道上会同，需一个加强连保护。如此兴师动众，从来低调的粟裕嗟呀作罢，从此再没能踏上故土。

昨晚闪烁的篝火光亮中，村民们指点黑黝黝的山头，说着这些尘封旧事，我久久感慨。此时的晨光里，云雾奔涌，苍山凝碧，似乎隐隐弥漫着一股英雄气，我又凝神而望，沉吟良久。

山野渐渐有了人声，不过瞬间被稀释在此起彼伏的鸟音里。田间地头，有了劳作的身影。我漫步村间小路，任草尖露珠沾湿裤脚，不时与偶遇的村民打招呼。虽素不相识，他们却露一脸憨厚笑意，乐于跟我寒暄。拐过山脚，忽见好几只羊在坡上啃草，毛色纯白，像飘落的几片云。令我疑惑的是，四下幽无人迹，没有山外常见的牧童或羊倌。漫山青草丰茂，羊儿恬然自在，全然不顾我的靠近。

"那是浪羊！"又逢一户人家，主人在靠山的路边接水、洗菜。一根水管从山头垂下，淌来了最甜的山泉。得知我的困惑，他解释道，"浪羊"是村民们打小散养在山上，成年后才找回宰杀的羊。山高林密，人迹难至，民风又淳朴，根本不用担心有人偷盗。我才猛然想起，昨晚吃的烤羊，就是"浪羊"。其味格外鲜美，散逸一重一重浓香。他说，村里还有"浪牛"，散养的山头更高。小牛们上山，几年后寻觅，牛已壮硕成群，主人家也搞不清自己究竟有多少头牛了。这几年，"浪羊""浪牛"渐渐为山外所知，游客纷纷上山，一尝为快。加上茶叶、贡米、民宿与楠竹加工等产业收入，村里人均年收入早已过万元，是会同乡村

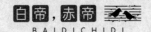

振兴的典型之一。

蓦然，我瞥见主人脚边的木桶装了泥鳅，约有十多条。"晚上在溪里放的笱，刚取回。"主人淡然而笑。山外许多溪涧，土生泥鳅早已绝迹，没想到雪峰村平常一晚，便有这等收获。我伸手入桶中，把玩一阵，仿佛回到了儿时的田边。

霞光渐渐漫上天空，染红山峦、稻田、屋舍与正袅袅升腾的炊烟，也染红了我的思绪：这雪峰村的早晨，如此宁静而美好……

（原载《光明日报》2022年8月26日）

风绿冷水江

风是从资水摇曳的波光上漫过来的，散淡，轻盈，柔婉，裹着些淘润心肺的迷离气息，像摩挲恋人脸颊的纤手。泥土下蛰伏的心魂在阵阵风声里苏醒、荡漾，乳雾撩过青山公园、滨江广场与红日岭的某个清晨，牛筋草、白刺苋、旱莲草、鸡屎藤、羊蹄草和苦菜们似乎共赴一个约定，悄然拱出了一抹抹滴水的嫩绿，慵懒铺满了湿漉漉的河岸。莽莽绿意是银白宣纸酣畅的落墨，又在风中的草尖上奔涌，蹿上萧索委顿一冬的树梢，在垂柳、香椿、苦楝、枫树、香樟与枞树们的枝柯间恣意流淌、漫溢，将穿透一座城的资水染成一江澄碧。

隐伏在雪峰山东麓的冷水江城枕着波光，被粼粼澄碧一层一层浸润、渗透，披裹一身深沉的葱绿，如一位盛装而娴雅的女子，怡然躺卧在重峦深处。天空、云霞、街道、楼宇、被舞蹈旋律与各色衣衫充溢的滨江广场，连同江边一棵翠竹下痴痴伫立的我，都被资水冲洗一抹柔曼的倒影，浸染了纯净而幽邃的绿。恍惚间，我漫无边际的思绪也似乎浸润了浓浓的绿意。

家乡的这座小城，往常留给异乡人的印象可不是眼前丝绒般醉人的"绿"，而是沉甸甸的"灰"与"黑"。她曾是湘中的一颗工业明珠，有过诸多令父老们闲谈讲古时容颜得戚的桂冠，诸

181

如"世界锑都""江南煤海""有色金属之乡"。单一座百年锡矿山的锑产量，便占全球的百分之六十，稳摘世界之冠。煤炭储量也达到可观的五点五亿吨，国营跨区的涟邵矿务局的几座骨干煤矿，都悠然蹲伏在冷水江起伏的丛林间。毗邻老家麻溪的一个村，随处挖下一锄，乌黑锃亮的无烟煤块便赫然而出，像乡邻们地里随意挖开的一堆土豆，或者稚童们园角掘出的一窝蚯蚓。煤藏丰裕，山鸣谷应般催生了金竹山电厂、冷水江铁厂与耐火材料厂三个大厂，自然还是全湘头角峥嵘的佼佼者。初中时代的课间，我与同学倚着冬阳懒懒斜射的教室墙壁，唾沫乱溅，掰着指头争相数村头听古得来的冷水江全省第一，我一口气能数上七八个。

仁厚地母慷慨赐予的丰饶资源，令家乡仿佛金竹山电厂耸峙的高炉火焰般旺盛，一时富甲湘中。福利待遇好，与我一所大学的邻县同学们毕业分配时，寻缝觅隙求到冷水江工作，得之者欣欣，失之者戚戚。乡野或横或竖的私人煤窑遍地而起，像田埂地间寻常可见的野花野草。抛荒田地摈弃农具而腰包臌胀的老板们时常鲜衣金玉，昂然过市，一如古时高车驷马荣归的官宦。锡矿山周围的山山岭岭，圈地采锑，从国营矿遗漏的牙缝间粗粗采选便能巨富的作坊星星点点。群山深处的冷水江物价犹如春雨里日益臃肿的资水，直追四百里外的省城长沙。

因一个偶然的机缘，我大学毕业后去了外地，好几年都想着调回去。每每年节回乡，见到的都是不断开挖的山峦、消失的熟稔地貌、绵延的簇新高楼与乡邻们昂扬兴奋的笑脸。欣慰之余，却也不免怅然：天空灰蒙蒙的，总阴着一张脸，像欠债难还的萎靡汉子；锑都北路、金竹西路日夜穿梭的运煤车，洒下一路繁忙与歌声，也遗弃了一路迎风张扬的尘灰；楼宇、门店像用功过度、少年老成的读书郎，蒙尘纳垢，满面沧桑；甚或欢腾的资江也倏然沉寂，推涌着一圈圈从锡矿山跌宕而来溢臭的黑水，向远方的洞庭湖、长江蹒跚而去。办公室的同事间偶尔闲聊各自家乡，一位到过冷水江的人嘴角一撇，不屑地说："那地方，就是灰多，黑。"北极点一般冰冷的话，将我一颗准备从红日岭的陡峻、波月洞的奇幻、大乘山和祖师岭的逶迤险拔着手的争强之心，骤然从绚烂云霄掷入暗沉的谷底。

后来的日子越发令我沉重。儿时放学后常去挑水的老井干枯了，当年能映出天光云影、鱼虾鲜活，存储着诸多或欢愉或忧伤少年心事的井，像村里故去的那些慈祥老人，消失在荒芜的田垄上。饭桌边从矿山退休多年的父亲说："隔壁村又倒了几栋房屋，地下都被掏空了；1897年便由湖南巡抚陈宝箴主持开采的锡矿山已接近枯竭，方圆几十公里伤疤累累，寸草不生，到处是废矿石、废渣，田地都不能种了……"

让冷水江重换绿颜的是"绿水青山就是金山银山"的科学论断。最先换装的是伤痕尤深的锡矿山。冷水江人上下同欲，将其列入"天蓝水清地绿"三年行动计划，着手整治每年贡献税收一点五亿元、却污染严重的涉锑企业。像一阵炸响天际的春雷，一夜间重拳取缔、关停了一批锑品小冶炼厂和采选厂。对20世纪起便堆积成山，巍然耸入云霄，多年来处理乏术的砷碱渣，一次便投入七千多万元重点攻关。锡矿山联合多所高校、科研院所苦苦求索，终于突破了砷锑分离、砷碱分离和砷酸钠干燥等关键技术，实现了砷碱渣的全部回收利用。昔年谈之色变的砷碱渣，已非易溶于水的剧毒物，而是难得的瑰宝。对漫山遍野的其他废渣，家乡人则通过一种类似垃圾填埋的方式，用反渗透膜将其与河流、土层隔离开来，再取水泥加固，防止其流动和渗透。

解决了老大难的废渣，还需修补伤痕，还山峦一片幽绿。家乡人又开始实施防污抗污林生态造林工程，成功种植了能抗污的构树、臭椿、翅荚木、大叶女贞和楸树，一口气植下了四千多亩，让多年的不毛之地如重做新娘的女子，再次披上了滴翠的绿衣。随后，家乡人又实施了"锡矿山区域重金属污染地区综合治理与生态恢复示范项目"，选取十三点七亩遭重金属严重污染的土地试点，种植了一千余棵海桐树。试种再传捷报，燕去燕来，荒岭上的海桐枝叶蓊郁，向咫尺间的云天张开葱绿逼眼的翅膀。家乡人还集思广益，选取三点七亩受砷污染而废弃的农田，在附近废渣场修建挡渣墙、截洪沟，覆膜植草，再用化学稳定剂将土壤稳定化处理，让疮痍满身的农田也重获新生，植上了临风而舞、绿意盈盈的蓖麻、玉米。

土地复生，绿意弥漫，清风徐徐，芳香满怀。有过切肤之痛的家乡人真正感受到了"金山银山"的魅力，于是一鼓作气规划了大型主题公园与博物馆，准备将红六军团曾经驻屯的锡矿山打造为宜居宜游的生态景点与"百年锑都"教育基地，向四方游客展示冷水江独有的锑业开发史与革命斗争史。绿与红结合，一如碧树红花，百年锡矿山将是一座生机盎然、不再枯竭的富矿。

对其他煤矿采空区，家乡人也开始了大手笔，动员住户异地搬迁后，以"企业＋农户"的模式大规模还绿补绿，换上千百年来最朴素也最养眼的衣裳。仅一个采空的岩口村，便有五百多亩荒田种上了桃树、橘树和杨梅树等。春风吹来，枝繁叶茂，绿意涌动；夏至秋临，果实累累，十里飘香。土地的伤痕在喧闹的葱绿间渐渐弥合，呻吟也被枝头上聒噪而欢悦的鸟语取代。

今年春节与清明节，我照例返乡，发现街头多了许多绿意外，还格外安静。祖辈有燃放烟花爆竹的传统，多年来家家攀比，看谁家燃放得多和久，似乎不如此便不能彰显一年来的富足得意或者子孙们的孝顺。忌讳的是燃放一半突然湮没无声。今年却没有一家燃放，人人淡然，甚或精明的店铺也空空荡荡，早断了货。父亲是年节里最喜爆竹的人，这回脸上有些惋惜，却也不无欣喜。他端过茶杯，喝了口水，说："冷水江开始了'蓝天保卫战'：'控尘''控车''控烟''控烧''控煤''控油'和'增绿'，决心到2020年底，优良天数不能低于三百二十二天呢。"话未落，屋外马路上传过一阵激越的喇叭声，说的和父亲的一样。父亲见我疑惑，笑了："是市里的宣传车，每天来来去去，大家都熟悉了。"

家乡重新拥有了深沉凝碧的绿，我不再像往常一样蜷伏在屋里。漫步资水岸边，眺望映照碧水的满眼葱绿，吮吸着醉人而芬芳的绿，我忽然想：春风又绿江南岸，明月业已照我还……

（原载《人民日报》2018年6月20日，发表时略有删节）

霞光里的袁家湾

  我聆听着文化河叮咚作响的细碎奔流声，像包裹在琴弦上绵绵淌出的小夜曲里，悠然漫步在石宋路枝叶扶疏的行道树下。

  这是清秋的一个下午。阳光有些慵懒，仿佛鬓钗横斜，不胜宿酒的深闺少妇。修整不久的石宋路裹着簇新黑亮的衣裳，洁净而宽阔，与身边浅吟低唱的文化河并肩牵手，恬然躺卧在这座城市的繁华深处，又走街串巷，默默伸向楼宇遮蔽的远方。靠着河岸的一边人行道上，耸立两排枝叶浓密的香樟，军营队列一般齐整。没有了暮春里馥郁的花香，却依然漫溢枝叶的芬芳，令我一时迷离在这"不是春光，胜似春光"的清秋里。

  人行道忽然豁开一处口子，石宋路岔出一条有着三十度左右斜坡的街道，从一座朴拙的拱桥跨过文化河，向树林荫翳里的一片楼宇蜿蜒而去。我知道，此行的目的地——闻名已久的袁家湾社区就在这人烟辐辏的深处了。

  社区弥散着清秋的气息，静谧而安详，如秋叶般静美。楼房高矮不一，错落有致，与这座城市那些日新月异，一天天直逼蓝天的新区楼宇相比都不算特别高大，甚或颇有些陈旧，残存着中南无线电厂往昔的辉煌。不过，几条寂然而卧的街巷都很整洁，照例有如盖的香樟横柯上蔽，仅漏下些许斑驳的疏影。香樟掩映的深处，一栋红白相间的别致楼房淡然而立，便是社区的中心所在了。

穿过庭院，来到门前，一种书籍的幽香扑鼻而来，"社区图书馆"的门楣赫然在目。早听说市图书馆与社区联手办了分馆，各种图书应有尽有，居民在家门口便能休闲阅读。此刻，大门敞开着，却阒寂无声。我有些好奇地走过去，往里一瞧，竟有十来个老者在其中。他们人手一本书，摊开在桌前，神情恬静而专注，脸颊溢满红光，额上岁月的皱痕似乎已被浓郁的书香抹平。我不敢多打扰，转身退出，不想与一位踱步前来的老人碰个正着，将他手中的一本书撞落于地。我忙弯腰捡起递还给老人，趁势与他攀谈起来。说到晚年生活，七十四岁的老人布满斑点的脸满是笑意，说："我很喜欢看书，每天上午、下午我都来，感谢社区图书馆，使我有书看，日子过得充实，而且增长见识！"

我被老人春风般的情绪感染，拉了一阵家常，与他握手道别时，蓦地听到源自桌面的一声清脆叩响，伴着一声断喝："将！"循声找到隔壁，原来一个窗明几净的大房间里有好些老者，或四人围坐，或两两各据楚河汉界对峙，一边还或立或坐，围着几个慈蔼的旁观者。我少年时代起便喜欢下棋，于是在一对厮杀得难舍难分的老人前，饶有兴致地观战起来。左手边的老人嘴唇合拢，噘得老高，一声不语，却被对手不断催逼着，额上渗出了点点汗珠。他便是刚才被"将"的那位，老巢中的"帅"被一匹飞过来的卧槽马将了一军，旁边还有一车一炮虎视眈眈，情形万分危急。我苦思一阵，想到了一个破解之招，正要给他当当参谋，忽然想起"观棋不语真君子"的话来，又恐对手生气责怪，只得瞪眼干着急。老人终于拱手认输，却满脸不服气，说再来一局！对手老人也不示弱，两人又哗啦啦摆开了棋子。

我哑然失笑，起身到其他桌旁看了看，老人们都沉浸在象棋、

187

扑克或者麻将的酣战里，沧桑的脸上都挂满了惬意与自得，我依稀看到了一条汩汩滔滔的幸福河流淌过他们的晚年。门口碰到一位刚让位出来的老者，我又与他套起了近乎。聊及眼下的生活，老人像决堤般打开了话匣，说："象棋、扑克、麻将我都喜欢，就是不玩钱，这里的人都不玩。我老家在益阳，孙子读研，现在日子好过啦！"

老人带着笑容走了。我又转了好些地方，都是些年过花甲的老人，鬓发如银，男女都有。有龙飞凤舞练习毛笔书法的，有凝神定气对着齐白石的画作临摹大虾的，也有躺在太空椅上悠闲按摩，顺带聊天的……我蓦然想起了远方老家的父母，因为没有这些晚年生活设施，多半只闷坐在家里，母亲最多是到菜地种点辣椒、茄子，算是最好的娱乐了。

正想着，社区的负责人乐呵呵地迎了上来，向我介绍说："袁家湾社区六十五岁以上的老人有七百四十三人，八十岁以上者一百二十九人。今年为响应区委区政府建设'幸福荷塘'的号召，社区引进养老机构建设社区养老服务中心，提供了十八项功能：接待室、阅览室、茶艺室、康复理疗室、健康资讯站、休养吧、老年餐厅、开心农场、助浴室、运动养生、怀旧影院、健康课堂（老年大学）、书画室、网乐吧、手工室、养心室、娱乐室、桌球室。"末了，她自豪地说："如今，社区基本上做到了让所有老人老有所养、老有所依、老有所乐、老有所安。"

在负责人朗声的话语里，我忽然想起了《礼记》里的一段话："大道之行也，天下为公。选贤与能，讲信修睦。故人不独亲其亲，不独子其子，使老有所终，壮有所用，幼有所长，矜、寡、孤、独、废疾者皆有所养……是谓大同。""老吾老以及人之老"的大同社会，是数千年前古人仰望苍穹渴盼不已的梦想。这一渺远的梦想，在这樟香漫溢的荷塘区，似乎可以说终于接近了！

　　时光无声流失，绚烂的晚霞渐渐铺满了天空，一段激越的旋律骤然响起来。我立在窗口往外一瞧，庭院前的广场上，不知何时聚了数十个老太太。她们带着皱纹里盛开的笑靥，排着齐整的队列，手持红绸，在晚风与旋律中舞了起来。我疑心那是数十簇跳跃的火焰，与漫天霞光交相辉映，将袁家湾与荷塘区照出了一个火红的秋天……

（原载《光明日报》2018年6月22日）

清水塘访清

清水塘地区究竟因哪一口塘而得名？在偌大的株洲，即便年寿最高的耄耋老人，恐怕也答不上来了。

这口塘应该早已被抽干、填平、夯实，连同它四周缀满野花野草的十五点一五平方公里土地一道，化作了一座座次第耸峙的厂房地基，成为株洲日益扩大的市区的一部分，承担起振兴新生共和国工业的神圣使命。

但这口塘当年一定有的。七十年前，建国伊始，株洲还是刚从湘潭划出的一个无名小镇，一页纯白的纸张等待绘上五彩图画，这口塘定会用温软的波纹拥抱着第一代建设者们兴奋而忙碌的倒影。我能想象出它当年的"清"，有如柳宗元笔下永州荒野的小石潭："下见小潭，水尤清冽""青树翠蔓，蒙络摇缀""潭中鱼可百许头，皆若空游无所依。日光下澈，影布石上"。

这口塘献身后，将"清水"的芳名留给了这片并不宏阔的热土，也带来了春天般的蓬勃生机：七十年间，二百六十一家冶炼、化工、建材、火力发电等大中型企业，在这里生根、萌芽、生长和壮大，像一株株幼苗破土成长，最终负势竞上，入云凌霄，又渐渐千百成峰，汇聚为蓊郁的森林。这片葱碧的林海里，工人总数超过五万，年创产值四百亿元，占株洲工业总产值的百分之三十，累计上缴税收五百亿元，创造了一百多项全国第一。株洲这座火车拖来的新城，也因之以繁荣、富庶而后来居上，甩掉许多蹀躞蜗行的老城，成为紧咬省城长沙之后的湖南第二大城市。

每个清水塘人都曾挂着烂漫而自得的笑靥，像一朵朵临风摇曳的春花。一个老工人在落霞的余光里向我喃喃回忆，仿佛又回到了一个真实的梦境："那时，厂子效益好，员工每个月都能拿到奖金，我们的奖金有时比工资还多。厂里福利也好，过年发鱼发肉，夏天发绿豆白糖、厂里自制的雪糕冰棒，按时发工作服、手套和肥皂等劳保用品。你不知道，那时候发的翻毛皮鞋，穿在脚上特别暖和。"一拨接一拨从大学校园来株洲的毕业生，寻缝觅隙要求到清水塘工作。至于具体是哪家企业哪个部门，早已不重要了，因为每一处都是熊熊红旺的火塘，火光能烛照半个株洲的天空。而当年懵懂踏入株洲的我，是无力挤进清水塘的一个，眼前落霞的惆怅，便是我当年的惆怅，像一个被女友冷漠抛弃的失恋者。

谁也没想到，清水塘有一天会成为"浊水塘"。日渐耸立成林的烟囱里，一条条黄龙或黑龙摇晃着身躯，挨挤盘旋，像一支支凌空倒竖、饱蘸浓墨的粗笔，将蓝天白云涂抹成漫无边际的灰暗、浑浊，仿佛天地开辟前的混沌世界。人家的窗户玻璃尘灰厚积，早已不能打开，一开便令人"尘满面，鬓如霜"，未老先衰。街道上弥漫着刺鼻的怪味，像懒汉刚脱的鞋袜，或者人影萧疏的家禽市场。不多的行道树枝叶委顿，早失去了本来的颜色，如一个怏怏多年的病者，阴霾里落寞而立。

我有两次经历记忆犹新：一次是从外地坐火车回株洲，列车一到清水塘站，旅客们急急放下车窗，说受不了；一次是坐班车去长沙，经过清水塘时，试图眺望一番街景，司机却在别的乘客的迭声抱怨里忙着猛踩油门，加速而过。一时间，株洲四个区里，清水塘所在的石峰区房价始终疲软谷底，初到株洲置业或安家的人往往兴冲冲而去，苦着脸而出，又咬着牙在别的区买下了房子。清水塘早已没有塘，但左近是湘江，腹地还有四公里多的霞湾港，水流成了一天内数度变身的魔水，一时黑，一时红，鱼虾萧然灭迹，岸边寸草不生。专业人士光肉眼检测，分秒间便能得出结论：重金属严重超标。

"清水塘，水不清，天不蓝，晴天雨天雾蒙蒙，黄龙黑龙舞长空。"清水塘不仅失去了"清"，还成了全国"四大工业污染区"之一，给株洲"挣"来了一顶"全国十大污染城市"的"帽子"。多少人曾怡然乐之的福地、家园，成了日夜渴盼逃离之地。我工作、居住于荷塘区一汪水草丰美的人工湖边，每每听清水塘的熟人诉说着苦楚，心底便隐隐有一丝庆幸：三十年河东，三十年河西，幸好当年清水塘拒绝了我。但自己家终究在株洲，与清水塘人共着一片天空，呼吸着一样的空气，更多时也有相似的苦楚……

"让绿色成为株洲最鲜明的底色，还株洲一湾真正的'清水塘'，还湘江母亲河一江碧水"，成了株洲人豪气喷涌的心声。壮士断腕的举措之一——清水塘老工业区搬迁改造、全面升级产业结构工程，像一幕波澜壮阔大戏的开演，随即拉开了序幕。

"关、停、并、转"，一声声急促的号令传来，一座座高炉的火焰渐次悄然熄灭，各家企业也或彻底关门，或在市内外勘定新址，黯然离开了清水塘。或许，有一首诗在这些曾经辉煌的企业心中水一般流淌："悄悄地我走了，正如我悄悄地来；我挥一挥衣袖，带走了满天的阴霾。"

我是在清水塘最后一根烟囱落地后的某个春日，重新踏入霞湾港的。风从河岸温婉而来，水平且净，犹如一面铜镜新磨而出，倒映着安谧的蓝天、闲适的白云与两岸的苍碧，我似乎蓦然站在了苏州的某个娇媚小镇。向河面探头，能照出风中凌乱的头发。大些的鱼依旧没有踪迹，但有几点黑影伫然不动，我咳唾一声，黑影倏尔远逝，便知晓是一些重获新生的小虾小鱼了。岸上铺展着高高低低的樟树、雪松、草皮，一望无际，蔚然成林，绿意也弥漫在无尽的丛林里。

　　陪同的清水塘老工业区搬迁指挥部负责人告诉我：这个滨港公园占地二百一十亩，原本是清水塘的废渣场，堆放了近二百万吨废渣。而今通过固化、无害化处理，种上了花草树木，成了清水塘人晚饭后最爱漫步的休闲之所。霞湾港为何清如许？几年前建的工业污水处理厂，将沿港各种排污口的污水截流，深度处理后再无害排放；港底被重金属污染的淤泥，在污染企业关停后也被全部挖出，脱水稳定处理再安全填埋。如今港中不仅清澈如初，而且再无重金属排入湘江。关停污染企业、治理修复环境的同时，还通过转型升级，引进新材料、新能源和环保装备等新兴产业，实现产业集聚，形成科技创新、工业文化旅游休闲、口岸经济、临山居住四大板块……

　　我频频点头，却对清水塘昔日的荣光不无惋惜，毕竟，它曾撑起了株洲工业的半边天，也曾一度占据了我的梦想。负责人哑然笑了：清水塘正在规划建设工业遗址公园，总面积约三千五百亩。公园会保护这里的工业历史文化价值，留住株洲人的美好记忆；甚至还会保留一两处遗址，作为观赏的景观，让工业遗迹与现代文明碰撞与辉映。

　　迎着一片袅袅升腾的白云，我在负责人的指点下，登上了已

改作他用的一座工厂办公楼楼顶，仿佛登于泰山极顶，全新的清水塘瞬间涌入眼底：北去的湘江绿波荡漾，飘飘如带，"绿心"九郎山手擎蓝天，容颜焕发；满眼林木苍翠，绿地似茵，簇新的街道与楼宇无声隐在绿海中；一座绿意拥覆的生态科技文化新城，像幽谷逢春的竹林，正在脱胎换骨，拔地而起。

我依稀见着了六十年前那口澄碧水塘的身影，又似乎听到了这座新城拔节生长的清脆声响，如饮一壶佳酿，沉醉良久……

（原载《中国艺术报》2019年7月29日）

雨花的快与慢

雨花的脚步高亢而急促。

清晨，最早的一趟高铁呜呜两声长啸，裹满霞光驶离站台，又撒下耸峙的楼宇与楼宇间浓碧的草坪林木，出膛的子弹般飞逝在远处，雨花区便像一头矫首的雄狮，引领大长沙开始了一天的沸腾。

假若在这个仲夏的晨间，我能攀一缕霞光升到航拍的高度，像圭塘河上空那只久久盘桓的白鹭俯瞰人间，雨花区必将给我铺陈一幕幕叹为观止的日常：东山的长沙南站顶盖如海波起伏，又似海鸥亮开翅膀，四侧京深与沪昆交会的轨道纵横，一列列银色高铁或静若处子或动如脱兔，散逸担纲雨花名片的淡淡自得；旁侧岔出一条锃亮的磁浮快线，疾似风雨闪一道磁悬浮列车的恍惚背影，似乎要将三十余里外跨出区界的黄花机场生硬拉到眼前；不远处，高架上的万家丽快速路犹如凌空飞奔的悬河，淌着急湍猛浪的车流；地底下，还有我目光所不及的长株潭城际轻轨与地铁一号线，仿佛两道奔涌而隐伏的动脉，将长沙全城乃至株洲、湘潭两地的新鲜血液源源输往雨花这一心脏……

有了眼前钻天入地、电闪风驰的立体交通网，散布雨花各个角落的商圈与产业园，便在霞光里如《清明上河图》般生动起来：

高桥大市场人烟辐辏，声浪澎湃如潮，糖酒、副食、茶叶、日化、家电、百货和电脑等上万种商品，一栋栋一层层琳琅而呈，似乎览尽天下珍奇，又慷慨输往江西、湖北、广东等周边省市；红星农副产品大市场承载长沙一城"菜篮子"的嘱托，浓郁的烟火气里人影绰绰，往来不绝，蔬菜、水果、粮油、肉品、水产、花卉与食杂等一应俱全，全国二十八个省市乃至东南亚的客商们寻声探觅而至，一声声或儒雅或爽利的议价里，交易便如云霄深处的万道霞光弥散开来；城市商业广场气势如虹，衣冠人物优雅雍容，商业中心、五星级酒店、写字楼与电视直播大厅等次第铺开，像这个季节里满眼滴翠的香樟，逸出阵阵幽香；还有流水线上急切奔腾的新能源整车生产基地、以智能抢拼未来的长沙人工智能和传感器产业园、机器视觉光电产业生产基地、中国（长沙）创新设计产业园，也无一不在霞光绚烂和人声鼎沸里，驰骋着"神行太保"的脚步……

这是一幅红光烛天的财富图画。我徜徉在雨花区的大小街巷，听的最多的是雨花人笑意里掩藏不住的"雨花速度"。眼前耸入云霄的楼宇群，便有六栋赫然位列税收"亿元方阵"，还有二十一栋顶着千万级税收楼宇的桂冠。雨花由此步入全国综合实力百强区，像进士榜中"春风得意马蹄疾"的举子，高居第二十九名，笑傲全城与湘楚大地。2019年的GDP，也高达令我这清寒文人难免瞠目的两千零七十五亿元。脑海里蓦然浮现出二十多年前的另一幅图画时，我想，或许最合适的诠释是：雨花速度就是高铁速度。

那是一幅乡野黄泥图。那些年，雨花区刚从郊区建制易名而来，像才走上田埂，双腿沾满淤泥的黧黑汉子，依旧是其他城区侧目的乡下。我这外地人因到某大学拜访求学的高中同学，打算顺便去一位远房姨妈家走走。依照她早先的叮嘱，我从喧腾的火车站广场找到某路公交，辗转前往陌生的城南郊野。一路几上几下，黄昏时终于摇晃到圭塘河边的高桥村，窗外早没了楼宇与街巷，绵延着宽展的山包、稻田与菜地，其间稀稀落落点缀些灰暗而低矮的村舍。还得走二十分钟才能到家，我一时心急，车门刚开便跳了下去，一脚踩在烂泥里。污浊的泥巴像骤然漫过两岸的圭塘河水，糊满了雪白鞋面，两个推单车行走的路人朝我哑然而笑……之后，我再也没去过姨妈家，姨妈也内疚良久。她几年后随工作的表妹搬到了"城"里的北正街，旋即因病作古。

后来才知，雨花以烂泥待客，令我狼狈不已的那年，GDP才区区十二亿元。姨妈未能见到，而今铺展于我眼前的一切，都像一夜春雨后的竹笋，从泥地里突突有声地生长出来，且以综合实力领跑全省城区的飘逸姿态，成为大长沙交响曲中风姿绰约的领唱，也将当年那些"城里人"傲慢的目光齐刷刷地引向了"乡下"雨花。这是速度，也是奇迹。我在姨妈曾经的老宅地面缓缓徘徊，又在东山等曾经的菜地荒野信步而行，似乎隐隐听到了雨花急速奔跑的足音……

雨花快，但也慢。快的是发展，慢的是生活。

她的GDP遥领全城全省之冠，却从未倚为唯一。像诸葛亮常被对手惦记为南阳"村夫"，雨花也得益于郊野出身的印痕，石燕湖泛舟，森林植物园赏花，桂花公园对月，船山学社访古，常能让都市人的匆忙得到舒缓。雨花尚未满足，似乎刻意想让时光与脚步慢下来，将天蓝、地绿和水清视作自己的底色，在街巷、道路、门口乃至空中建筑见缝插针铺上绿意，绿化覆盖率已达百分之四十一点八，成为雨花人更自得的缘由。

又一个午后，似乎刚从圭塘河中泡过一番的天空高远而明净。

街边林立的高楼蓦地凹陷下去，仿佛海浪卷出了一处硕大漩涡，一大块平整的绿地和隐在树荫里的低矮楼房随即呈在了眼前。我从刻有"燕子岭公园"的巨石边好奇蔫了过去，草树芬芳，枝叶深处传来欢快的鸟语。三三两两的人悠然闲步，两个白发老者坐在门前木椅上说着家常，一脸怡然。梧桐树下一个拉着手风琴的年轻人，双臂一开一合，旋律便水一般流泻开来。我凝视着他的脸，沉静而陶醉，时光似乎已在他的手中驻足。

这并非独立的公园，而是已成网红的井巷社区。几年前，这里还是原二十三冶的职工住宿区，一如城中村，屋舍老旧破损，违章搭建凌乱，街巷是罕有的泥巴路，路灯也无一盏，两旁种着茄子、辣椒或萝卜、白菜。众多小工厂小作坊寻踪而来，隐匿其间，夏日里难以名状的恶臭便扑面而来，的哥听说去这里也常是摇头，借故婉拒。但井巷终究未被遗忘，雨花速度将这里打造为家与公园融为一体的社区，刻着时光印痕的屋舍未遭粗暴推平、开发，而是被细心规整与修茸，成了让时光迟缓的"复古小院"与都市桃花源。

若嫌井巷的鸟语过于聒噪，那就到绿荫披覆的共享图书馆坐上一会儿。我到来时，正是一场微雨后，独立的一座红砖小楼，带着雅致的古意，背倚波光荡漾的羽燕湖与圭塘河静默而立。推开安谧的门，书香扑鼻相迎，全由共享者捐赠，手书读后感的各种图书一一陈列。摊开一本，坐在湖边的香樟下，让白云、波光与绿影滑过汗渍的书页，便倏然有了"因过竹院逢僧话，偷得浮生半日闲"的意境。

能让脚步慢下来，心静如水的还有"给城市点亮一盏不熄之灯"的二十四小时图书馆，或者慷慨接纳了全国众多非遗传承人，给予工作生活襄赞的雨花非遗馆。闹市深处幽雅的一角，虽无"苔痕上阶绿，草色入帘青"的葱绿，我却能从翻阅书籍的娴静读者，或观看扎染、棕编、香道、茶道、滩头年画与川剧变脸表演的观众，发现一座座绿意弥漫的丛林。

雨花的快与慢，已深深勒入每条街巷，成为雨花人的寻常。在手艺人绝活频呈的非遗馆，我见到一位年轻非遗传人三两下便盲剪出一个福字，似乎剪出了所有雨花人心底的声音，蓦然想到了雨花之名。雨花，天花坠落如雨之意。我想，这如雨的天花，而今已化为雨花人富足、闲适与惬意的日子……

（原载《新湘评论》2020年第十五期）

刚柔雨花

雨花是一团奔突的火。

我曾于某个曙光升腾的清晨，伫立长沙南站"海鸥展翅"的屋檐下，看一趟趟高铁疾如闪电奔出站台，引领大长沙开始一天的喧腾；也曾坐上电瓶车，缓缓穿行新能源汽车生产车间，听流水线上牵引三湘大地新能源汽车与人工智能急切奔涌的涛声。而当我又一次踏上早春的雨花，步入人流熙熙、货通天下的高桥大市场，置身于富丽逼人的中非经贸博览会常设展馆，品尝一碟非洲小国卢旺达产的辣椒酱，脑海蓦地蹦出一个隐伏已久的字："火"。

辣椒酱呈深红色，产地是万里之外的卢旺达，加工则为雨花区。湖南人"不怕辣""辣不怕"，也"怕不辣"，我更嗜辣如命，一桌的山珍海味，倘没了辣椒，顿觉寡淡索然。不曾想，偏处非洲一隅，时常战乱闻耳的卢旺达竟也产辣椒，还登上了高桥自贸区大雅之堂，我颇为惊异与好奇，接了工作人员笑意盈盈递过的辣椒酱。浅尝一口，辣意瞬间像烈火般燃烧弥漫，直入五脏六腑，而后又香醇缠绕良久，通体舒坦。

雨花犹如火，并非辣椒本身，而是其打造的高桥"中非经贸深度合作先行区"传奇。宽达一万平方米的展馆内，还有埃塞俄比亚咖啡、刚果水晶、摩洛哥精油、南非钻石……共三十七个非洲国家馆，异域特产琳琅满目，令人不舍挪移脚步。四下装点也是浓浓的非洲味道：肯尼亚鲜花墙、非洲丛林 3D 立体手绘墙、埃及莎草纸画、卢旺达面具人……四方商旅喜滋滋奔走相告，络绎而来，单一届寻常的博览会，几天内便销售两千九百七十万元，达成意向订单六十四点九亿元。市场负责人豪迈地对我说："未来五年贸易额的目标，是五百个亿！"

展馆与整个高桥大市场一样，仅是雨花"火焰"张天，气吞如虎的一个缩影。坐在整根原木雕琢而成的一张圣多美和普林西比褐色太师椅上，我默默反刍着如火奔突的雨花：从沾满湿漉漉泥巴的长沙郊区，建制为雨花区，仅收纳黎托、洞井和雨花亭三个乡，加马王堆乡四个村，二十余年间却像野火一样蔓延，迅猛开疆拓土，成为长沙扩城的骁勇主将；当年，弥漫泥腥味的雨花区被视为偏师弱旅，仅定位为城市功能的分散，不甘人后的雨花人逆袭而上，不过十几年，GDP 便直翻八十余倍，2021 年更达两千三百六十亿元，昂然居长沙全城之首，也傲然领跑全国中西部区县，跻身全国百强区第十九位。

我曾满怀敬畏，站在十九栋耸入云霄，每一栋税收都赫然过亿的楼宇下仰脖而望，默默感慨雨花创造的财富神话。有了诸多风风火火的"引领""领跑"与"先行"，雨花"迈向全国十强"梦想成真的日子，或许就在不远的将来。

雨花也是温婉的水。

早春的暖风悄然裁出了圭塘河畔垂柳的新叶。河水清澈如镜，倒映毫无雕琢印痕的河岸与湿地、高高低低的草木、菜蔬葱碧的四季农场、盖着稻草的木板屋……徜徉于占地五百亩的溪悦荟公园，我一时恍惚起来：几分钟前尚在行人如织的香樟路大街，何以陡然坠入了空旷无边的乡野？

　　溪悦荟是雨花柔婉若水的典型，透着对这片城区居住者浓浓的人文关怀。不说圭塘河曾是一条污水淌溢的"死河"，雨花人费尽巧思，逼真恢复了河水与两岸许多年前的乡野原生态面目；也不说溪悦荟被不露痕迹赋予了神奇的城市"海绵"之能，下雨时可吸水、蓄水、渗水与净水，一旦需要，蓄存之水便会及时"释放"；单是处于寸土寸金的城南核心之地，雨花人没有在溪悦荟大刀阔斧，盖起密如丛林的钢骨水泥大楼，换取其他城区孜孜以求的财富与业绩，而是温情镂刻出一片嵌满文化与生态元素的"乡野"，无偿交给雨花的居住者、建设者们，便令我油然生出无限敬意。

　　漫步绿意拥覆的曲折小径，我舒心的微笑不时与散布溪悦荟各个角落的闲适老者、嬉闹孩童、难得放松片刻的上班族们的笑容融汇在一起。圭塘河映照着每一幕温馨图画，细碎的奔流声似乎又低沉了许多。

　　在侯家塘街道的"新六尺巷"，我又见着了雨花的另一种脉脉温情。省儿童医院与雅礼十五中田径场后门间，一条刚扩展、开通不久的小巷默然而陈，巷口镌刻"新六尺巷"几个笔力遒劲的大字。两边墙上依次绘满了"让枣推梨""博士让羊""将相和"与开国大将许光达让衔等故事。小巷不过一百五十米长，六点五米宽，却让十五中地下闲置已久的二百九十八个车位，成为省儿童医院患者家长停车时的福音。

　　我细细浏览墙上的谦让往事，也咀嚼着现实中的"让他三尺又何妨"。省儿童医院每天患者车流不断，车位难求，十五中地下停车场却因通往医院的小巷窄狭，仅有一个车道，又为陡坡，只能干瞪眼。雨花停下了猛火般突进的开拓脚步，一次次给小巷两侧原本地皮也不宽裕的单位与人家和风细雨做工作。终于,南侧单位围墙向里退让了一点七米,北侧单位也退让了约一米。小巷宽展了,很快被整修一新,实现了双向通车,巷名也被有心人称为"新六尺巷"。

　　引领长沙与湖南刚硬奔跑,却又处处存似水柔情。迎着一缕晚霞,我站在巷尾最高处,向烂漫霞光包裹的雨花再次投去深深一瞥。

(原载《湖南日报》2022年5月20日)

燃烧的大围山

午后的一场骤雨并未丝毫打湿心情，我的目光被头顶的峰峦热辣辣地牵引：亘古苍碧一如往昔寂然铺陈，雨后愈发深沉而清爽，如端肃老者新浆洗过的青衫；乳白色山岚缠绵山腰，在初夏的微风里忽厚忽薄，像唐玄宗面前霓裳羽衣舞翩翩时柔曼的飘带，将人的思绪引入缥缈的仙山琼阁；湿漉漉的空气里漫过峰顶滑落的气息，浮荡似有似无的杜鹃花幽香。我深吸一口气，似乎隐隐听见了山头杜鹃花的低低笑语，忙催促尚自犹疑的友人登车，左弯右绕，向峰峦高深处急急爬升而去。

这是位于浏阳东北的大围山，属湘赣边界磅礴的罗霄山脉支脉，与圣地井冈山筋脉相连，淌着相同的热血。这里虽有"吴楚咽喉"之处的湘东第一高峰，主峰七星峰海拔达一千六百零七点九米，与我所居之地不到两百公里，却始终未曾登临绝顶"一览众山小"。好几回临行，又因突如其来的琐事耽搁了，只能时常怅然神交。近年来，大围山以风姿卓异的杜鹃与人流熙熙的"杜鹃花节"而越发声名远播，也不时重重叩击我的耳膜。她似乎已与花炮、豆豉、蒸菜等一道，成为浏阳这座汉唐便置县的古城又一张硬扎扎的名片。于是，当浏阳的友人相约时，我似乎接到了大围山芬芳漫溢的请帖，心儿早荡漾开来。

"火！"车子才向七星峰攀升一小会儿，我悚然惊呼起来，眼前成片的山野腾起了烈烈火焰，将雨后洁净的苍穹染得通红，天上地下仿佛《水浒传》中林冲看守的大军草料场刮刮杂杂烧将起来："赤龙斗跃，如何玉甲纷纷；粉蝶争飞，遮莫火莲焰焰。初疑炎帝纵神驹，此方刍牧；又猜南方逐朱雀，遍处营巢。"只是峰峦依旧静谧如初，不曾有令林冲惊骇的"毕毕剥剥地爆响"。朋友笑了："那是盛开的杜鹃花。"我也释然而笑。

须臾间，我们已完全置身于"火海"。我小心寻觅"火焰"中隐伏的木板游步道曲曲折折、高高低低徜徉，任一束束芳香四溢的"火苗"舔着我的全身，心也随之熊熊燃烧着。与我先前熟知的南方丘陵矮小灌木丛中的映山红不同，这里的每一株虽也算是灌木，却分外健硕、挺拔。挨挨挤挤、粗细不一的枝头挂满了鲜红的喇叭形花瓣，细嫩花蕊带着染红的露珠，颤颤巍巍摇曳，像少女羞涩的脸额。花株下其他的小灌木与杂草也有，但似乎已被火焰灼伤，畏畏缩缩，将更阔的空间让了出来。

登上游步道尽头的三层观景楼阁顶层，我终于从"火海"中逃逸浮出。但尚未松口气，低头看时，脚下与四野依旧是奔突、追逐、回旋的凶猛"火焰"，我又似乎被高高架在了堆积柴火的受刑台上，成了火刑前的殉道者布鲁诺。我张开双臂，向阁下的友人笑着大喊："火并不能把我征服，未来的世纪会了解我，知道我的价值的。"朋友也笑起来。

他上来后介绍说，大围山的杜鹃现有一万多亩，也不只有绯红如霞似火的红杜鹃，也就是映山红，还有粉红的鹿角杜鹃、云锦杜鹃，纯白的猴头杜鹃，淡紫的红毛杜鹃等三十多种，许多还是大围山所独有的珍品。他遥指远处火焰似乎暗淡下去的几大块，

205

"所以那儿就像火海中安静的几眼池塘"。

我沉吟间，朋友又一脸恭肃地说："大围山不只有漫无涯际的花海，也有深厚的人文底蕴与荣耀过往。当年，毛泽东就在浏阳等地发动秋收起义，队伍还在大围山歇宿过，或许就睡在这些花株下。"

我肃然点头。"啼血万山都是红"，先驱们当年在大围山引燃的是另一团火，后来烧到了井冈山，从此"岭上开遍映山红"，烧出了和平、温煦的万里江山。

清风徐徐而来，我披风骋目。近处，是一丛丛、一簇簇蓬勃的火焰，又如千万朵红霞跌落山间；远处，云端耸峙而出的山峦依旧层叠，淌溢千秋浓翠，云霭在山坳处海浪般翻腾、聚合；更远处，白云稀薄处偶尔露出的山脚，星星点点散落簇新的村舍，粉墙红瓦，清幽而安谧。

友人与我比肩而立，也默然沉浸在眼前画图般的景致里。良久，他缓缓说：大围山所在的大围山镇，因地处湘赣交界处的偏远山区，过去是浏阳比较穷的地方，两年前全镇还有六百六十五户两千零二个建档立卡贫困人口。这两年来，长沙、浏阳和镇里安排五百一十三名干部进村入户，予以一对一结对式全覆盖帮扶脱贫。镇政府又依托大围山这一国家级生态旅游示范区，采取"旅游＋贫困户"的模式，引导贫困户发展特色种植养殖，开办农家乐、家庭旅馆或参加旅游务工服务，销售土特产等，扶贫效果很是显著，每年至少能为贫困户增收一百五十万元以上。"杜鹃花节"就是镇政府和帮扶干部们一个颇有影响的创意，四方游客纷纷而来，一张张笑脸与满山杜鹃相映生辉，全体贫困户今年如期脱贫不是问题。他笑了笑，指指山脚的村舍："你看，老百姓的日子红火起来了。"

　　我点着头，蓦然想，大围山遍野燃烧的杜鹃与山脚村舍火红的日子，足以告慰先驱们当年点燃的那一团烈火了吧？

　　　　　　　　　　　　　（原载《文学报》2020年11月19日）

相遇圭塘河

长沙以山、水、洲、城著称，我却一直以为"水"不过是湘江和浏阳河而已，直到那天与圭塘河猝然相遇。

绿荫夹岸的一道水流，有似桃花源洞口外渔人面前的小溪，蜿蜒而行，目光尽头依旧波光荡漾，明灭可见。两岸耸峙如林的楼宇纷纷避让，像惊惶的人群躲闪一条闯入的巨蟒。若将镜头升入云端，密集楼宇堆叠而成的钢骨水泥高原间，水流已成为幽深的东非大裂谷，将这座城市的喧嚣与繁忙温婉隔开。城市也似乎难得地张开了又一道口，大口大口呼吸起来。

水面明澈如镜，倒映着仲夏的天光云影与两岸的楼宇草木。水流不算很阔，近岸却有宽展绵延的湿地或绿意弥漫的草坪。三两只白鹭在水面、湿地与岸边高树间起起落落，似在欢然啄食，又似在悠然嬉闹。不远处的垂柳下，安谧坐着个钓鱼的老者，裹一身苍翠的阴凉，久久不动，全然不知自己成了我眼里的风景。素淡、清幽、隽永，眼前的一切，与这座城市"苟日新，日日新"的大破大立，肆意向高空与郊野开拓延展的主调截然不同，后者是一部攻伐激烈的长篇小说，前者则是一章清新雅致的明清小品。我细细咀嚼，不忍释卷，任沾满山野田园气息的晚霞渐渐攀上窗棂。

我是从初次造访的共享图书馆二楼窗口与圭塘河相遇的。图书馆别出心裁，以公益性共享立馆，每部图书都来自城中居民的捐赠，附有原主人的亲笔读后感。我为"每本书都有主人，每本书都有故事"的鲜活创意所吸引，从所居的邻城辗转寻觅而入。一本接一本地翻览、沉吟，疲累时，不经意推开身边的后窗，不想又沉沉坠入另一种文字里。

　　身处图书馆，我很快从或新或旧的册页间，识得了圭塘河的真面目。她从这座城的跳马镇石燕湖跌宕奔淌而来，是唯一的内城河，堪称正宗"土著"，在雨花区全境斗折蛇行一番，恬然注入浏阳河，再与湘水汇合。不过，千百年来，圭塘河只能落寞屈身幽寂的郊野，与村舍、稻田、菜地甚或荒草相依偎，城居的热闹属于浏阳河与湘江。

　　二十多年前，圭塘河与它浇灌的田野所在区域，被建制为这座城的新区——雨花区，开始了白纸上的图画绘制。近年来，雨花的蝶变可谓一日千里，早与别的城区融为一体，再难见一丝黄泥茅草痕迹，甚至还有独步全城的高铁南站、磁浮快线、城市商业广场……图书馆的资料显示：2019年，全区GDP高达两千零七十五亿元，人均可支配收入为五万九千零四十八元，遥居全城与全省之冠。唯一不变的是，蛰入城市街巷的圭塘河依旧淡然、内敛，若非这回偶然邂逅，我竟不知有此一条河，也不知它的两岸有着冠甲全城的富庶。

　　披一缕落霞的余晖，我从后门步出图书馆，来到圭塘河边，与垂柳下的钓翁闲聊起来。老人姓罗，在圭塘河边住了六十多年，从过去土砖青瓦的祖屋到而今云中楼房的大面积居室，没有离开过河边一步。他脚侧的紫色塑料桶里，不时跳腾着今天的收获，都是不错的下酒家常菜：鲫鱼、鳊鱼、翘嘴鱼和小白鲦。老伯对我夸赞他的钓技开心不已，就差立马拉我上他家烹鱼喝酒，说起圭塘河，话也多了起来。

他说："以前的河是冷清了点，但水能直接喝，比矿泉水还甜，鱼也更多。后来，城市开发走了段弯路，圭塘河成了两岸上百家企业的排污之所，淤泥壅塞、臭气冲鼻，白天黑夜连窗户都不敢开，窗玻璃上常年是厚厚一层黑灰，河里哪还有鱼？虾米都没了影儿。好在醒悟早，这两年，污染已得到根治，还修了漂亮的沿河风光带，单公园绿地面积就有一千三百四十九亩。圭塘河沿岸像搬来又一座岳麓山，成了'天然氧吧'，当年的鱼虾、白鹭和蓝天碧水又回来了。"

闲聊间，得知老伯竟还有一个身份：河长。他说，几年前，为了治理圭塘河，市、区、街、社区四级设立"政府河长"外，还公开招募十六名民间河长。他忘不了似乎还残存在口中的儿时的鱼虾滋味，不顾老伴劝阻的唠叨，慨然赶去应聘，终于得偿所愿。此后，老伯每天早早晚晚都要沿河巡视一番，几乎风雨无阻，有时走到了二十里外波光潋滟的河水源头石燕湖。他还领着"红黄蓝"护卫营，设立了青少年环境教育示范基地与绿伞卫士研学旅行基地，带动左邻右舍一大帮人参与护河、治河。邻舍们茶余饭后，闲话的中心不再是家长里短，而是一点一点变化的圭塘河。

"海洋馆、影院、汉字艺术博物馆、书店、特色餐饮、儿童乐园都搬来了。"老伯掰着手指，笑着数起了河流根治后，追逐蓝天碧水与绿荫而来的"家珍"。

他说的这些"家珍"，汇成了圭塘河边近来声名鹊起的悠游小镇。我乘车过来的路上，早已领略一二：高矮不一、造型各异的屋舍，隐在其他攀云逐霞的楼宇间，或人流熙熙，或幽静清雅，是一条集观光、购物、休闲与文化等诸多功能于一体的商业街，我刚待过的图书馆便是其中之一。"良禽择木而栖",良商与雅士,自然也要择地而聚了。

"我现在还是'名誉河长',不过每天来只钓钓鱼,晚饭后还来散散步,有时也带孙子到图书馆坐坐,喝一杯泡着书香的热茶。"说起自己眼下的日常,老伯的脸上又绽开了花,话语间似乎也漫溢浓郁的书香。

我回应着发自内心深处的笑靥。望着眼前图画里的圭塘河,我久久不肯离开,似乎要将她复制下来,归去后粘贴在我所居的邻城……

(原载《人民日报》2020年10月8日)

云龙在奔跑

　　我与云龙的缘分，始于二十多年前。

　　那年 8 月底，刚出校门的我顶着烈日，揣一纸报到单，来到离家四百余里的湖南株洲。出了火车站，逢人便打听，终于找到了城区深处的教育局。在等待宣布具体去向的空隙，我盯着大厅墙上的郊区地图看了起来。围着城区或宽或窄铺展开来的区域，唯有西北角的云田乡最特别，不仅与城区隔好几个乡，还昂着头向外延展，似乎在竭力挣脱株洲而去。我心里咯噔了一下：千万别分到云田乡。可谁知怕什么就来什么，分配结果很快张贴了出来，我的单位正是云田乡中学。

　　坐上乡教育办租来的中巴车，我出发了。出城后，沿着弯弯曲曲的道路颠簸了两个钟头，拐上了一条黄泥土路。路边是一人高的芭茅草，芭茅草凹陷处，偶尔露出一两栋村舍。中巴车又摇晃了半个钟头，总算到了目的地。学校的红砖围墙斑驳破落，生锈的铁门洞开。乡政府隔着田垄相望，也不过两栋老式房屋。

　　安顿下来，与人闲聊，才知云田虽是有十六个行政村的大乡，却距城区五十里，与隔壁的龙头铺乡，一道夹在长沙县、浏阳县和株洲市区之间。因属远郊，偏远落后，这里的人一直都想离开。我到了云田后，人地两疏，出行不便，很久都不进一趟城。

1998 年前后，往昔冷清的云田突然热火起来。乡政府组建了"云田花木有限公司"，建成了年产三百万盆西洋杜鹃、五十万盆蝴蝶兰、二十万盆红掌的花木基地，带动三千五百多户农民种植花木致富。几年后，云田有了规模庞大的花木市场，建成了十里花木长廊、一千亩花木精品示范园，被授予"全国花卉生产示范基地"和"中国花木之乡"的称号。我虽然不是花农，但是也由衷地感到高兴。

　　2002 年，沪昆高速潭邵段开通，穿云田隔壁的龙头铺而过。步行二十来分钟，我便能望见那条簇新的"银飘带"。公路往西的那一头，直达我的家乡冷水江，我骤然感觉离家近了。学校门前的黄泥土路，也改成了连接沪昆高速的柏油路，往来车辆和陌生脸庞明显多了起来。附近农民的腰包鼓了不少，许多人家都忙着翻盖新房，家门前的田地里栽满了各种花木，等着株洲、长沙甚或外省的人们前来拉货。学校的条件同样在悄悄改善，围墙焕然一新，还矗起一幢新的教学楼。我偶尔上城里走走，听到越来越多的人说起云田，十字路口还标上了去往云田的醒目箭头。

　　2007 年，随着一个消息传来，云田再次沸腾起来。长株潭城市群获批为全国资源节约型和环境友好型社会建设综合配套改革试验区。处于长株潭腹地的云田，倏忽间成了"香饽饽"。不久后，云田和龙头铺一道被单独划出，成为一个新城区——云龙示范区，后又成为株洲经济开发区，开始了迅疾的奔跑。

　　原本，我暗存了一个心思：设法调入城区，把家安在城里。没想到，不用我劳神，云田已经成了城区。从此，我每天聆听着云龙示范区飞速奔跑的脚步声，振奋不已。曾经空旷的田地、小丘和长满芭茅草的荒野，都渐渐变成了人来人往的街巷、小区和产业园。云龙示范区又规划为四个"区"：两型生态城区、文化

213

旅游景区、职教双创新区、新兴产业园区。我所在的学校属于文化旅游景区。学校不远处曾是荒地的地方，如今建成了国家4A级景区。茶余饭后，我推窗而望，眼前便是一片漂亮的楼宇，外墙、屋顶形状各异，颜色五彩纷呈，颇似童话里的城堡。城堡内外熙熙攘攘，各地的游客漾着笑意，纷至沓来。

新兴产业园区更是云龙乃至株洲的骄傲，园区内有轨道交通城、云龙大数据产业园、金融产业园等。单是一个云龙大数据产业园，总面积就有三千八百二十亩，投资约二百三十亿元，着力吸引移动互联网、物联网、云计算、智能终端等新一代信息技术产业集聚发展。每每路过曾是一片菜地的产业园区时，我都要停下来张望一番，感慨良久。

因为是新城，所以政府部门在开发时就树立生态、绿色理念，新建楼房无不因地制宜、有序规划，采取集中供能、智能电网、雨水收集、污水处理等节能环保措施。已经化为城区的云龙并未照搬老城区模式，而是"城中有乡、乡中有城"，林木、小区、楼宇和村舍错落有致。我居住的小区便在碧波荡漾的云峰湖边。这里从前仅是一个人迹罕至、几近干涸的水库，而今已是众人向往的宜居之所。巧的是，老城区的人也纷纷前来购房定居。我的一位新邻居，便是从前千方百计调往老城区的同事，没想到他又回来了。我打趣他，他却笑道："这说明咱们的缘分未断嘛！"我微笑聆听着，为自己是一名云龙人感到荣幸。

（原载《人民日报》2021年4月7日）

渌水曲

一

渌水明秋月，南湖采白蘋。

荷花娇欲语，愁杀荡舟人。

——[唐]李白《渌水曲》

晨光熹微或者月白风清的窗下，吟哦这首一千两百多年前的《渌水曲》，一条澄碧、清幽、温婉的河流，便似乎伴着高洁而雅致的琴音，从远古悠悠流淌而来。

游踪遍布大江南北，时常"登高壮观天地间"的李白，对这条叫"渌水"或"渌江"的河流，一生可谓情有独钟。汉阳病酒，他浮想联翩："啸起白云飞七泽，歌吟渌水动三湘"；广陵赠别，他意兴遄飞："天边看渌水，海上见青山"。峨冠博带、仙袂飘飘的他，携一壶佳酿，跨州过府信步而行，与渌水有关的诗情，也似春潮一般喷涌："远忆巫山阳，花明渌江暖""鼎湖梦渌水，龙驾空茫然""城隅渌水明秋日，海上青山隔暮云"……

或许，到后来，李白笔下的渌水，已不只是那条奔腾的河流，而是一种澄澈、深静与浩渺的象征，是原始、隐逸而明净流

215

动的美。

这条躺卧在江南原野的烟绿淡蓝间，又飞入《李太白全集》日夜喧腾、哗哗而淌的渌水，发源于江西杨岐山千拉岭南麓。它清逸脱俗，傲岸不群，打破"世间无水不朝东"的自然规律，偏偏向西而流。一江澄碧淌过江西萍乡市、湖南醴陵市、株洲渌口区的山谷、丛林、田园、村庄与市镇，在古镇渌口向身后的群山、原野做最后一次深情回眸，一头扎入沸腾的湘江，尔后向八百里洞庭、万里长江奔涌而去……

渌江是湘江的一级支流，与浏阳河、洣水和耒水一道并称湘东"小四水"。它有"三百里渌江"的美誉，干流绵延一百六十九公里，像一面柔软而悠长的镜子，倒映着亘古的苍穹、云霞与花开花落。它也是萍乡、醴陵和渌口三个县市区赖以生生不息的母亲河，千百年来滋润着两岸广袤、肥沃的土地，哺育了无数敦厚、素朴的湘赣儿女。渌江一路跌宕起伏，曲弯向前，肆意铺陈出沿岸图画般的江南风光：阡陌纵横，田园翠碧，人口稠密，物产丰饶，似乎刚刚从吴道子或者张择端的笔端妖娆走出来。

一身傲骨，挂冠归隐田园的陶渊明，曾在《续搜神记》中记叙了渌水边一处令人神往的"世外桃源"："长沙醴陵县有小水一处，名梅花泉。有二人乘船取樵，见岸下土穴中水流出，有新砍木片逐水流下，深山人迹，樵人异之。相谓曰：可试入水中看何由尔。一人便以笠自障入穴，才容人，行数十步，便开明朗然，不异世上。"或许，他笔下"土地平旷，屋舍俨然，有良田美池桑竹之属。阡陌交通，鸡犬相闻。其中往来种作，男女衣着，悉如外人。黄发垂髫，并怡然自乐"的桃花源，正是受到醴陵这处富庶、宁静之地的启发构想而出。

渌江何时得名？幽邃的流光深处，早已不可考，但至少从李白所处的唐朝便有了这一芳名。同是唐朝诗人的刘长卿送别归返南岳的友人，便写道："白云留不住，渌水去无心。衡岳千峰乱，禅房何处寻。"

渌水还曾被冠以古曲名。唐代三大诗人之一的白居易在听弹古渌水琴曲名后写道："闻君古渌水，使我心和平。欲识慢流意，为听疏泛声。西窗竹阴下，竟日有馀清。"渌水曲远古原是明快活泼的浣纱曲，到白居易的时代，已成为一种高雅舒缓、歌颂白纻（白色衣衫）的舞曲或者琴曲。白居易在诗中说，听了渌水曲，自己仿佛听见了清澈的河水在缓缓流淌，身心一片安宁。

渌水下洞庭，通长江，达大海，是湘东赣西重要的交通线。帆影如织，人畅其行，货畅其流，两岸曾密布古渡码头、商埠集镇。李白并非钟情渌水的唯一，其他诸多文人墨客、书生举子也随晃悠的舟楫翩翩而来，在渌水岸边留下了诸多吟咏与佳话。

晚唐诗僧齐己在江岸写诗遥寄江西宜春明月山中的和尚，说"要上诸峰去，无妨半夜行"；"雏凤清于老凤声"的晚唐才子韩偓，则在水边的净兴寺前，欣然吟诵道："一园红艳醉坡陀，自地连梢簇蒨罗。蜀魄未归长滴血，只应偏滴此丛多。"南宋诗人范成大赴任广西桂林，途中流连于渌水的清波，挥笔写道："渌水桥边县，门前柳已黄"；与他同时代的诗人刘克庄路过醴陵，也惊叹于渌水的澄澈，说："市上侜音多楚语，桥边碧色是湘流……"

"耕读传家久，诗书继世长。"水边还先后兴起了莱山书院、近思书院、昭文书院、西山书院、江东书院、文成书院和渌江书院等讲学育才之所，勤习"洒扫、应对、进退三节，爱亲、敬长、隆师、亲友之道"，苦学舆地、兵法与农经等课程，探索经世致用、报国济民的良方。秋月春风，寒暑易节，学子们的琅琅书声与江上涛声时相应和。一代一代卓异的子弟也携着渌水的灵气与睿智，走入庙堂，走进青史：进士出身，拜南宋的端明殿学士的皮龙荣；进士出身，授南宋秘阁修撰大中大夫的杨大异；举人出身，参与清末"公车上书"的文俊铎……单醴陵一个县，从隋朝至清末便有进士四十多人，举人二百一十七人，贡士三百九十三人。流光淌入近代，国共两党的风云人物又从这里愤然而起：傅熊湘、程潜、宁太一、李明灏、刘斐、李立三、朱克靖、陈明仁、左权、张子意、宋时轮、钟纬剑、耿飙、杨得志……

清代中兴名臣、渌江书院山长之一左宗棠曾撰过一联，悬挂于书院墙上："一县好山为公立，两度渌水俟君清。"他称颂的是到过书院的两江总督陶澍，但其实也足以概括渌水滋润的两岸古今英雄人物。

云山苍苍，渌水泱泱。这条奔腾不止的母亲河，像弹奏在湘东原野的一根巨大琴弦，弹出了一方富足与安逸、清雅与恬然……

二

早年，我曾多次漫步于湘东大地，盘桓于渌江两岸，听清风徜徉于碧水之间，看烟霞聚散于江渚之上。

在醴陵八景之一的状元洲，朝霞穿透乳雾而下，染红了满江澄碧与两岸苍翠。红绿相间的波光中，状元洲像一只暂时收敛"若垂天之云"羽翼的巨鸟默然而栖，又似一艘战场归来的艨艟恬静而泊。洲长约五百米，宽约一百米，因古谶"洲过县门前，醴陵出状元"而得名。洲上林木荫覆，鸟鸣不绝，令人疑心自己误入幽谷深山。渌水明澈如镜，我缓步而行，听累了啁啾的鸟音，从石栏杆上探出头，看见了自己的影子与洲上状元阁的倒影挨在一起，一尾游鱼隐在影中。我手臂稍稍一抬，游鱼陡地一惊，倏尔远逝，消隐在幽谧的水波深处。

状元洲还透着另一抹红。1930 年 9 月，风急天高，落木萧萧，毛泽东和朱德率红一方面军攻打长沙后回师赣南。途径醴陵时，他们下令全军在此短暂休整，司令部设于状元洲的桥公所内。

林荫深处点缀几座屋宇。我在屋宇间徘徊良久，观览墨痕犹存的红军标语后，又登上了洲头飞檐五重，直冲云端的状元阁。江风裹着绿意浩荡而来，频频拉扯我的衣襟，如多年不见的寒暄故友。一时间，我成了这艘艨艟巨舰塔楼上的船长，放眼四顾，古城醴陵全城尽收眼帘，两岸或明晃或灰暗的屋舍鳞次栉比，一些瓦屋顶上袅袅升腾着炊烟。远处山峦静默而横，像一道道凝固的厚实屏风，只有苍翠在绵绵漫溢。山顶的望江楼孤傲而立，似乎刚从云霄跌落而下。脚下的渌水无声流淌，在城中弯出一个硕大 U 形，两头都渐渐细瘦，消失在茫茫原野尽头。

像畅饮了一坛封存多年的村酿，我沉醉在眼前的图画前，久久不愿醒来……

在醴陵县城二十五公里外的白兔潭镇，我领略了渌江另一种风韵。暮春时节，烟雨迷离，山峦远远围裹的一大片盆地间，渌水吸纳天宇与四面而来的山涧、流泉和雨水，波光却依旧浸透碧意，曲着腰身滔滔而涌。堤岸没有任何修饰，是千百年来河水反复啃咬的自然形态，如犬牙差互，曲折前伸。湿漉漉的滩涂也宽窄不一，遍布绿意莹莹的杂草与灌木。两岸农舍三三两两，在绵延的碧树间时隐时现。

我静默在一座苔痕斑驳的石桥上，化成江南春雨图中的一尊雕塑。桥下右侧的水面上，一叶小舟随意而横，却非"野渡无人舟自横"，船头坐着个披蓑戴笠垂钓的老者。偶尔，他会不经意抬起头，向桥上呆立的我张望几眼。蓦地，卞之琳的《断章》一诗浮上我脑海："你站在桥上看风景，看风景的人在楼上看你，明月装饰了你的窗子，你装饰了别人的梦。"此刻，我与老者也互成风景了吧？

白兔潭是湘赣边界一座百年古镇，也是三百里渌江上第一个重要码头。街道由诸多鹅卵石或青石板铺就，如耄耋老人额上一道道皱纹，盛满时光的久远与沧桑。街心尤为特别，青石板上嵌着一溜深深的独轮车车辙，无声诉说着古镇昔日的繁华。漫步街头，我有些莫名的伤感，似乎听出了"白头宫女在，闲坐说玄宗"的古韵。晚清时代与民国初年，这里曾车水马龙、人流熙熙，仅铺面便有南杂、布匹、医药、鞭炮等七八十家。商家厚道又不失精明的脸上，像暴涨的渌水一般漫溢欢愉与满足。

悠悠渌水是古镇的动脉，街面上堆积的货物多由水运迢迢而来。株萍铁路修通以前，江西萍乡的煤炭被古铜色肌肤的挑夫们一担担挑到镇上码头，再装船，上渌水，转湘江，遍览两岸旖旎风光后，进抵闹嚷嚷的长沙和武汉，最终化为无数工厂与千门万户炉中的熊熊火焰。

令我感喟的是，渌水还在白兔潭滋养了一代将才陈明仁。1920年，邻乡洪源的青年学子陈明仁考入长沙兑泽中学，毕业后回到清冷的白兔潭小学，做了一名寻常"孩子王"。忙时传道，闲来读书，渌水的涛声与艄公的歌声或温软，或粗粝，不时飘入窗棂。晚霞坠落时，陈明仁也常到江边走走，甚或扑入水中，游几个来回。与渌水寂寞相守三年，他终得其灵气，一举考入了广州的黄埔军校，从此龙飞在天，成为智谋百出的名将。1949年8月，一段天翻地覆的岁月里，他与程潜决然通电全国，宣布湖南和平起义，包括渌水在内的三湘大地得以免去兵火的摧残。或许，此时渌水的奔涌，是多少年来最欢畅的吧？

在醴陵最西端的石亭镇塘山口村，我又与渌水猝然重逢。

那是一个挨近端午的日子，初夏的阳光如刚成年的小伙子，刚烈而生猛。远山在苍碧漂染的云霭下静默环列，圈出一大片绵延、平旷的原野。原野上挨挤着一丘丘稻田，禾苗翻滚的碧浪像一群欢腾的孩童，朝远处雀跃而去。村舍或聚或散，都被稻田围裹，似乎就要被无边的绿意吞没。一道水流从远处山脚溶溶而来，在原野上溜达一阵，蓦然拐个弯，又从另一方山脚滔滔而出，消隐在山峦深处。堤岸是一溜葱翠而浓密的灌木，一株粗壮的老树向水面倾斜，遒劲的枝干遮掩了半个河道。几只鸭子在河面惬意浮游，偶尔将头探入水中，又猛地拔出来，仰着脖颈大口大口吞咽。一条银色的鱼儿挣扎三两下，残存的半个身子便消失在了鸭子扁长的嘴里。

"这是什么河？"第一次来塘山口村，路上又一直缩在窗膜黝黑的小车里，我有些懵懂。

"渌江！"这里是陪同友人的老家，话语里便溢满自豪。似乎他乡偶遇故知，我眼里也瞬间淌出异光。

蓦地，一阵咚咚咚的鼓声隐隐传来，急促而幽远，陌生又熟悉。孩童时代，在老家冷水江的资水岸边，我常为这声音而激荡，甚或手之舞之足之蹈之，但成年后远离家乡，再也不曾真切听过了。端阳将至，莫非这里也划龙船？

我疑惑时，友人微微一笑，引我踩着田埂，穿越田垄，拐过河湾，一道笔直的河面豁然呈现眼帘。岸边，一群老少拨开堤岸灌木丛，或者立在河滩上，笑意盎然望向河面。一只瘦长的龙舟正靠岸歇息，满船汉子赤了胳膊，胡乱揩着脸上的汗珠或水滴，偶尔也有一两人倾侧身子，互相撩水嬉戏。另一只龙舟正如脱笼之鸟，劈斩波浪，迅疾向前飞驶。船头挺立一个着橙黄救生衣的汉子，手中木槌急促起落，面前的红色圆鼓便雷鸣般响起来。船舷坐着两排衣着相同的精壮汉子，激昂的鼓点声里，他们喊着震天的号子，身子一律前倾，手中的桨伸入水中划动不止，极像爬行中蜈蚣密集的腿。不同的是，蜈蚣的腿有先有后，速度过于舒缓，木桨却随鼓点与号音起落，齐整划一，速度也快疾如风。一时间，裹着绿意的蓝天、山峦、稻田与村舍，都似乎沉浸在满河的鼓声、号声和笑闹声里。

这是最素朴的乡野渌水图。我凝神观看良久，也漾着笑脸，寻觅小径，下到河滩，在铿锵的鼓点中掬起一捧河水。水极清冽，手有些微凉。将水重洒河中，微波晃荡，悠悠涌向下游，已寻不见刚才手中那一捧了。我蓦然想，这些水其实比常局促一隅的我幸运，它们到渌口转入湘江、长江后，能游历长沙、岳阳、九江、芜湖、铜陵、扬州、南京、南通和上海，阅尽风土人情，遍览繁华富庶后，又登堂入室或者跨过龙门，涌入汪洋，见识摄人心魄的飓风与狂澜。只是它们还能回来吗？汉代便有人发问："百川东到海，何时复西归？"渌江虽朴野，却是眼前水的根。"羁鸟恋旧林，池鱼思故渊"，水也一定如此。听说，高空云雨多来自江河，又回了江河，但精准回到原来的河道恐怕很难。渌江的水，或许只能带着永远的乡愁，漂泊异乡了。

胡乱思想间，友人突然将我唤醒，我也哑然失笑，两只龙船早已消逝在河道的拐弯处。此番来，我其实是想寻觅塘山口村一代骄子张子意的些许痕迹。张子意便是别离渌江后再不曾回来，包裹了永久乡愁的一滴水。

他是红军战史上熠熠的星座之一，先后担任过红八军、红六军团、红二方面军政治部主任。长征路上，他留下了一部珍贵的《长征日记》，记录了雪山、草地的点点滴滴。1955 年起，他长期担任中宣部副部长。1981 年 5 月，渌水的龙舟鼓点又开始激荡时，身在京城的他带着对家乡的无尽向往，驾鹤归去。

依旧奔淌如昔的渌水，见证了张子意多年前的足迹：灯下苦读，考上长沙长郡中学，与任弼时、李富春、陈赓和萧劲光等英杰们是前后校友；毕业后回醴陵乡下教书，仍然书生意气，每每挺于潮头喑呜叱咤；1927 年 1 月，他以北二区农民协会委员长身份，参加毛泽东主持召开的农民运动调查会；随后又投身秋收起义，组织队伍在老家山水间打游击，不久剑指醴陵县城，发起震悚湖湘的"年关暴动"。

多年后，我徘徊于牛筋草、马齿苋、荠菜、蒺藜与各种灌木遮蔽的渌水堤岸，似乎依旧能听见当年暴动激越的号角声；而脚下的江水，或许也依旧隐匿着他疾步如飞的身影。

遗憾的是，我辗转于村子各个角落，问遍老人，最终一无所获。老人们说："张子意在村里已无祖居，早被当年的民团报复而损毁。他一生无子女，但有个侄孙长期在身边照顾他。"老人们感叹说："张子意临终前，组织上曾派人去探望，寒暄后，问他还有什么要求。若他稍有一点私情，长期照顾自己的侄孙便可能会有不错的前程。但张子意神色坚毅，一口回绝'没有了'。来人走后，张子意撑着病体，向侄孙解释道：你是革命者的后代，要自食其力，不能靠组织提供什么特殊方便。"

老人们抽着烟，不停嗟呀时，我默默环顾四野，夏日清风里，葱碧的稻浪绵绵侵逼而来。渌水涛声阵阵，轻轻叩击村舍的墙壁，也久久叩击我的心灵……

三

李白笔下澄澈、苍碧如许的渌水，杜甫身影与诗情长相依偎的清波，淌过千百年的寒冬炎暑与风晨雨夕，流入 21 世纪后，却像一个沉疴在身的老者，躯体枯瘦，面色灰黑，血流涩滞，澄碧与雅致已是昔年幽梦。

渌水怎么也没想到，一段时间里，她滋养的两岸众多儿女，为了追求云中楼阁的所谓好日子，将过去田园诗般的宁静、恬然与安康弃之天外。他们已不再似先辈们的敦厚、素朴，不屑跪乳反哺，为博取幻梦中的金山银山，屡屡戕害她这条仁慈的母亲河。

于是，多少个清晨，朝霞不再绚烂，渌水成为藏污纳垢之所，一次次承受不期而来的污秽冲刷；无数个黄昏，烟雨也不再明净，渌水扭曲在阴霾毒素间，一年年被层出不穷的人类弃物折磨而呻吟。

那天，朝阳被灰蒙蒙的云翳久久遮隐，我徘徊在渌口的渌水岸边，水面已非"桥边碧色是湘流"，浑浊而暗淡，缓缓漂着一团团塑料泡沫、编织袋或者辨不出何物的弃物。往昔鱼虾追逐、嬉闹而荡出的圈圈涟漪，也早已沉寂，如不知遁归何处的隐士。一株蒙尘的垂柳下，我与一位晨练的老人相遇，聊起了眼前的河流。他眉头皱出道道沟壑，说："你闻闻，河水都臭了，平时洗手都发痒，更别说下河洗澡了。"他指指不远处一个浓烟滚滚的烟囱："那家厂子就是罪魁之一，造孽啊！"

在醴陵乡间某地，一位执教鞭的年轻人指点正在忙碌采沙的渌水江面，对我痛惜说："这一两年，不说别的，光非法采沙就让母亲河面目全非。前些天，采出的深坑还淹死了一个游泳的人。"河边的柳叶深处，一只隐伏的蝉应和着年轻人的声音，似乎在撕心裂肺呐喊：救救母亲河……

我心内隐隐作痛，此后许多年，再不曾亲近渌水。

这些年，"还渌江一江清水"的誓言与号角不绝于耳，渌水两岸从省市到乡镇、村也都建立了河长制，鱼虾、白鹭又回来了的消息屡屡见诸报端和网络。我似乎听到了渌水欢快奔涌的声音，又有了李白"天边看渌水"的冲动。于是，借了一个机缘，我驱车五十里，重新站在了白兔潭的渌水边。

太阳正缓缓西斜，霞光染红了两岸。清澈的水流淙淙而涌，像一首钢琴曲在流动。水面晃着点点金光，却不妨碍接纳广袤的天光云影，令我瞬间想起范仲淹"上下天光，一碧万顷"的句子。河滩上，果然有一群白鹭，或悠闲踱步，或沉然将长嘴伸入水中。高兴了，展开翅膀飞了起来，挨着水面转一圈，又翩然落地，像武侠小说里飘逸的侠者。

蓦地，视野里出现了一位汉子。他弓着腰，左手提蛇皮袋，右手伸一把火钳，正在捡拾什么。我寻路下到河滩，和汉子闲聊起来。他个头不高，憨憨而笑，露一口不大齐整的黄牙。他姓彭，是村河长办签约应聘的河道保洁员，白兔潭像他这样的保洁员还有六十多人。

老彭说："我们每天从早上开始清洁河道，看看河里有没有垃圾，有没有人下河电鱼、毒鱼。"

闲聊间得知，与别的地方一样，白兔潭镇境内的河长体系几年前便已实现了村一级覆盖。村里设立了专门的河长制办公室，村书记任河长，每月得定期巡河，每次需有留痕记录。村里还与每户村民签了环境保护协议。"统一给每户发了生活垃圾桶，定

225

时收集运送垃圾。村民的环保意识越来越高，很少见到直接往河道倒生活垃圾的现象了。"老彭漾着笑脸说。

说着，他又兀自往前去了。我望着他被霞光包裹的背影，笑意似乎还在他的后背悠悠漫溢……

追着三两只白鹭的身影，拐过一道河湾，我又巧遇了一位正在巡河的民间河长。她姓姚，五十来岁，身材瘦小，头发束成马尾，白色衣服上套件天蓝色志愿者马甲，霞光中格外醒目。聊起守护母亲河的起源，她说，其实挺偶然。2012 年，她参与了一些环保公益宣传活动，呼吁老百姓尽量减少开车以节约有限的石油资源，减少大气污染，守护蓝天白云。

"几场活动下来，我自己受到的教育最多。不仅学到了许多以前未曾知晓的环保知识，也意识到保护地球家园的重要性和紧迫性。"她笑道。

随后，她组建了"碧水蓝天"行动志愿者团队，利用周末和假期开展净滩与巡河活动，清理河滩垃圾，劝阻乱堆乱倒垃圾的行为。她有收获，也有苦恼。一次，有个汉子随手将烟蒂丢入渌水，还为自己弹出一道弧形洋洋得意。她给他递过一份宣传资料，请他以后不要乱扔。没想到，汉子将宣传单狠狠往河中一丢，嘴里骂骂咧咧"关你屁事"，转身扬长而去。顿时，眼泪在她的眼眶打滚，但她还是忍住了委屈，默默下到河滩上，用棍子小心翼翼将被丢的宣传单挑上来。

省市和区里相继成立渌水河长办后，她有了强硬的"后台"，巡河时底气也足了。她常常将发现的问题及时汇报给河长办等部门，且时常过问，直到有了圆满结果才作罢。

后来，她成了一名民间河长大队大队长。我问及当了"官"的感受，她笑笑说："有这个'官衔'，比起以前做单纯巡河的志愿者，事情更多了。我主要是希望带领更多的人投入到环保行动中来。"

她说，她喜欢巡河。渌水母亲河悠悠流淌，铺陈出两岸秀美风光，永远也看不够。每次巡河，她除了发现环保问题、奔走解决外，还会用手机拍下很多感人的瞬间与美不胜收的风景：绚烂的野花、摇曳的垂柳、乳白的雾霭、金色的晚霞、可爱的水鸭、荡漾的碧波……

"哪天你再来，我给你看保存的相片，真的很美！"她说。

我笑着应承。与她告别后，我沿河边走了一段又不经意回过头，她仍然站在霞光里目送着。我想，已无须看她拍摄的照片，她就是最美的风景……

晚霞还在天边燃烧，天地间像铺开了一幅绚烂的壮锦，渌水江面也似乎着了火。几只小巧的野鸭在水面浮游，时而全身没入水中，在我担心它们安危时，不远处水面"哗啦"一声，它们悠然钻出水面，又自在地游荡开来。我心内感慨着：李白笔端的渌水又回来了……

（原载《湖南文学》2021年第十一期）

淳古茶亭

踏入茶亭，漫无际涯的金色花海裹着浓香汹涌而来，将3月的苍穹染成一幅印象画，也似乎要吞没黝黑的村道和路边安谧的村舍。像偶然闯入的一只黄蝶，我瞬间迷醉在这无尽的金黄与浓香里。

这是望城茶亭镇九峰山村的千亩油菜花海，距喧嚣的长沙中心城区不过二十一公里，却是一处极幽谧的桃源。白改黑不久的村道簇新而结实，曲曲弯弯伸向远处的九峰山脚，像一道堤坝顽强抵住了花海的冲刷与侵蚀。我稍稍缓过神来，随三五友人安步当车，吮吸绵绵喷涌的芬芳，徜徉于似乎还在花浪前微微颤抖的"堤岸"。

花气馥郁里，浓稠的文气又陡地漫溢而来。"堤岸"边的村舍并不俨然，而是高高低低，错落有致，却几乎都是带着院落、造型各异的别墅，无声"外露"村落的富庶。我惊异的是，每幢别墅的大门两边，都贴了手书对联："勤奋挖出康庄路；智慧换来幸福源""清廉福寿康广院；俭朴勤劳积善家""俯仰无愧天地；褒贬自有春秋"……一些人家的整面墙壁上，还绘就偌大的山水、人物图画，题写"书以载道""书者，述也，以载道，以寄情，以解惑，以明智"等或笔力遒劲或势走龙蛇的字句。因了

228

这些联语字画，村落便仿佛携了书卷闲坐的老人，分外儒雅起来。我默然想，这里也算山区，因何与一些致富后除新楼房外别无一物的村庄迥异，文气如此盎然？

在九峰山脚的惜字塔，我似乎找到了答案。塔隐在浓密的树林中，似乎正极力探头，张望近在咫尺的花海。塔身为花岗石砌就，高五层，呈六边形，斑驳沧桑，古意弥漫。细看内壁嵌入的石碑，标注"道光十八年（1838）戊戌秋建"，于今已有近两百年。最奇的是，塔其实早已无"头"，塔尖于清光绪二十六年（1900）被雷电击毁，多年后断裂处凌空长出一株朴树。流光消逝，树根缓缓延展，沿内壁而下，穿过塔身，直至塔基。而今树已高达五米，枝繁叶茂，状如华盖。塔身即树身，树顶也是塔顶，二者融为一体，成为塔树共生的奇观。因之，塔于2013年被列入湖南省省级保护文物行列，保险公司还以三百万之巨为塔与树承保。

塔下游人如织，无不仰头微笑、默叹。我则避于左侧榕树下，追寻开了塔的来历。古人极为敬惜字纸，凡写有文字的纸张，绝不随意亵渎。即便是废字纸，也要恭敬烧掉，不使零落成泥，遭人畜践踏。明人凌蒙初的《二刻拍案惊奇》便说："世间字纸藏经同，见者须当付火中。或置长流清净处，自然福禄永无穷。"惜字塔便是烧毁废字纸的专门场所，也称焚纸楼、文峰塔。眼前之塔，当是村里读书的先辈虔诚捐资而建。废字纸尚敬惜如此，村里人的崇儒向学自不待言。一代代传下来，村庄便文气蓊郁了。

拐过几座小丘，在村子的另一角，似乎为了印证我的想法，碧树掩映的"心正宫"又突兀而横。这是一座白墙黑瓦的旧式学宫，大门两边镌着镏金对联："正气山河壮，宫辉岁月新。"屋门洞开，隐隐传来讲课声。挨近往里一瞧，是位戴眼镜的清癯老者在讲课，内容为清人张英的"六尺巷"往事。老者凛然端坐太师椅，身后墙上的孔子像格外醒目，书案前则是七八个脸庞黧黑的听课汉子。

向一位正在门前菜地摘菜的女子打听，才知老者和汉子们都是村里人，心正宫则早在南宋便有了。南宋绍熙五年（1194），朱熹扩建岳麓书院，村里有位叫李山的木匠是应召的工者之一。李山技艺高超，又忠厚勤勉，朱熹格外赏识，便欣然招收其子李正前往就学。李正学成返乡后，以朱熹为典范，修建了心正宫，广招村中子弟，传授理学。村里民风也越发淳厚，鲜有邻里争斗之事。晚清名臣左宗棠就任湖南巡抚衙门幕僚前，曾专程寻觅而来，到心正宫虔诚参拜。而今，心正宫成了村里人闲暇时学习或交流的场所。

女子如数家珍，絮絮而说，我不时点头，似有所悟时，蓦地发觉村里家家的菜园格外别致。篱笆由竹片或木片精致打造而成，绝不似别处乡间的随意。园中菜畦一一分割开来，十分齐整，白菜、莴笋、菜薹、葱蒜等各据一畦，青翠欲滴，各不相侵。除了菜畦，沟垄间不带一丝黄泥，也无一根杂草。

仓廪实而知礼节。或许，深受乡风浸润，菜园也成了教化之所，菜蔬们也懂得"温良恭俭让"了。篱笆墙上，张挂一块木牌，写着户主的姓名与电话。将菜园也纳为令游者耳目一新之景，且让家家亮出身份，明了责任，村中主事者也算是别出巧思了。沉吟间，捧着一把菜薹的女子嫣然而笑，邀我与同行者到家喝茶。

婉谢了她的茶，却想起了茶亭的由来。茶亭位于望城东北角，居汨罗、湘阴、长沙三县交界之处，古时商旅往来频繁。明代时，村里乡贤在驿道捐建"义茶亭"，为路人免费提供茶水。亭柱上镌刻："为名忙，为利忙，忙里偷闲，众生不妨坐坐；劳力苦，劳心苦，苦中作乐，大家打个哈哈。"世易时移，供茶的亭子早已不存，亭名却与流风遗韵一道流传下来，成了村人不断繁衍后扩展的乡镇大名。

知书，向善，崇礼，尚德。又一阵扑鼻而入的菜花香气里，我咀嚼着茶亭淳古的底蕴，展望乡村振兴的图画，眼中漾开了敬意。

（原载《人民日报·海外版》2021年4月19日）

晨光里的惠民

暑月的晨光悄然升腾、漫涨，水一般拥覆鲁北大地。三两声雀鸟声里，"鲁北首邑"惠民早早醒来，安静而儒雅，像捧了古卷的儒者。

屋宇、街道俨然洁净，散逸浓郁的北方气息，挟了这个季节玉米花的甜味，将我缓缓吞噬。行道树下或者花坛边，渐渐有了早行人，染一身翠色，步履从容，神色恬然，透着古代"心向白云闲"或者"草色人心相与闲"的禅味，似乎是齐国或鲁国穿越而来的雅士，绝无惯常所见的心急火燎。

早点铺醒来最早，却无半点喧腾，出出进进的食客，照例安闲、斯文。烟火气氤氲里，门窗飘出了阵阵幽香，又弥散于街巷间，是包子、稀饭、油条与胡辣汤、马蹄烧饼混合的味道，勾着我惯于米饭米粉的肠胃。当年秦始皇统一天下后，遥望东南有天子气，"乃东巡以厌之"，途中过惠民，住了些日子，还将此地置为厌次县，属三十六郡之一的齐郡。抬头望望东南天空的云霞，我蓦然想，始皇帝大概也沉迷过这满城独特味道，暂时忘却了"天子气"的焦虑吧？

披裹晨光，默然耸峙的古城墙，依旧沉稳、冷峻，但少了刀剑与肃杀之气，像一位"铁衣著尽著僧衣""独倚栏干看落晖"

的大将。城墙与始皇帝无关，却也走过了邈远时空，建于赵匡胤开创的宋代，以三合土夯筑而成。曾经"周十二里，崇三仞有三尺，上阔丈余，基倍之，东南西北门四"，是鲁北固若金汤的屏障，护一城百姓安宁。岁月如流，干戈不绝，不太平的日子居多，后世不敢懈怠，屡屡予以加固。到了明朝，又打制青砖，严严实实里外包砌，城墙也便更稳若泰山了。不过，世事如棋，难以逆料。时光淌入热兵器时代，城墙已失去了屏障功用，日渐损毁、坍塌。而今，仅存城东北角、西北角一隅和城东南角魁星阁，默默展露往昔的峥嵘与威严，也与城中幽深的武定府衙一道，给惠民平添一份古雅之气。

城墙下的护城河却历久弥新，毫无沧桑痕迹。当年修城墙，曾"复浚濠潴，水深二丈，阔五丈。有飞桥，又修护城堤，延袤三十余里"。有了水，满城便灵动起来，犹如少女有双明眸善睐的眼。惠民人深谙于此，对护城河与护城堤珍爱异常，百般呵护，像别具巧思的雕琢大师，将其细心打造成闲暇时信步的公园。于是，昔日阻遏侵犯者攻城的"濠潴"，铺开了一幅颇具江南韵味的图画：水面清波荡漾，岸侧垂柳依依，草皮浓碧，鸟雀追逐碧树上下。众鸟欢愉声里，四下更显幽谧了。

令我讶异的是，黄河也格外宁静。晨雾若有若无，尚未散尽，一条大河横亘城南旷野间，宽阔、平展、温良，像慈眉善目的老者。她从雪域高原奔腾而下，浊浪翻滚，咆哮过，冲撞过，有如"力拔山兮气盖世"，又怒火中烧的霸王项羽。我脑际曾镂刻了壶口瀑布倾泻百尺、惊天地震鬼神的怒吼，也慨叹过《黄河颂》"惊涛澎湃，掀起万丈狂澜"的激昂旋律。不想淌入惠民，大河有了另一种风姿。或许，走过盛气盈身的壮年，即将跨入大海，消隐于茫茫无际，她收敛了每滴水都浸透的勇狠，归于淡泊、平和了。

堤坝簇新、结实，伴着大河，向远方逶迤延展。堤上挺立两排高树，多为杨柳、老槐，枝干苍遒，像列队的大河卫士。堤外是成片绵延的庄稼，郁郁青青。玉米簇拥成青纱帐，披散花须，尤为精神。我刚在街巷闻到的淡淡玉米花香，大概由此而来吧？河面偶尔荡过一阵风，玉米叶便唰唰而响，我似乎听见了千门万户"仓廪实而知礼节"的笑声。

大河是惠民名副其实的母亲河。无数漂泊万里、随河而下的泥沙，被大河留在了两岸，经亿万年的不屈不挠，构筑了惠民人脚下的土地。土地平旷而肥沃，似乎每颗尘泥，都能掐出一滴油来。尔后，大河又在惠民全境款款盘桓四十六公里，滋润每寸土地，像一家家登门、嘘寒问暖的祖母。惠民人也不负大河的宽厚、坚韧，累世勤耕细作，常种常新。再苦的日子，有了土地，便充盈无穷的希冀；再大的灾祸，总有不屈的大河激荡、慰藉。于是，便有了眼前生机漫溢的田野、村庄与街巷，也有了充满于天地间的宁静。

晨风缓缓拂面，裹来了河水的清味。沉吟时，我蓦地想起了惠民的另一条大河——兵家泰斗孙子。你攻我伐的春秋末年，孙子生于惠民闾巷间，成年后避乱于南方吴国。他渴求天下和平，还百姓以安宁，而最好也最迫不得已的办法，则是以战止战，用残酷的战争杀戮制止战争，创造全新的生活与生命。因之，他关门闭户，潜心探索兵法要旨。或许，因见惯家乡大河入海的广博，孙子有了宏大的家国视域与思考，笔下的地图与战阵也远超前人。最终，他以布衣之身，完成了兵法十三篇。

这是兵学的大江大河，堪为大智慧大谋略的结晶。"兵者，国之大事，死生之地，存亡之道，不可不察也"，"用兵之法，十则围之，五则攻之，倍则分之"……这些兵家乃至普通中国人耳熟能详的句子，阐述了奇正、虚实、强弱、众寡、饥饱、劳逸、彼己、主客的情状，以及山泽水陆之阵，战守攻围之法，微妙深密，变化无穷。孙子非纸上谈兵的赵括，又以实战检验自己学说的科学性。公元前 512 年的一天，经伍子胥举荐，吴王阖闾欣然起用他为将。孙子披上甲胄，统率吴军出征，势如破竹，捷报频频飞入吴宫：西破强楚，东败越国，北威齐晋。吴国曾是诸侯眼中不屑的偏安之国，因孙子而陡然强势崛起，威震天下，跻身春秋五霸之一。

"封侯非我意，但愿海波平。"后世名将戚继光的诗句，也是孙子的心声。他很快挂印归隐，飘然而去，像淌过惠民的大河，没了愤懑和杀气，唯有宽厚、仁慈与大爱。他的兵法则遗惠人间，被后世无数用兵者视为圣典，遵从如金玉，从而立于不败之地，其中也包括了戚继光。

以战止战，战之可也。惠民的后辈也承继了大河与孙子壮年的血性。1937 年 11 月，日寇铁蹄横行华北大地后，转攻惠民，日夜杀戮，狠蛮如野兽。一时间，血流漂橹，哀鸿遍地。惠民人奋然而起，追随八路军斩杀倭寇。八路也似乎钟情孙子家乡，指挥机关渤海区委与军区便设在惠民。兵民是胜利之本，英勇的军民苦战八年，挺过漫漫长夜，最终战胜了日寇。尔后，为了华夏大地和平，渤海区又派两支劲旅，分别出征：主力七师远出东北的白山黑水，后来发展为东北野战军六纵，亦即四十三军，风卷残云，直下天涯海角；其余队伍组建为华东野战军十纵，转战山东、中原，成为"排炮不动，必是十纵"的铁军，后来换番号为二十八军，"宜将剩勇追穷寇"，直抵台湾海峡。一个区诞生一往无前的两支雄师，或许借了孙子"兵家鼻祖"的灵气。惠民乃至全滨州的山山水水，都足以因之自豪。

战争，终归为了眼前的宁静。惠民人早已铸剑为犁，重新开始了雅致的慢生活。又一阵晨风缓缓而起，我放下思绪，向一间弥漫幽香的早点铺走去……

（原载《文艺报》2023年3月13日）

濂溪记

　　心头恒久淌着一条小溪。

　　溪流并不浩瀚，甚或有些寒瘦与幽寂，颇宜李煜笔下的渔父子然而行，闲云野鹤般吟唱"一壶酒，一竿身，快活如侬有几人"；自然也宜先秦清寒雅士行吟侧畔，高歌"沧浪之水清兮，可以濯我缨。沧浪之水浊兮，可以濯我足"。与《沧浪之水歌》不同的是，心间哗哗作响的小溪或其近岸池塘，莲叶田田，茎干亭亭，苍碧无边漫涌。水边时常踟蹰一位男子，面容清癯，峨冠青衫，目光灼灼，向着莲叶茕然而立，沉吟不语。或许，随一阵清风徐徐拂过，莲叶微微而漾，男子吟啸之声也陡然而起："出淤泥而不染，濯清涟而不妖，中通外直，不蔓不枝……"

　　小溪名濂溪，男子则被世人尊称为濂溪先生。心头长久存储他们，如夏夜一天星河飞泻而入，润泽肺腑，涤荡灵魂，是因学生时代的课文《爱莲说》。

　　上课老师出身寒微，个头不高，黑瘦精干，眼睛深凹下去，却颇有神，往台下一扫，教室某处细碎如蝇鸣的声音便戛然而止，像凉水泼于暗弱火烛；而课桌抽屉边偷看的某本诸如《瓦岗寨》一类的连环画，也倏然塞入深处，身子笔挺起来。听屋场讲古的父辈们说，他毕业于北京某名校，原在城里教书，磊落不羁，常与管事者意见不合。譬如学校教学楼栏杆，先一年为水泥，次年翻修为不锈钢，再一年又换回水泥，他愤懑难耐，挺身直言其中猫腻。不久，他便被交流到乡间，成了我的语文老师。

那天，上到《爱莲说》，他讲解作者、字词与文意外，还一个人前后诵读了三遍全文。每到"莲之爱，同予者何人"一句，他神情照例端肃，声音却格外沉郁悲怆，最后一次，眼里还分明闪着泪花。屋内鸦雀无声，所有人都沉浸在震荡四壁的抑扬顿挫里。我头一回领略到文字与吟诵的魅力，也勒刻了时光深处早已背影模糊的作者周敦颐，亦即濂溪先生，还有他家乡那条濂溪。少年心事并不多，却对数百里外的濂溪充满神往，只是暗自固执地以为溪名应为"廉溪"。

终于抵近濂溪，是三十多年后的一个暑月。那天午后，一场阵雨骤然而来，天空收敛了一路追随不止的酷热，与濂溪一道散逸浩漫的清凉。雨后的湘南道县楼田村，也便像掺有芝麻、莲子与红糖的一碗本地凉粉，格外清爽宜人，将我坠入"天凉好个秋"的意境。溪水叮叮淙淙，似有若无，横亘周敦颐故居门前的旷野，湮没于岸侧池塘莲叶的无穷碧意间，向远处的潇水、湘水悄然延展。我欣慰的是，溪流与多年来心头所淌似乎并无二致，仅少了一个茕然独啸的身影，多了些人迹与喧腾。

清凉而外，四野还漫溢廉的气息，无声无形，却浓郁逼人，似溪边香远益清的荷香。濂溪先生已弃千余年的故舍主体为青砖黑瓦，低矮灰暗，临水背山。门框为厚重青石所砌，可容三四个人并立。除门匾为当代书家所题外，其余并不打眼，属典型湘南古民居。门内天井、房舍、门窗、梁柱与陈设，虽有后人修缮或重造痕迹，依旧素朴简约，内敛自抑，无官宦人家惯常的幽深宏阔，与曾国藩的乡间侯府富厚堂不可同日而语。富厚堂建于曾氏老家湘中双峰县山峦间，有门楼、八本堂主楼，求阙斋等三座藏书楼，还有后山鸟鹤楼、棋亭、存朴亭与思云馆等，亭台楼榭、假山池沼一应俱全，蔚为大观，占地广袤，极尽奢华。

濂溪先生生活于北宋，生前官衔不显，最高仅至江南东道南康军刑狱，却也被南宋理宗赵昀追封为汝南伯，居"公、侯、伯、子、男"五爵第三等，仅次于曾国藩所封的勇毅侯，与明朝开国元勋刘基的诚意伯相类。先生之父周辅成进士出身，一子周焘则官至宝文阁待制，正三品，可谓名门世家。故舍之所以清寒，主要还是缘于先生之廉。

我久久徘徊于故舍的厅堂、台阶与天井，偶尔轻扣刻满沧桑印记的门窗、木柱，似乎希冀与濂溪先生猝然相逢，尔后执同乡晚辈礼请教。我想，先生必定慈蔼谦恭，令我如沐春风，像待当年登门的再传弟子侯师圣一样，"留对榻夜谈，越三日乃还"。

濂溪先生在道县家乡生活了十五年，日夜与潺潺濂溪相伴，勤苦攻读。饱读诗书，晓畅作文外，他似乎更得濂溪之灵气，感悟莲叶之净植，将廉洁二字刻入了骨髓。辞别家乡，远赴外地入仕后，他清廉高洁，淡然名利，与宋代官场盛行的歌舞喜乐之风格格不入。同僚们嬉笑宴乐、推杯换盏时，他与家人就着昏暗灯烛，吃几碗淡饭，喝一盅粗茶，说："芋蔬可卒岁，绢布足衣衾。饱暖大富贵，康宁无价金。"

每到一地，公务之暇，濂溪先生总要寻空地，凿一眼池塘，种上满池莲花。我想，无论案牍多么劳形费神，仕途如何苦涩多艰，见到滴翠的莲叶，他眼前必定会浮现家乡清澈照影的濂溪，也必然身心俱宁，怡然自得。就任桂阳县令时，他照例种了莲花，还积多年来的情愫，饱蘸笔墨，写下了《爱莲说》，以莲自况，借以明志。这便是后来收入课本，令老师和我都感染的那篇杰作。

《爱莲说》仅一百一十九字，却字字珠玑，像一泓清泉，洗涤每个读者的灵魂。

高洁如莲，濂溪先生的日子便颇清苦，"举箸常餐淡菜盘"。其至友潘兴嗣后来回忆先生在南昌为官时的住所："视其室，服御之物，止一敝箧，钱不满百，人莫不叹服。此予之亲见也。"因家境清寒，营养不足，先生还曾"得疾暴卒，更一日一夜始苏"，也就是到阎王殿打了个转。他外出仕宦多年，家乡人常引以为傲，希图沾光，进入仕途者自然也有。担任永州通判时，侄子仲章登门，捧着茶杯嗫嚅一会儿，说想求个官职。先生笑脸瞬间收敛，肃然拒绝。侄子临走时，他取过笔，写了首诗相送，解释说："官清赢得梦魂安。"

流连濂溪先生故舍，门外濂溪细碎的奔淌声里，我一遍遍摩挲暗色板壁，似乎那些写入《宋史》的往昔，也刻入了斑驳纹理间……

濂溪先生少年时聪慧卓异，将濂溪边上五个土墩依金木水火土五星次序，命名为五星堆。后又在七公里外的都庞岭东麓月岩，筑室读书，参悟"无极而太极"之道。成年后，他精于《易》学，喜谈名理，清廉从政之余，勤于灯下著书。他撰写的《太极图说》和《通书》，融合儒、佛、道三家思想，正式提出了宇宙构成论："无极而太极"，"太极"一动一静，产生阴阳万物，"万物生生而变化无穷焉，惟人也得其秀而最灵"。这是宋明理学的思想起源，像天际星辰，照亮了当时混沌的知识界。先生也以微官之身，跃升为宋明理学与湖湘学派的开山始祖，还被后世朝廷下诏从祀孔庙，迈入屈指可数的万世师表行列。

诏令像一只报春的雀鸟，跨山过水而来，栖止在濂溪之岸。或许，安谧流淌千万年的溪水，此时也会因其中"真见实践，深探圣域，千载绝学，始有指归"的至高褒奖，而跃然欢腾吧？

濂溪先生的学说，经南宋胡安国、胡宏、张栻、朱熹等人弘扬，明末清初王船山承继，清季邓显鹤、魏源与曾国藩等人再度中兴，前后接力上千年，形成了声名远播的湖湘文化：尊奉理学、重经世务实、包容众家之长……谭嗣同、黄兴、杨昌济、毛泽东等湖湘后来者，无不受其影响，最终各有所成，也让"敢为天下先"的湖湘文化更如雷震重霄，响彻天下。饮水思源，濂溪先生创始之力，功莫大焉。

坐落岳麓山的湖湘千年学府岳麓书院，悬有近代名士王闿运一副霸气的名联："吾道南来，原是濂溪一脉；大江东去，无非湘水余波"，称道的正是濂溪先生的开创之功。我想，门外濂溪跌跌宕宕，入潇水，奔湘江，盘桓岳麓山脚下，感受名联蓬勃四溢的气息时，一定分外亲切吧？

水不在深，有龙则灵。因"胸中洒落，如光风霁月"的濂溪先生，濂溪也成为无数人向往之地。明代踏遍万水千山的地理学家徐霞客，便不辞劳苦，追慕而来。崇祯十年（1637）三月，他一路辗转跋涉，终于进入道县，来不及喘口气，又急急奔赴楼田村。徘徊濂溪岸边，拜谒濂溪祠，夜宿月岩，他心潮起伏不已。当晚，他在日记中写道："其前扩然，可容万马，乃元公所生之地……"元公，即濂溪先生。

濂溪先生十五岁离家后，再也不曾回过濂溪岸边。西楚霸王项羽说："富贵不归故乡，如衣锦夜行，谁知之者？"先生却不屑于此。熙宁五年（1072），时年五十六岁的他决定辞官归隐。踌躇一阵，最终卜居江西庐山的莲花峰下。先生对桑梓并未忘怀，将门前小溪命名为"濂溪"，溪边建了濂溪书堂，又开始登坛讲学。风晨雨夕，漫步新的濂溪之畔，他澎湃于胸的故园之思，或许稍稍得到缓解了吧？

我兀自遐想着，出了故舍大门，向后山走去。后山名道山，东南脚下翠竹掩覆的石隙间，汩汩淌出一眼清泉，岩壁镂刻"寻源""圣脉"数字。泉水大旱不涸，积雨不溢，出道山后，淌入濂溪，成为濂水之源，自然也是濂溪先生常来之地。壁上还题有古诗："山根活水静成渊，不作人间第二泉。一自派分伊洛去，千秋遗泽任留连。"不经意间，我抵近了理学与湖湘文化的最初圣脉，于是欣然蹲身，掬一捧入口。水尤清冽，甜美异常。如甘露洒心，我尽日奔走的疲惫瞬间消隐。

登上道山极顶，放眼四望，雨后的天空纯净如洗，龙山、豸岭、都庞岭等峰峦四面环列，凝碧攒簇，似乎正赶来参拜道山。濂溪如镶上绿边的白练，恬然躺卧湿漉漉的原野，依旧是先生当年依偎时的风姿。我迎风感慨着：此溪不老，斯人亦不老……